비극

비극

테리 이글턴 지음
정영목 옮김

Terry Eagleton
TRAGEDY

❀ 을유문화사

옮긴이 정영목

번역가로 일하며 현재 이화여대 통역번역대학원 교수로 재직 중이다. 지은 책으로
『완전한 번역에서 완전한 언어로』, 『소설이 국경을 건너는 방법』이 있고, 옮긴 책으로
『축의 시대』, 『신의 전쟁』, 『마르크스 평전』, 『프로이트』(전2권), 『문학이론』, 『눈먼
자들의 도시』, 『왜 나는 너를 사랑하는가』, 『카탈로니아 찬가』, 『제5도살장』, 『오스카
와일드 작품선』, 『밤은 부드러워라』 등이 있다. 『로드』로 제3회 유영번역상을, 『유럽
문화사』(전5권)로 제53회 한국출판문화상(번역 부문)을 수상했다.

비극

발행일 | 2023년 1월 30일 초판 1쇄
지은이 | 테리 이글턴
옮긴이 | 정영목
펴낸이 | 정무영, 정상준
펴낸곳 | (주)을유문화사
창립일 | 1945년 12월 1일
주소 | 서울시 마포구 서교동 469-48
전화 | 02-733-8153
팩스 | 02-732-9154
홈페이지 | www.eulyoo.co.kr
ISBN 978-89-324-7483-0 03800

옮긴이의 말

비극은 죽었는가? 이것이 테리 이글턴의 첫 질문이다. 어떤 이는 소설도 죽은 판에 하물며 비극이! 하고 대답할 것이고, 어떤 이는 영상으로 비추어지는 드라마를 떠올리며 무대에 올라가는 비극의 존재 이유를 물을 것이고, 어떤 이는 그럼에도 곳곳에서 살아 있는 배우가 몸과 육성으로 연기하는 극의 각별한 느낌을 강조할 것이다. 물론 다 그 나름으로 일리가 있겠지만 이글턴에게 이 질문은 아마도 비극이 지금 우리가 사는 곳의 중심 문제를 감당하고 있느냐 하는 의미일 것이다.

많은 사람이 입을 모아 찬양하는 그리스 고전 비극들은 그 시대 특유의 여러 조건이 맞아떨어져 탄생한 최고의 예술 양식으로서, 언제 어디서나 통용 가능한 추상적 형식이라기보다는 역사적 실체다. 그리고 역사적 실체답게 생명을 가진 것으로서 자기 시대가 지나면 죽음을 맞이한다(예를 들어 서사시 양식이 대체로 그러하듯). 따라서 그리스 비극은 다시는 재현될 수 없다고 보는 사람들도 꽤 있으며 이글턴도 여기에서부터 논의를 시작한다. 만일 그리스 비극이 당대의 핵심 문제와 정면 대결한 결과물로서 성취를 인정받는 것이라면, 근대에도 드라마 양식으로 그런 대결을 벌인 중요한 전투 기록이 있는지 확인해 봐야만 비극의 생사를 판단할 수 있지 않겠는가. 이것이 이글턴이 이 책 곳곳에서 긴 세월에 걸쳐 여러 작품을 거론하고 비평하는 이유일 것이다.

그런데 그 핵심 문제란 게 무엇이고, 그것은 핵심인지 아닌지는 누가 정하는 것일까? 사실 이 질문에 대한 답이 이 책의 고갱이가 될 듯하다. 이글턴이 제시하는 핵심 문제들(대체로 그 문제에 따라 이 책의 장들이 나뉘어 있다)도 흥미롭고 그것을 핵심 문제로 바라보는 이유, 문제들을 연결시키는 과정도 흥미롭다. 그런데 그게 진짜로 핵심 문제라면 비극만 그 문제를 다룬 것은 아닐 게 분명하다. 따라서 논의는 비극의 생사 문제를 넘어 철학, 미학, 종교, 정신분석 등으로 폭이 넓어지며, 시대마다 이 각각의 분야와 비극이 연결되는 방식이 탐사된다. 결국 밝은 미래를 약속하며 출발했던 근대가 빚어 놓은 이 참담한 현실, 이 비극적 상황을 인간이 이해하고 수용하고 넘어서려는 다양한 정신적 노력을 비극이라는 렌즈로 들여다보려는 시도가 이 책이라고 말할 수도 있겠다.

그러나 『비극』은 여든에 다가선 노老비평가가 평생 숙고해 온 비극의 틀에 기대 자신이 살고 경험한 이 세계, 그리고 자기 자신을 이해하고 감당하고 견디는 방식을 이야기하는 책이기도 하다. 그렇기에 매우 추상적이고 딱딱하고 까다로운 이야기를 하는 듯하지만 그 자신의 상처가 아무는 법이 없는, 타인의 상처에 같이 아파하는 내밀한 속내가 은근히 드러난다. 아마도 그런 상처에서 흘러나오는 따뜻한 것이 굳어 글의 결정체를 이루면서 이런 아포리즘 같은 문장들이 나타났을 것이다. 그래서 이 문장들을 한 줄 한 줄 음미하다 보면, 문득 이게 혹시 '위로할 수 없는 자'를 위로하려고 쓴 책이 아닐까 하는 엉뚱한 생각이 들기도 한다.

정영목

서문

이것으로 나는 비극 연구서를 두 번째로 쓰는데, 아마도 위대한 예술과 가장 근본적인 도덕적·정치적 쟁점들이 그렇게 긴밀하게 맞물린 곳이 달리 거의 없기 때문일 것이다. 비극이 중요한 한 가지 이유는 그것이 우리가 궁극적으로 가치를 두는 것의 척도이기 때문이다. 하지만 또 하나는 어떤 이데올로기가 그 형식을 전유하는 바람에, 그렇지 않았다면 귀중하게 여길 수도 있을 많은 사람의 눈에 비극이 수상쩍어 보이게 만들기 때문이다. 비극은 예술 형식 가운데 귀족이지만, 나의 작업, 즉 『우리 시대의 비극론*Sweet Violence*』과 이 책은 고인이 된 나의 친구이자 스승 레이먼드 윌리엄스Raymond Williams의 방식으로 그것을 민주화하려는 시도다.

개인적으로 나에게 비극이 중요한 이유는 이렇게 명확하지는 않다. 윌리엄스의 『현대비극론*Modern Tragedy*』이 그랬듯이, 내가 다른 무엇보다도 예술의 비극과 일상생활의 비극 사이의 관계에 관심을 가진다면, 이는 케임브리지대학교에 다닐 때 실생활에서 맞이한 재앙, 즉 회고록 『문지기*The Gatekeeper*』에서 묘사한 아버지의 죽음의 그늘에서 비극 예술 연구를 시작했기 때문일 수도 있다. 만일 비극의 어떤 특질이, 애도와 죄책감이 없지는 않다 해도, 어쨌거나 죽음으로부터 삶을 끌어내는 것이라면 이것은 내가 학생 시절 이 주제에 처음 다가간 조건이었고, 또 축소된 형태이기는 하지만 지금 내가 이 주제와 만나는 방식이기도 하다.

따라서 나는, 지금은 저명한 라파엘전파 연구자가 된 잰 마시Jan Marsh가 '케임브리지대학교 영어 우등졸업시험'에서 함께 '비극' 시험을 보고 난 뒤 "시험관들은 비극이 좋은 거라고 생각하나 봐"라고 말한 이후 반세기가 훨씬 넘도록 비극을 생각해 온 셈이다. 본인은 기억도 못 할 것이 틀림없지만, 그녀는 그 간단하면서도 매우 함축적인 말로 나에게 씨앗을 심어 놓았고, 따라서 비극에 관한 내 작업의 많은 부분은 그 열매였다. 그녀에게 깊이 감사한다.

테리 이글턴

차례

<일러두기>

1. 본문에서 원주는 숫자로, 옮긴이 주는 기호(＊)로 표기하여 구분하였다.
2. 본문에서 굵은 글자는 저자가 강조한 것이다.
3. 본문에 나오는 외서 중에서 국내 출간된 경우에는 한국어판 제목을 따랐고, 책의
   제목은 원제로 바꾸었다. 이와 함께 미주에서 영문판과 헷갈리지 않도록 원제를
   [ ] 안에 병기하였다.
4. 인명, 지명 등은 가급적 국립국어원의 외래어표기법을 따랐다.
5. 단행본·잡지·신문 등의 제목에는 『　』를, 한 편의 시나 에세이, 논문 등의
   제목에는 「　」를 달아 구분하였다.

1. 비극은 죽었는가

그것은 가공할 종류에 속하는 것이 아니었다. 드물고 특별한 운명이 아니었다. 압도하면서 불멸로 만드는 운의 손길이 아니었다. 그저 일반적인 불운의 낙인에 불과했다.

헨리 제임스Henry James,
「정글의 짐승The Beast in the Jungle」

비극은 보편적이라고 하는데, 이 말의 일상적인 의미를 염두에 둔다면 그것은 얼마든지 진실이라 할 수 있다. 아이의 죽음, 광산의 참사, 인간 정신의 점진적 붕괴를 슬퍼하는 것은 어떤 특정 문화에 국한된 것이 아니다. 슬픔과 절망은 공통어를 이룬다. 그러나 예술적 의미의 비극은 매우 구체적 사건이다. 예를 들어 중국, 인도, 일본의 전통 예술에는 그것과 등가에 가까운 것이 없다.[1] 블레어 혹스비Blair Hoxby는 뛰어난 근대 초기 비극 연구에서 "유럽인은 주위 모든 곳에서 비극을 보았지만, 아예 **비극적**이라는 범주 없이 산 적도 있다"고 지적한다.[2] 비극이라는 형식은 시간을 초월한 인간 조건의 반영으로서 나타나는 것이 아니라, 특정 문명이 아주 짧은 역사적 순간 동안 자신을 괴롭히는 갈등과 씨름하는 형식으로서 나타난다.[3]

　　모든 예술에는 정치적 차원이 있지만, 비극은 실제로 정치적 제도로서 삶을 시작했다. 한나 아렌트에게 이것은 **탁월한** 정치적 예술이다.[4] 그녀는 오직 극장에서만 "인간 삶의 정치적 영역이 예술로 이동한다"[5]고 말한다. 사실 고대 그리스에서 비극은 그 자체로 정치적 제도일 뿐 아니라, 아이스킬로스의 『에우메니데스 *Eumenides*』와 소포클레스의 『콜로누스의 오이디푸스*Oedipus at Colonus*』 등 그 시대 비극 두 편은 공적 제도의 건립 또는 확보와 관련이 있다. 고대 그리스에서 디오니소스 축제의 한 부분으로 공연되는 비극적 드라마의 자금을 도시국가가 지명하는 한 개인이 댔다는 것은 잘 알려진 사실인데, '합창단'을 훈련하고 그들에게 보수를 지급하는 것은 도시국가의 공적 의무였다. 국가는 최고 행정관의 지휘를 받아 이 절차 전반을 감독했으며, 공연 대본을 서고에 보관했다. 배우는 폴리스polis에서 보수를 받았고, 국가는 또 가난해서 돈을 낼 수 없는 시민의 입장료를 내줄 자금을 확보했다.[6] 대회의 심사위원은 시민단이 선출했고 이들은 틀림없이 법정 배심원으로서 또 정치 집회의 구성원으로서 익숙하게 발휘하던 비판적 감각으로 극적 공연을 바라보았을 것이다. 장 피에르 베르낭Jean-Pierre Vernant과 피에르 비달 나케Pierre Vidal-Naquet가 논평한 대로 이것은 "도시가 극장으로 변하는" 문제였다.[7] 라이너 프리드리히 Rainer Friedrich는 "비극의 텍스트는 폴리스의 시민 담론이라는 더 큰 텍스트의 일부가 된다"[8]고 말한다.

따라서 비극은 단지 미적 경험일 뿐 아니라 극적 구경거리이기도 했다. 또한 공민도덕을 심는 데 도움을 주는 윤리 정치적 교육의 한 형태이기도 했다. 한나 아렌트는 정치와 비극 공연 사이에 유사점이 있다고 본다. 정치는 고대 아테네에서처럼 완전한 공개회의로 진행될 때 참가자들을 무대의 배우와 비슷한 연기자로 바꾸기 때문이다.[9] 훗날의 비극은 대부분 공식적인 정치적 제도가 아니다. 그러나 18세기 독일에서 괴테의 소설 『빌헬름 마이스터 *Wilhelm Meister*』와 고트홀트 레싱Gotthold Lessing의 극 이론은 나라를 통일할 국가 연극의 필요성을 반영하고 있다. 그의 시대의 다른 독일 사상가 일부와 마찬가지로 레싱에게 연극은 공적 도덕과 공동의 정체성이라는 감각을 육성한다.[10] 그러나 전국적 기초에서 이루어지든 아니든 비극적 드라마는 계속 국사國事, 권위에 대한 반역, 공격적인 야망, 궁정의 음모, 정의의 침해, 통치권을 위한 투쟁을 다루는데, 삶과 죽음이 사회 전체에 중대한 영향을 미치는 명문가 출신 인물들의 경력이 그 모든 것의 중심에 자리를 잡는 경향이 있다.

　　정치적으로 말해서 그리스 비극에는 이중적인 역할이 있는데, 사회제도를 승인하는 동시에 거기에 의문을 제기하는 것이다. 예술은 내용을 통해 사회질서를 정당화할 수도 있지만, 관객에게 심리적 안전밸브를 제공할 수도 있다. 무해한 환상을 육성하여 자신이 사는 체제의 더 불미스러운 측면들로부터 시선을 돌리게 하는 것이다. 아리스토텔레스의 『시학 *Poetics*』은 비극을 무해한 환상으로 보는 것이 아니라, 관객에게 잘못하면 사회를 파괴할 수도 있는 어떤 감정(연민과 공포)을 엄격하게 통제된 양만 먹이는 것으로 간주한다. 비극은 간단히 말해 정치적 동종요법의 한 형태다.[11] 비극의 비판적 역할이라는 측면을 볼 때, 숭배받는 종교적 축제의 일부를 이루는 공식적인 정치적 사건이 고대 그리스 문명의 어두운 서브텍스트에—아무리 신중하게 신화적 과거 속에 집어넣었다고는 해도 광기, 존속살인, 근친상간, 영아살해 등에—그렇게 대담한 빛을 비출 수 있었던 것은 놀라운 일이다. 그것은 마치 잉글랜드 여왕을 기리는 야외극에서 랜슬롯과 귀니비어의 간통에서부터 토막살인범 잭이 벌인 일까지 일련의 극적 장면을 보여 주는 것과 마찬가지다.

아리스토텔레스의 관점에서 그리스 비극은 폴리스의 건강을 위험에 빠뜨릴 수도 있는 감정적 무기력을 정화하는 공적 치료의 한 형태를 제공할 수 있다. 그러나 플라톤처럼 연극의 어떤 측면이 정치적으로 전복적이라고 보고 국가의 엄격한 규제를 요구할 수도 있다. 훗날의 비극은 폭넓은 정치적 역할을 한다. 관객에게 힘센 자들의 권력이 얼마나 넌더리 나게 위태로운지 일깨워 줄 수도 있고, 일군의 신화를 제공하여 그것을 중심으로 나라가 다시 태어나게 할 수도 있다. 우리는 나중에 독일 비극 철학이 중간계급 문명의 초기 단계에서 발생하는 어떤 모순들을 해소하기 위해 나서는 과정을 살펴볼 것이다. 헨리크 입센 드라마의 배경은 대부분 가정이지만 그의 연극에도 비극의 공적 또는 정치적 차원이 계속 살아 있다. 이것은 입센에서 가족이 더 깊은 사회적 쟁점들의 매개 역할을 하기 때문인데, 이 때문에 사적 영역과 공적 영역은 분리가 어려워진다. 이 지점을 넘어가야 사적 비극이라고 부를 수도 있는 작품을 상당한 규모로 만나게 되는데, 그 전조는 18세기 일부 가정극에서 나타났으며, 여기에서 일차적으로 문제가 되는 것은 근친상간을 하는 아버지나 약물중독자인 어머니나 서로를 찢어발김으로써 생존하는 부부다.

그러나 비극의 정치성은 무대에서 벌어지는 것에서 그치지 않는다. 그것은 또 비극적이라는 말 자체의 의미를 둘러싼 투쟁을 뜻하기도 한다. 비평가 조지 스타이너George Steiner의 연구 『비극의 죽음The Death of Tragedy』에서는 비극을 근대성에 대한 비판으로 본다. 진정으로 비극적인 정신은 근대적인 것의 탄생과 더불어 소멸한다. 그것은 세속적 가치, 계몽된 정치, 인간사의 합리적 운용, 우주의 궁극적 불가해성을 믿는 시대에는 살아남을 수 없다. 비극적 정신은 미몽에서 깨어난 이런 세계에서는 불편하므로 "근대 비극"이라는 용어는 모순어법 비슷한 것이 된다. 비극은 공리주의적 윤리나 평등주의적 정치를 견딜 수 없다. 비극은 예술 형식 가운데 귀족으로서 무엇보다도, 참담하게 산문적인 시대의 중심에서 영적으로 더 고양된 사회질서의 기억 흔적 역할을 한다. 비극은 물질주의 시대에 초월의 잔여 유산을 대변한다.

따라서 정치제도로서 삶을 시작한 것이 반反정치의 한 형태로 끝나게 된다. 우리는 상인이나 서기나 지방의회 의원의 손아귀에서 구출되어 신, 순교자, 영웅, 전사의 세계로 돌아간다. 천한 평민 시대에 다시 한번 신비와 신화와 형이상학적인 것으로 방향을 틀 수 있다. 비극과 민주주의의 역사적 친화성을 고려할 때 민주주의 정신에 대한 이런 혐오는 특히 아이러니가 느껴지는 대목이다. 비극, 적어도 그 당파적 형태는 근대에 종교의 다양한 대리자 가운데 하나로 꼽히며, 실제로 죄책감, 위반, 고통, 구속, 찬양을 다룬다.[12] 비극적 예술은 신의 죽음과 더불어 재탄생하면서, 신성의 자리에 앉아 그 모든 장엄한 기운을 발산한다. 많은 미학 이론에서 숭고한 것만큼 찬란한 것은 있을 수 없는데, 비극은 숭고한 것의 최고 표현이다―이 말은 곧 비극이 이중으로 특출하여 매우 높은 미적 양식 가운데도 가장 높은 지위를 차지한다는 뜻이다.

결코 스타이너의 작업에만 한정되지 않는 이런 관점에 따르면 비극적 드라마는 근대가 아닌 모든 것이다. 평등주의적이기보다는 엘리트주의적이고, 막일로 굳은살이 배겼다기보다는 귀족의 피가 흐르고, 과학적이라기보다는 영적이고, 우연적이라기보다는 절대적이고, 복구 가능하다기보다는 돌이킬 수 없고, 지방주의적이기보다는 보편적이고, 자기 결정보다는 운명의 문제다. 이 드라마는 세일즈맨의 자살보다는 왕자의 죽음을 다룬다. 아르투어 쇼펜하우어는 큰 불행―그의 약간 이단적 견해에 따르면 이것으로 비극적 행동을 구성하기에 충분한데―이 사회적 지위와 관계없이 누구에게나 일어날 수 있다고 주장하는 드문 비극 철학자로 꼽힌다. 이런 불행은, 그는 말한다, 반드시 드문 환경이나 가공할 인물이 원인이 될 필요는 없고 일상적인 인간 행동에서도 쉽게, 자연스럽게 생길 수 있다. 쇼펜하우어는 더 많은 사람이 동일시할 수 있다는 점에서 일상 비극이 가장 좋다고 생각하지만, 동시에 약간 일관성 없게도 비극의 주인공은 귀족 신분인 쪽이 낫다고 주장한다. 그들의 몰락이 더 충격과 영향이 크기 때문이다. 중간계급 가족을 극빈과 절망으로 갑자기 내모는 환경은, 쇼펜하우어는 말한다, 힘 있는 자들의 눈으로 보면 하찮아 보일 수도 있고, 또 인간 행동으로 쉽게 고쳐질 수 있기 때문에 그런 자들의 동정심을 움직이지 못할 것이다.[13]

프랑스의 자연주의적 소설가들인 에드몽Edmond de Goncourt과 쥘 드 공쿠르Jules de Goncourt는 좀 더 너그러운 쪽이었다. 그들은 말한다.

우리가 사는 이 평등의 시대에 아직도 작가나 독자가 보기에 너무 가치가 없는 계급, 너무 미천한 불행, 너무 입이 건 드라마, 고상하지 못한 공포를 자아내는 재앙이 있을 수 있는 것인지 자문해 보아야 한다. 지금은 잊힌 문학과 사라진 사회의 관습적 형식인 '비극'이 정말로 죽은 것인지, 카스트와 법적 귀족이 없는 나라에서 힘없는 사람과 가난한 사람의 불행이 훌륭하고 부유한 사람의 불행과 같은 수준의 관심, 감정, 동정심을 불러일으킬 수 없는 것인지, 한마디로 아래에서 흘리는 눈물이 높은 데서 흘리는 눈물만큼 쉽게 눈물을 끌어낼 수 없는 것인지 알고 싶은 호기심이 생긴다.[14]

이런 점에서 공쿠르 형제는 이른바 부르주아 비극 혈통의 계승자인데, 이 비극은 디드로와 레싱 같은 18세기 인물들이 보기에 익숙한 상황에 처한 보통 남녀를 제시하는 것이다. 레싱의 관점에서, 무대 앞 일등석에 앉은 중간계급 관객은 무대 위의 인물들에게서 자신이 반영된 것을 본다.[15] 이런 생각의 흐름에서 비극은 영웅적 어조나 신고전주의적 관습이나 인물의 사회적 지위에 의해 규정되는 것이 아니라 감정의 진정성에 의해 규정된다. 중세와 르네상스 비극 이론은 고귀한 태생의 주인공이 번영에서 불행으로 몰락하는 것이 이 형식에서 핵심이라고 본다. 하지만 일단 주인공이 화려하게 귀족적인 것이 아니라 둔감하게 부르주아적이면 재앙 같은 몰락이라는 비극의 개념은 희미해지기 시작한다. 권력의 위태로움이나 인간사의 무상함을 드러낸다는 비극 관념도 마찬가지다.

레싱보다 더 전통적인 견해에서 비극적 예술은 빈자의 불행의 문제가 아니라 신화와 운명, 제의와 피의 희생, 중대한 범죄와 영웅적 속죄, 악과 구원, 질투심 많은 신과 순종적인 희생자의 문제다. 이 예술이 제시하는 고난은 무시무시할 뿐 아니라 고귀한 느낌을 주며, 따라서 우리는 학살 장면에 의해 교화되어 극장을 나선다.[16] 인간 정신은 재앙에 직면했을 때만 진정한 고귀함을 드러낼 수 있다. 비극은 우리에게 단지 인간의 괴로움만 제시하지도 않고 그것을 초월하는 것만 제시하지도 않으며, 각각을 다른 것과의 관련 속에서 제시한다. 스타이너의 말로 하자면 이 예술은 "슬픔과 기쁨, 인간의 몰락에 대한 탄식과 그의 정신의 부활에서 느끼는 즐거움의 융합"을 표현한다.¹⁷ 여기에서 예술 형식은 핵심적 역할을 하여 우리가 우리를 두렵게 하는 힘을 더 잘 받아들일 수 있는 방식으로 비극적 재료의 형태를 만들고, 그것과 거리를 두고 그것을 정화하고 압축한다. 데이비드 흄은 에세이 「비극에 관하여Of Tragedy」에서 비극 예술의 웅변과 예술적 기교는 괴로운 내용을 즐길 수 있는 것으로 바꾼다고 말한다. 에드먼드 버크Edmund Burke는 이런 즐거움이 우리가 비참한 현실의 장면들을 피하는 것을 멈추고, 대신 그런 장면에 관련된 사람들을 도우러 나서게 하는 '자연'의 방법이라는 독창적인 주장을 펼친다.¹⁸ 게다가 사건들을 허구화하는 것은 거기에 이해 가능성만이 아니라 잠재적 보편성을 부여하는 것인데 이는 일상생활에서는 인식하기 힘들 수 있다. 고대 그리스 비극에서는 사건을 다시 전설적 과거로 밀어 넣어 이와 비슷한 인식적 거리를 얻었던 것일 수도 있다. 비극적 사건의 모든 혼돈과 우연성에도 불구하고 우리는 그 안에서 섭리의 작용을 희미하게 분별해 낼 수 있는데, 특히 약간 떨어져서 보면 더 그렇다.

일부 근대 비평가의 관점에서 보자면, 헤겔 같은 철학자들은 비극이 합리적 설계를 드러낸다고 주장함으로써 차마 말로 형용할 수 없는 것을 고상하게 바꾸어 놓는다. 이것은 설득력 있는 주장이지만, 비극적 예술이 존재한다는 사실 자체가 세상에는 고통 자체만 있는 것이 아님을 보여 준다. 비극은 말 없는 울음이 아니다. 자크 라캉에게 '실재계'의 트라우마는 언어 너머에 있지만, 비극은 그 침묵의 이편에 그대로 있다. "소리, 또는 그보다 나은 것인 단어를 사용하는 언어는 거대한 해방이다." 베르톨트 브레히트는 말한다. "그것은 고통을 겪는 사람이 뭔가 만들어 내기 시작한다는 뜻이기 때문이다. 그는 이미 자신의 슬픔을 자신이 받은 타격에 관한 이야기와 섞고 있다. 참담하기 짝이 없는 것으로부터 이미 뭔가를 만들고 있다. 관찰이 들어선 것이다."[19] 『라신에 관하여*Sur Racine*』에서 롤랑 바르트는 말한다. 비극에서 사람은 늘 말을 하고 있기 때문에 절대 죽지 않는다. 진정한 절망은 우리가 더는 말을 할 수 없을 때 일어난다. 리어의 죽음 뒤에 희망이 있다면 그것은 ―무엇보다도―그 운문의 완결성 자체에 새겨져 있는데, 이 운문은 그런 재앙을 마주하고도 침묵하지 않기 때문이다. 시詩가 솔기에서부터 풀려 흩어지지 않는다는 사실은 이 시가 제시하는 장면에 대한 작은 보상이다. 보리스 파스테르나크Boris Pasternak의 유리 지바고는 말한다. "비극을 포함하여 모든 예술 작품은 실존의 기쁨을 증언한다. (…) 늘 죽음을 명상하며, 그럼으로써 늘 삶을 창조한다." 그러나 예술의 완성은 어떤 의미에서도 이 소설이 제시하는 고난을 상쇄하지 않는다.

보수적 관점에서 보자면 아이스킬로스는 비극적이지만 아우슈비츠는 그렇지 않다. 홀로코스트가 말로 형용할 수 없이 통탄할 일이 아니라는 말이 아니라, 인간 가능성에 대한 우리의 감각을 고양하는 일은 전혀 하지 않는다는 것이다. 행복해지기보다는 의기소침한 상태로 놓아두는 것은 무엇이든―항공기 추락, 기근, 아이의 죽음―비극의 지위에 올라갈 자격이 없다. 이 말의 미학적 의미는 일상적인 의미에서 풀려나 표류한다. 이것은 개념적 균열일 뿐 아니라 역사적 균열이기도 하다. 고대 그리스인은 비극적이라는 말에 대한 우리의 구어적 의미, 나아가서 비극이라는 세계관을 거의 몰랐던 것으로 보인다(사람들이 결코 태어나지 않았더라면 좋았을 것이라는 소포클레스의 모진 선언은 하나의 세계관다운 울림을 모두 갖고 있기는 하지만). 고대 그리스에서 비극은 웅장한 것이나 거창한 것을 떠오르게 했을지도 모르며, 그래서 아리스토파네스는 비극의 최신 스타일을 조롱할 수는 있지만 슬픈 것은 그렇게 하지 못한다.[20] 보통 사용하는 의미에서 "비극적"이라는 말은 나중에 발전한 것이며 그러한 것으로서 삶이 예술을 모방하는 하나의 사례다. 이것은 예술의 형식이나 세계에 대한 비전과는 구분되는 것으로 "말로 형용할 수 없이 슬프다" 정도의 의미다. 그런데 어떤 문화가 아주 주목할 만한 비극적 예술 없이도 비극적 비전을 가질 수 있고 그 역도 성립한다는 점은 주목할 가치가 있다.

고전적 관점에서 실생활의 참사는 날것 그대로의 고난의 문제이기 때문에 비극적이지 않다. 그런 고난이 예술에 의해 형태가 잡히고 거리가 두어져 어떤 더 깊은 의미가 풀려나올 때에야 비로소 우리는 본격적으로 비극 이야기를 할 수 있다. 비극적 예술은 견딜 수 없는 것을 제시하는 것 이상의 일을 한다. 그것은 동시에 우리에게 그 견딜 수 없는 것에 관해 사유하고 그것을 기리고 그것을 기억하고 원인을 조사하고 피해자를 애도하고 그 경험을 일상생활로 흡수하고 그 공포에 의지하여 우리 자신의 약점이나 필멸성과 마주하고 또 가능하다면 그 핵심에서 어떤 잠정적인 긍정의 순간을 발견하도록 권유한다. 이 긍정이란 우리가 보았듯이 그저 예술 자체가 계속 가능하다는 사실일 수도 있다. 그러나 이 이론에서 문제는 그런 것들은 실생활의 재앙에서도 이루어질 수 있다는 것인데, 그런 재앙이 오로지 고난일 뿐 다른 것은 아닌 경우는 드물기 때문이다. 2001년 미국 세계무역센터 공격은 빠른 속도로 공적 애도와 명상, 신화와 전설, 이름 붙이기와 기리기, 관조와 기념의 집단 드라마로 이어졌는데, 이 모두가 비극적 행동의 일부였다. 우리는 직접적인 고통 너머를 보기 위해 굳이 고난을 무대에 올려놓을 필요는 없다.

보수적 비극 이론은 고대 그리스 연극에 심하게 의존하지만 그 작품 몇 가지에는 들어맞지 않는다. 예를 들어 에우리피데스의 드라마는 우주를 법칙에 따르는 조화로운 곳으로 보는 관점이 두드러진다고 할 수 없다. 보수적 이론에서 그런 질서는 우리에게 의미라는 위안을 주며, 그것이 침해되는 상황을 보여 주는 것은 궁극적으로 그것이 얼마나 난공불락인지 보여 주려는 것이다. 이것은 또 숭배, 경외, 복종의 정서를 기른다. 우리가 약하다는 것을 의식하기 때문에 비극적인 것에서 오만한 이성에 대한 비판을 발견하며, 그럼으로써 비관주의나 과학적 결정론으로 넘어가지 않는다. 우리 자신이 자유롭다는 것을 알지만 어떤 면에서 그것은 우주적 필연성에 대한 존중과 양립한다. 천박한 결정론을 거부하는 한편 무정부주의적 개인주의도 거부한다. 인간은 단지 외적인 힘에 놀아나는 장난

감이 아니지만, (익숙한 중간계급 신화에서처럼) 자유로이 서 있거나 최고 수준에서 자기를 책임지지도 않는다. 인간은 자유롭기에 과학적 유물론자를 궁지에 몰지만, 동시에 우주의 법칙에 종속되어 있어 자유주의적 개인주의자를 혼란에 빠뜨린다. 따라서 인간의 힘은 일거에 초라해지는 동시에 긍정된다. 물론 우리는 행위자이지만 우리 자신의 행동의 온전한 출발점은 아니다. 이 점에서는 무대 비극의 관객과 희미한 유사점이 있는데, 관객은 드라마를 해석하는 면에서 능동적이지만 신체적으로 수동적이고 무력하며, 재앙을 피하기 위해 개입할 수 없기 때문에 주인공 자신과 마찬가지로 운명의 희생자다. 몇 가지 전위적 예외가 있지만 모든 연극은 관객이 무대로 올라가는 것을 허용하지 않는다는 점을 생각할 때 결정론의 이미지를 갖는다. "연극theatre"과 "이론theory"이라는 말은 어원적으로 관계있으며, 둘 다 행동보다는 관조를 암시한다.

우리는 실패와 황폐로부터 가치를 뽑아낼 수 있기 때문에 희망이 있지만, 그렇다고 어떤 눈을 반짝이는 낙관주의로 기울지는 않는다.[21] 따라서 비관주의자와 진보주의자는 둘 다 허를 찔린다. 기계적 유물론자와 맞서 인간의 고귀함을 긍정하지만, 유토피아적 몽상가에게는 인간 유한성을 일깨운다. 사람들은 비극이 드러내는 가치를 고수하면서도 동시에 그 가치의 연약성을 인정하고 냉소주의와 승리주의 사이에서 경로를 잡아 나가야 한다. 전복적 허무주의자들에게는 미안한 일이지만 이성은 인간사에서 자기 자리가 있다. 하지만 고난의 수수께끼는 그런 이성의 한계를 선연한

돋을새김으로 보여 주는데, 이것은 중간계급 합리주의자에게는 전혀 위로가 되지 않는 사실이다. 연민과 공포가 있지만 이것은 고양시키는 감정이며, 어떤 감상적 인도주의와 혼동하지 말아야 한다.

이런 관점에서 비극은 지식보다 지혜를, 명료함보다 신비를, 역사적인 것보다 영원한 것을 높이 친다. 비극은 계몽주의의 어두운 밑면, 계몽주의자Aufklärer의 빛의 과잉이 드리우는 그림자를 표현한다. "비극의 에토스는", 크리스토퍼 노리스Christopher Norris는 말한다, "인본주의적 합리주의의 일반적 의미론에는 이질적인 것이다."[22] 비극의 뿌리가 사회적인 것보다 깊이 놓여 있으며, 따라서 손댈 수가 없다는 주장도 비극과 계몽주의자Illuminati의 다툼에서 나온 것이다. 어떤 약도 필록테테스의 고름이 차 부어오른 발을 치료할 수 없고, 어떤 심리 상담도 페드라를 그녀의 운명에서 건져올 수 없을 것이다. 결혼 상담은 안나 카레니나에게 아무런 도움을 줄 수 없고, 문화적 차이에 대한 강좌는 오셀로의 운을 돌려놓을 수 없을 것이다. 따라서 비극은 사회적 개혁가와 정치적 유토피아주의자에 대한 묵살이다. 조지 스타이너의 눈으로 볼 때 입센의 드라마는 실제로 바로잡을 수 있는 쟁점을 중심에 놓기 때문에 비극의 기준에 못 미친다. 『민중의 적En Folkefiende』은 공중목욕탕의 감염을 주제로 삼는데, 이것은 스타이너의 관점에서 볼 때 진정한 비극이 되기에는 너무 불명예스럽다. 그는 인상적인 과장법으로 말한다. "비극의 집에 욕실이 있다면 그곳은 아가멤논이 살해되기 위한 곳이다."[23]

이 이론에 따르면, 사물의 어두운 핵심을 들여다본 사람들의 성숙한 환멸과 비교할 때 사회적 희망에는 뭔가 견딜 수 없이 미숙한 것이 있다.[24] 스타이너는 "리어의 운명은 유료 노인복지주택을 충분히 세우는 것으로 해결될 수 없다"[25]고 말한다. 정말 그런지는 사실 분명치 않다. 만일 마음이 부싯돌 같은 딸들에게 쫓겨난 리어가 어떤 더 친절한 사람에게서 위로와 피난처를 얻었더라면 죽을 필요는 없었을지 모른다. 그렇다 해도 윌리엄 엠프슨William Empson의 주장은 일리가 있다. "사회의 개선이 인간 힘의 소모를 막을 수 있다 해도 그것은 정도의 문제일 뿐이다. 운이 좋은 삶이라 해도 소모를, 친밀함이 풍부한 삶이라 해도 고립을 깊이 느낄수밖에 없으며 그것이 비극의 중심 감정이다."[26] 이것이 꼭 반정치적 주장일 필요는 없다. 실제로 엠프슨은 평생을 사회주의자로 산 사람으로서 그런 주장을 하고 있다. 그러나 이것이 정치적인 것의 한계를 강조하기는 한다. 정치는 어떤 갈등은 없앨 수 있을지 모르지만 모든 고통과 절망이 발생하지 않게 할 수는 없다.

전통적 관점에서 비극적 예술은 신화, 섭리, 또 신들이라는 부담스러운 존재를 상실한 세계에서 오래 살아남을 수 없다. 그러나 그것이 정확히 언제 유령이 되느냐 하는 것은 논란이 있는 문제다. 마크 트웨인과는 달리 비극은 하나가 아니라 일련의 한 무더기의 때 이른 사망 기사의 주인공이었다.* 헤겔은 근대에 이르면 예

---

* 마크 트웨인이 죽기 전에 그에 대한 사망 기사가 잘못 보도된 적이 있다.

술 그 자체가 생명이 다하며, 비극적 드라마가 계속 무대에 올라가기는 하지만 대부분은 고대인의 세계 역사적 차원이 사라진 열등한 것뿐이라고 주장한다. 비극적 드라마는 그런 중대한 쟁점으로부터 윤리와 심리로 방향을 틀었는데, 이런 쇠퇴는 이미 에우리피데스의 작품에서부터 나타났다. 니체에게 비극은 회의적인 에우리피데스와 지적인 소크라테스의 등장과 더불어 유아기에 요람에서 목이 졸려 죽었다. 지크문트 프로이트는 운명이라는 관념이 고대비극의 핵심이라고 보는데, 근대에는 설득력 있는 등가물이 있을 수 없다고 생각한다.[27] 오이디푸스 콤플렉스는 오이디푸스 자신보다 오래 살아남지만 일부 비평가들은 비극도 그렇다고 확신하지는 못한다.

리처드 햘편Richard Halpern은 "비극의 죽음" 명제는 거부하지만 그 형식은 18세기 전체에 걸쳐 또 19세기 대부분의 기간 동안 "장기 휴가"를 떠났다는 꽤 그럴듯한 주장을 한다.[28] 이때는 중간계급이 상승하며 자신감이 점점 커지던 시기이며, 19세기 마지막 몇십 년 동안 이런 자신감이 주춤거리기 시작할 때 비극이 복귀한다고 덧붙일 수도 있을 것이다. 스타이너는 이 예술이 라신까지 오래 살아남았다가 그 뒤로는 쇠퇴한다고 주장하는 듯하다. "그 쇠퇴는", 스타이너는 말한다, "서구적 이상들의 민주화와 동시에 이루어진다. (…) 비극은 고난의 귀족제, 고통의 탁월성을 주장한다."[29] 비극에 마지막 결정적 한 방을 날린 것이 희망이라는 종말론적 비전을 가진 기독교라고 보는 사람도 있고, 문제의 암살자는 과학과 세속주의라고 보는 조지프 우드 크루치Joseph Wood Krutch의 『근대의 기질The Modern Temper』 같은 연구서도 있다. 비극의 죽음이 얼마나 비극적인가—그 죽음을 슬픈 상실로 애도해야 하는가—는 논란이 많은 문제다. 수전 손태그는 라이어널 에이블 Lionel Abel의 『메타극: 극적 형식에 대한 새로운 관점Metatheatre: A New View of Dramatic Form』을 비평하면서 비극의 죽음은 크게 실망한 일이 아니라는 저자의 관점을 공유하는데, 무엇보다도 그녀가 보기에 비극은 서구 연극에서 중심적인 흐름이었던 적이 없기 때문이다.[30]

알베르 카뮈는 현대에 질서와 제약에 대한 감각을 잃은 것이 비극적 정신에는 치명적인데, 비극은 개인이 힘의 한계를 잔인한 방식으로 깨닫지 않고는 번창할 수 없기 때문이라고 본다.[31] 아그네스 헬러Ágnes Heller와 페렌츠 페헤르Ferenc Feher는 비극의 최신 스타일이 부재하는 신에 대한 보상이라고 보기보다는, 비극의 종말이 신의 죽음을 열심히 뒤쫓는다고 본다. 현대 세계는 숨은 신deus absconditus의 극장, 비극적 자유와 존엄이 흔적 없이 사라진 존재론적 심연이다.[32] 또 비극이 홀로코스트, 또는 근대 후기의 전반적인 의미 상실, 또는 포스트모더니즘의 깊이 없고 탈중심적인 주관성을 견디고 살아남을 수는 없다고 보는 사람들도 있다.[33] 이와 대조적으로 제목부터가 스타이너에 대한 반격인 레이먼드 윌리엄스의 『현대비극론』은 비극적 예술이 20세기에 들어서도 오랫동안 힘을 유지한 것으로 본다.

조지 스타이너는 기독교와 마르크스주의 양쪽 모두 비극의 쇠퇴에 관여했다고 비난한다. "비극적 주인공에게 보상으로 제공할 수 있는 천국이 있는 신학이 조금이라도 닿으면 치명적인 결과가 생긴다." 그는 그렇게 선언한다.[34] 이런 생각에서는 영국 소설에서 매우 감동적인 비극적 인물 가운데 한 명―새뮤얼 리처드슨 Samuel Richardson의 클라리사로 그녀는 내세를 독실하게 믿었다―은 전혀 비극적이지 않으며, 햄릿도 자신이 향하는 곳이 정말로 자비로운 망각이라기보다 천국이 주는 행복이라고 생각한다면 그 또한 비극적이지 않다. 마르크스주의와 기독교 양쪽 모두 근본적으로 희망을 품지만, 스타이너의 관점에서 볼 때 비극은 끝이 나쁘다. 하지만 이런 생각은 정말이지 미심쩍다. 아리스토텔레스는 행복이 고통으로 바뀌는 것만이 아니라 그 반대의 전환에 관해서도 말한다. 『오레스테이아Oresteia』는 긍정적인 분위기로 끝난다. 많은 비극적 드라마가 아무리 조심스럽고 잠정적이라 해도, 탄식에 한 가닥 희망을 섞어 놓는다. 스타이너가 아마도 상상했을 것과 같은 단순한 재앙적 결말만이 비극적인 것이 아니라, 사람이 구원을 얻기 위해서는 반드시 지옥을 거쳐서 올라가야만 한다는 사실, 하지만 그들 가운데 다수가 오이디푸스나 리어처럼 이 연옥을 통과하는 과정에서 살아남지 못한다는 사실, 살아남는다 해도 영적으로 활기가 넘치는 상태로 거기에서 빠져나온다는 보장이 없다는 사실도 비극적이다. 나아가서 단지 이렇게 부수고 다시 만드는 트라우마만이 아니라 처음부터 그것이 필연적이었다는 사실도 비극적이다. 단지 우리 인간성이 그렇게 흉측하고 우리의 자기기만이 그렇게 뿌리가 깊다는 이유만으로도 그런 불의 세례는 필수적이다. 개혁주의자의 말이 옳아 우리가 근본적인 자기 버리기 없이도 정의와 동지애에 기초한 미래로 진화해 갈 수 있다면 나을 것이다. 그러나 안타깝게도 이런 생각을 하는 사람은 진짜 유토피아적 몽상가이며, 차가운 눈의 현실주의자는 비극이 '실재'라는 메두사의 머리를 보면서도 돌로 변하지 않으려는 노력이라고 본다.

　　마르크스주의와 기독교는 사실 비극적 신조이지만 그것은 역사의 참담한 종말을 상상하고 있기 때문이 아니다. 그보다는 불의한 세계가 자신의 구속에 바쳐야 할 어마어마한 대가를 의식하고 있기 때문이다. 이른바 「신약」은 비극적이지만 영웅적 문서가 아니라는 점에서 주목할 만하다. 그 하층 출신 주인공의 지저분한 죽음에는 전혀 고귀한 것도 교훈이 되는 것도 없다. 이것은 전통적으로 로마제국 권력이 정치적 반란자를 위해 준비한 죽음이었다. 캐슬린 M. 샌즈Kathleen M. Sands는 "유일신 신앙은 다름 아니라 비극이 겉보기뿐이며 비극에서 말하는 상실은 사실 궁극적이지 않다는 확신이다"[35]라고 말한다. 하지만 고난은 마침내 극복할 수 있을지 몰라도 (그것은) 오직 그 현실성과 대면할 때만 가능하며, 비관주의자와 턱없이 낙천적인 사람 둘 다 이런 이중의 잣대를 인정하지 않는다. 예수의 부활한 몸은 여전히 상처 자국이 남아 있으며 자신의 고문과 수모라는 사실을 무효로 만들 수 없다. 하느님도 과거는 바꿀 수 없다. 하느님도 괴로움 속에 죽은 사람들이 사실은 기쁨 속에 이승을 떠난 것으로 만들 수는 없다. 기독교 신앙이 비극 너머의 미래―부서진 것은 무엇이든 온전해지고 애도하는 자가 위로받고 모든 눈물을 닦아 줄 세상―에 대한 약속을 제시하는 것은 사실이다. 그러나 오직 죽음과 자기를 버리는 과정을 통과해야만 이런 미래에 이를 수 있다.

마르크스의 경우 "그가 비극 개념 전체를 거부했다"[36]고 주장하는 사람들은 무엇보다도 그가 잉글랜드 베틀 직조공의 파멸에 경악하고 이것을 대단히 비극적인 과정으로 보았다는 사실, 또 자본주의가 모든 구멍에서 피를 뚝뚝 떨어뜨리며 등장한다는 그의 언급을 간과하고 있다. 따라서 "'변증법' 전체가 세계에 대한 비극적 비전이 아니라 반대로 비극의 죽음, 비극적 비전이 이론적 개념(소크라테스와 더불어) 또는 기독교적 개념(헤겔과 더불어)으로 대체되는 것"[37]이라는 질 들뢰즈의 주장은 잘못되었다. 변증법적 이론가 마르크스에게 갈등을 헤치고 나가는 것은 복구 불가능한 상실을 포함한다. 계급투쟁에서 사라진 사람들은 후손이 어떤 성공을 거두더라도 보답받지 못할 것이다. 레이먼드 윌리엄스는 『현대비극론』에서 20세기의 반식민지 혁명이 공간과 시간에서 확장된 단일한 비극적 행동을 이루고 있다고 본다. 그러나 그것을 비극적이라고 부른다고 해서 그가 이 봉기가 완패했다거나 애초에 봉기를 시작한 것이 어리석었다고 말하는 것은 아니다. 오히려 식민주의의 범죄가 너무 극악하여 그것을 해결하는 것에는 죽음에 이르는 싸움이 포함될 수밖에 없고 바로 여기에 비극이 있다고 말하는 것이다.[38] 생명이 죽음으로부터 피어난다는 것이 축하할 일은 아니지만 생명이 전혀 없는 것보다는 낫다.

『비극의 죽음』의 스타이너는 비극이 가치를 의심하면서도 가치를 내포한다고 주장한다. 우리는 우리가 가치 없다고 보는 것의 상실을 슬퍼하지 않는다. 집게벌레의 죽음은 라신적인 수사가 나올 계기가 되지 못한다. 아마도 궁극적 비극은 우리가 인간적 가치에 너무 무관심한 나머지 더는 애도도 할 수 없는 상황일 것이다. 스타이너는 "[비극적] 인간은 신들의 복수심이나 불의에 의해 고귀해진다. 그것이 그를 순수하게 만드는 것이 아니라 마치 불을 통과한 것처럼 신성하게 만든다"[39]고 말한다. 그러나 시간이 흐른 뒤에는 그런 고양이 비극의 파멸을 가져온다고 생각한다. 이 황량한 견해에서는 심지어 셰익스피어도 『아테네의 타이먼Timon of Athens』이라는 단 하나의 예외를 제외하면 "무無가 블랙홀처럼 삼키는" 이른바 "절대적" 비극 예술의 자격을 갖출 만큼 우울하지는 않다.[40] 하지만 비극이 절대적이어야 한다면, 사람들의 희망이 이루어졌을 수도 있는데 실제로는 좌절되어 버린 그런 상황들은 어떻게 보아야 할까? 이것이 처음부터 가망 없던 희망보다 통렬하지 않을까? 토머스 하디의 주드 폴리*는 자신의 입학을 막은 대학에서 노동자 대학을 수립할 계획이 진행 중이라는 것을 알면서 죽는데, 이 사실은 그 자신의 실패를 더 아프게 만드는 동시에 지나치게 절대

---

*   토머스 하디의 장편 소설 『이름 없는 주드Jude the Obscure』 속 주인공

적인 절망은 제한한다.

사실 불굴의 허무주의적 경향을 가진 비극은 거의 없기에 주목할 만하다—『아테네의 타이먼』도 이 희곡이 주인공의 광적인 염세를 지지하는 것으로 터무니없게 읽히지 않는 한 그렇지 않다. 그러나 스타이너의 눈으로 볼 때는 그런 끊임없는 우울의 예들이 이 형식을 결정한다. 긍정성이 조금만 깜빡거려도 사회공학의 고집 센 옹호자들에게 위로를 줄 가능성이 크다. 슈타이너는 발터 베냐민이 『독일 비극적 드라마의 기원*Ursprung des Deutschen Trauerspiels*』에서 검토한, 30년전쟁으로 유린당한 유럽에서 인간 실존을 공허하고 헛된 것으로 제시한 '비극*Trauerspiel*' 작가들을 자신의 지지자로 모병할 수도 있었을 것이다. 그러나 스타이너는 뷔히너Georg Büchner의 처음부터 끝까지 생기 없는 『보이체크*Woyzeck*』를 예로 제시하는데, 그 주인공은 그가 일반적으로 선호하는 비극적 주인공인 귀족과는 거리가 멀다. 게다가 이 작품은 『비극의 죽음』이 과학, 합리주의, 세속주의, 민주주의, 저열한 근대성에 의한 언어 학대 등으로 이루어진 비신성동맹에 의해 쫓겨나면서 비극은 끝났다고 생각하는 시점으로부터 한참 시간이 흐른 뒤에 나온 것이다. 이 책은 클라이스트Heinrich von Kleist, 횔덜린Friedrich Hölderlin, 바그너Richard Wagner의 작품들에 푸짐한 찬사를 쌓지만, 이들 셋 모두 뷔히너와 마찬가지로 비극이 입을 다물었다고 이야기되는 시점 이후에 작품을 쓴다.[41]

초기 스타이너에게 비극은 우주적 질서에 대한 감각에 의존하고 있다. 그러나 후기의 관점에서는 그렇지 않은 듯하다. 대신 황량한 세계의 현실과 마주하고 있다. 비극은 어떠한 정의도 보상도 섭리도 배상도 수용할 수 없는 예술이다. 아마도 이것은 비극적 예술이 기본적으로 화해에 관한 것이라고 보는 사람들에 대한 과도한 반응일 터인데, 그런 주장에 관해서는 나중에 보게 될 것이다. 문제는 이것이 비극을 비관주의와 동일시한다는 것이다—이런 등식은 니체가 경멸하며 거부하는 것인데, 스타이너는 니체에게 깊이 빚지고 있지만(암묵적이라 해도) 니체는 스타이너가 물려받은 비극적 사고의 전통과 심각하게 불화하는 인물이기도 하다. 그가 물려받은 유산은 미숙한 낙관주의자의 허를 찌른다는 점에서는 얻을 것이 있지만 그 대가로 교화의 가능성은 모두 내던져야 한다.

따라서 스타이너는 보수주의 때문에 경력 초기와 후기에 양립할 수 없는 두 가지 주장을 하게 된다. 앞의 스타이너에게 비극은, 사람들이 어떤 우주적 기획의 법칙에 따를 수밖에 없는 한 살아남는다. 뒤의 스타이너에게 세계는 그런 모든 섭리적 패턴을 잃으며 비극은 이런 의기소침하게 만드는 진실을 드러낼 만큼 용기 있는 예술 형식이다. 어느 쪽이든 비극이라는 관념은 자유주의자와 급진주의자를 꾸짖는다—속물적 합리주의자로서 신비주의와 초월에 대한 모든 감각을 거부한다는 이유로, 또는 미망에 사로잡혀 세상이 쓸모 있게 바꿀 만큼 의미와 가치가 있다고 주장한다는 이유로. 그런 태도는 다른 면에서도 일관성을 잃는다. 현대의 모든 극작가 가운데 사뮈엘 베케트는 다른 누구보다 의미의 죽음을 생생하게 그려 내지만, 스타이너는 그의 작품이 불구이고 단조롭다고 내쳐 버린다. 게다가 희망의 모든 형식이 비극적 정신에 해롭다면, 주요 비극이 꽃을 피운 르네상스의 맥락에서 기독교적 믿음이 어떻게 그렇게 중심적인 자리를 차지하고 있겠는가?

비극이 고대 그리스인보다 오래 살아남느냐 아니냐 하는 문제는 무엇보다도 무슨 의미로 그 말을 사용하는가에 달려 있다. 만일 소포클레스와 체호프가 완전히 다른 의미에서 비극적이라면 연속성의 문제는 복잡해진다. "비극은", 레이먼드 윌리엄스는 말한다, "단일하고 영속적인 종류의 사실이 아니라 일련의 경험과 관습과 제도다."[42] 만일 그렇다면 우리는 왜 이런 경험, 관습, 제도를 같은 이름으로 부르냐고 물을 수밖에 없다. 이것들이 공통으로 갖는 것은 이름뿐인가, 아니면 단일한 현상을 의미하는가? 이것은 명목론자와 실재론자의 싸움, 또는 역사주의자와 보편주의자의 싸움이다. 아리스토텔레스는 시詩가 역사보다 보편적 형식이라고 믿었다는 점에서 두 번째 진영에 속하며, 다른 사람들은 역사적으로 상대적 관점을 갖는다. 프리드리히 휠덜린은 고대 그리스 비극과 공화주의 사이의 유기적 유대를 주장하며, 그런 정치적 조건을 재현할 수 있을 때만 비극적 예술이 다시 피어날 수 있을 거라고 확신했다. 따라서 프랑스혁명은 비극의 소생 가능성을 보여 준다.

그 전까지 비극은, 휠덜린의 관점에서는, 시들어 버린 상태였다. 비극은 고대의 위엄에서 감상과 선정주의로 쇠퇴했다.[43] 어떤 의미에서는 카를 마르크스도 똑같이 생각하는데, 그는 『루이 보나파르트의 브뤼메르 18일Der 18te Brumaire des Louis Napoleon』의 유명한 서두에서 고대 로마공화정의 고귀한 정신과, 그 복장만 갖춰 입으려는 근대 부르주아 혁명가들의 천박한 시도를 냉소적으로 대비시킨다. 그들은 자신들의 봉기의 빈약한 내용을 두고 자신을 속이고자 하는 마음에 쫓겨 익살극과 파토스pathos의 혼합물로 "자신의 열정을 위대한 역사 비극의 높은 수준으로 유지하려" 노력한다.[44]

발터 베냐민은 『독일 비극적 드라마의 기원』에서 비극의 역사적 특수성을 주장하면서 오직 고대 그리스 비극만이 진정으로 그런 이름을 가질 자격이 있다고 말한다. 그는 비극의 철학은 역사를 벗겨 내는 담론으로, 완전히 다른 역사적 조건을 무시하고 비극을 일반화된 일군의 정서들로 환원한다고 불평한다. "비극적인 것"은 존재하지 않는다. 근대 극장에는 아이스킬로스나 소포클레스를 조금이라도 닮은 것이 전혀 없다. 17세기 독일 '비극Trauerspiel'은 오히려 역사적 맥락과 분명하게 엮여 있다. 철학자 카를 슈미트도 『햄릿이냐 헤쿠바냐Hamlet oder Hekuba?』라는 제목의 연구에서 이 예술에 대한 보편주의적 관점에 회의적 태도를 보이는데, 그것은 무엇보다도 근대가 그런 예술을 생산하는 과제를 감당할 능력이 없기 때문이다. 고전학자 장 피에르 베르낭은 비극이 고대 그리스인 특유의 것이며, 불과 백여 년 뒤에는 아리스토텔레스마저도 그것을 진정으로 이해할 수 없었다고 주장한다.[45] 버나드 윌리엄스Bernard Williams 또한 비극이 고대 그리스에 특수한 것이라고 보지만, 우리의 근대 윤리 개념도 인간 삶에 대한 그 비전에 근접한다고 주장한다.[46] 비극 이론 또한 그들의 역사적 맥락의 일부일 수 있다. 사이먼 골드힐Simon Goldhill의 관점에서 헤겔의 비극 철학은 이마누엘 칸트의 추상적 보편주의와 개인주의에 대한 응수이며, 고대 그리스 비극의 집단적 규범과 가치에 호소한다. "헤겔에게 비극은", 골드힐은 주장한다, "칸트의 주체 관념을 다시 생각하는 관문이다."[47] 우리가 나중에 살펴보게 될 독일 비극 이론들은 비극에 대한 보편적 관념을 제안하지만, 이 비전 자체가 독특한 역사적 순간의 산물이다.

비극에 대해 실재론적 관점을 가지면서도 동시에 하나의 드라마 형식으로서 비극은 오래전에 사라졌다고 주장할 수도 있다. 이런 관점에서 비극은 인간 조건의 현실을 포착하기는 하지만 이제는 예술적이고 역사적인 조건들이 무대에서 그것을 재현하는 데 우호적이지 않다. 만일 비극이 인간 정신 일반의 일부라면 그것이 어떻게 죽을 수 있겠는가. 하지만 예술적으로는 어떤 주요한 역사적 순간에만 나타날 수 있을지도 모른다. 그러나 역사주의와 보편주의, 또는 명목론과 실재론 사이의 선택이 필요하지 않을 수도 있다. 실재론자들에게는 미안하지만, 아마 모든 비극이 단일한 특징을 공유하지는 않을 것이다. 우리가 비극적이라고 부르는 모든 작품이 악의적인 운명이나 강자의 몰락, 운명적 결함이나 '절대적인 것'의 암시, 정신의 고양이나 부재하는 신을 제시하지는 않는다. 그러나 이른바 비극적 작품들 사이에는 서로 겹치는 실들과 가족 간 유사성이 어느 정도 있기 때문에 명목론자들의 주장 또한 설득력이 사라진다. 우리가 비극적이라고 부르는 모든 텍스트가 실제로 하나의 특징, 즉 어떤 종류의 고통이나 역경을 공유하는 것에는 의심의 여지가 없으며, 여기까지는 실재론자들이 옳다. 심지어 레이먼드 윌리엄스도 한 연구에서 비극적 본질이라는 관념에는 의심의 눈길을 던지면서도 다른 연구에서는 "비극 개념은 여전히 죽음이나 극심한 고난이나 해체를 중심에 놓는 어떤 양식 안에 어렵기는 하지만 그래도 합당하게 모을 수 있는 일군의 작품을 대변한다"고 주장하여 자신의 입장을 수정한다.[48] 그러나 그런 고난의 다양성 때문에 그것은 아주 빈약한 공통분모로 축소되는데, 이번에는 가장 열렬한 문화주의자나 역사주의자가 이것을 보며 만족할 차례다. 게다가 샤일록이나 말볼리오가 보여 주듯이 희극 또한 고통이나 곤경에 낯설지 않다.

실패와 좌절이라는 일상적 의미에서 비극은 실로 보편적이다. 아무리 유토피아적인 사회질서라 해도 치명적 부상, 꺾인 욕망, 끝난 관계에서 자유롭지는 못할 것이다. 비극을 왕자의 죽음으로 보는 관점을 거부하고 그 말의 더 평범한 의미를 택하는 대가는, 그렇게 되면 어떤 종류의 비극은 돌이킬 수 없게 된다는 것이다. 이것은 비극을 엘리트의 일로 한정할 때는 벌어지지 않을 수도 있는 일이었는데, 가령 왕자는 전쟁을 벌이는 것을 중단할 수 있다. 하지만 상심이나 성적 질투에는 분명한 끝이 없다. 비극적인 것에서 특권을 벗겨 낼 수는 있지만, 그 대가는 비극의 일부가 여기 늘 머문다는 사실을 받아들이는 것이 될 수밖에 없다. 암은 틀림없이 치료되겠지만 죽음은 그렇지 않을 것이다. 아마 우리는 비극을 넘어서는 삶을 바란다는 말을 하기 전에 망설일 텐데, 그것은 그런 삶을 얻는 매우 확실한 방법 가운데 하나가 가치에 대한 감각을 잃는 것이 될 터이기 때문이다. 그러나 무너진 희망과 돌이킬 수 없는 부상이 늘 있는 것이라 해도, 어떤 예술이 단절 없이 혈통을 이어 가며 이런 것을 대체로 같은 방식으로 극화한다는 뜻은 아니다. 우리는 이미 비극적 예술이 절대 모든 문명에 공통이 아니라는 점에 주목했다.

따라서 문제는 비극이 죽느냐 아니면 그냥 변이를 일으키느냐다. 중간계급 사회의 등장과 더불어 초점은 집단행동에서 개인 영웅으로 이동하기 시작한다. 나중에 보겠지만 프리드리히 셸링 Friedrich Schelling에게 비극적 행동은 내면화되고 심리화되고 개인화된 것이며, 이는 어떤 면에서는 그 자신이 충실하게 따른다고 믿는 고대 그리스 연극과 모순된다. 아리스토텔레스에게는 행동의 문제인 것이 셸링에게는 의식의 문제다. 비극적 과정 전체가 역사적 조건이 아니라 존재의 내적 상태로부터 흘러나와야 한다. 갈등과 반역은 대체로 내적 문제이며, 주인공의 외롭고 우월한 영혼은 갈가리 찢기지만 결국 온전한 전체로 찬란하게 복원된다. 이것을 비극적 전통의 흥미로운 새로운 변종으로 보는 마음이 넓은 비평가들도 있고, 전혀 비극이 아니라고 보는 더 순수주의적인 사람들도 있다.

쇠렌 키르케고르는 『이것이냐 저것이냐*Enten-Eller*』에서 현대 비극론의 특징이 전적으로 자신의 행동 때문에 일어서거나 쓰러지는 주인공의 절대적 자기 책임(따라서 절대적 죄)이라고 본다. 이것을 이 예술의 고대적 형태, 즉 죄와 결백, 자기와 '타자', 자유로운 행위자와 제약하는 상황 사이의 복잡한 상호작용이 존재하는 형태와 비교할 수도 있을 것이다.[49] 키르케고르의 눈으로 볼 때 그런 비극적 개인주의는 칭찬할 만하다. 그것이 전에 이미 사라진 형태보다 나아진 점이다. 그러나 헤겔은 그렇게 생각하지 않는데, 『미학*Aesthetics*』에서 근대 비극은 갈등을 개인화하면서 그것을 순수하게 외적이고 우연적인 일로 환원한다고 주장한다. 고대의 비극적인 주인공은 더 높은 종에 속하는 존재로, 보통 시민보다 높은 수준에서 성장하고 특별한 방식으로 필연에 종속되어 있다. 헤겔의 관점에서 볼 때 그런 인물은 세계사적 힘들의 매개지만 근대 비극 무대의 더 풍부하게 심리화된 인물을 두고는 이런 말을 할 수 없다. 예를 들어 셰익스피어의 비극적 예술은 운명의 엄격한 전개가 아니라 얼마든지 달라질 수도 있었던 불행한 환경에서 나온다. A. C. 브래들리A. C. Bradley 같은 신헤겔주의적 비평가가 『셰익스피어의 비극론*Shakespearean Tragedy*』에서 말하듯이 화해는 더 내적이고 심리적인 일이다. 운명이라는 관념이 근대의 무작위적이고 우연적인 것들에 대한 감각에 패하여 사라지고 나서 아이스킬로스나 소포클레스의 예술은 이제 가능하지 않다. 이것은 헤겔이 그의 철학적 적수 프리드리히 니체와 공유하는 편견인데, 니체가 보기에 현대 비극론은 이제 공적 영역의 예술에서 물러나 개인화되고 내면으로 치달았다. 니체가 비극적 문화의 소생에 건 희망은 그 영역의 갱신에 달려 있는데, 여기에서는 공유되는 신화의 등장이 핵심적인 역할을 하게 된다.

비극의 죽음은 때때로 그리스 비극의 죽음을 가리키는 약호가 될 수 있다. 이 예술을 아이스킬로스, 소포클레스, 에우리피데스의 연극과 동일시하는 사람들 가운데 일부는 다른 역사적 상황에서 잉태된 비극과 만날 때 그 종말을 선언하는 경향이 있다. 제목이 보여 주듯이 토머스 라이머Thomas Rymer의 『비극에 대한 짧은 검토: 최초의 탁월함과 변질A Short View of Tragedy: Its Original Excellence and Corruption』(1693)은 물론 그런 경우다. 마치 시를 이제는 전과 달리 영웅시격으로 쓰지 않게 되었기 때문에 시가 죽었다고 선언하거나 보잉은 타이거 모스가 아니므로 비행기가 아니라고 주장하는 것과 마찬가지다. 우리는 신, 신화, 운명, 고귀한 태생의 주인공, 고양의 정신, 신령한 느낌이 비극에 필수적이라는 말을 아주 자주 들었지만, 보통 그 이유까지 들은 적은 없다. 아마 그리스 비극에서 올림포스의 존재들이 하는 역할은 자신들의 악의에 찬 음모에 도전하거나 자신들이 선포하는 숙명에 용감하게 복종하는 자들의 굳센 마음을 증명하는 것일 터다. 그러나 쉽게 구할 수 있는 도덕적으로 평판이 나쁜 다수의 신 없이는 그런 덕성을 극화할 수 없는데, 이후의 많은 비극이 하는 일이 바로 그런 것이다.

근대성은 비극을 망치기는커녕 생명을 새로 연장해 주었다고 할 수 있다. 우선 잠재적인 비극적 주인공의 대오를 한없이 부풀려 놓았다. 민주주의 시대에는 누구라도 거리에서 뽑아내 견딜 수 없을 정도로 팍팍한 장소에 갖다 놓기만 하면 후보가 될 가능성이 있다. 리타 펠스키Rita Felski가 말하듯이 "고난에 대한 이런 민주화된 비전에서는 은행 직원이나 상점 여직원의 영혼도 중대하고 헤아릴 수 없는 힘들이 자신을 완전히 소진하는 전장이 된다."[50] 호라티우스는 시인들에게 신이 평민의 악센트로 말하는 것을 허락하지 말라고 조언하는데, 비극적 영웅도 마찬가지일 것이 분명하다. 하지만 우리는 근대 영웅들로 오면서 이런 속물주의를 치워 버렸다. 계몽주의 이후로 우리는 인간이 지위, 성격, 성별 또는 민족적 기원 때문이 아니라 단지 인간 종의 구성원이기 때문에 귀중하다는 마음을 흔드는 명제(기독교가 오래전부터 예고하던 명제)와 마주하게 된다.

이런 의미에서는 동일성이 아니라 차이가 반동적일 수 있다. 아서 밀러는 정신분석 이론이 이런 혁명적 신조에서 자기 몫을 한다고 지적한다. 무의식의 전략은 사회적 분리에 무관심하기 때문이다.[51] 희극과 비극 양쪽 모두 오랜 원천은 모든 사람이 다른 모든 사람 가운데 누구든 욕망할 수 있다는 사실이다. 욕망은 사회적 구분을 존중하지 않으며 프로이트가 보기에 욕망의 무시무시한 쌍둥이인 죽음에도 같은 말을 할 수 있다. 그렇다 해도 누구나 비극의 제재가 될 수 있다는 관념에는 덜 긍정적인 함의가 실릴 수 있다. 이것은 비극이 보통 사람들이 다다를 수 있는 유일하게 가능한 특별한 성취라는 뜻이 될 수도 있다. 유진 오닐Eugene O'Neill은 이 점을 염두에 두고 말한다. "'인간'의 비극은 아마도 그에 관한 유일하게 의미 있는 일일 것이다. (⋯) 개별적 삶은 그런 갈등에 의해서만 의미를 띠게 된다."[52] 근대는 도덕적으로 완전히 파산했기 때문에 비극적 결말이 우리 대부분이 갈망할 수 있는 유일한 가치다.

근대성이 비극을 좌절시키기보다는 촉진할 수 있는 다른 이유들이 있다. 우리는 이성의 한계, 한때는 자주적이었던 인간 주체의 연약함과 자기 불투명성, 통제 불가능한 수수께끼 같은 힘들에 노출된 상황, 힘과 자율성에 가해지는 제약, 인간의 행복에 완전히 무관심해 보이는 익명의 '타자' 안에서 찾아야 하는 기원, 다원적 문화 안에서 선善들의 불가피한 갈등, 인간이 주는 피해가 장티푸스처럼 퍼질 수 있는 사회질서의 복잡한 밀도를 새삼 인식하고 있다. 이것은 비극 작가들이 살던 아테네 같은 작고 긴밀하게 얽힌 문화와 완전히 동떨어지지는 않은 조건이다. 프로이트 이후 시대를 사는 우리 또한 어떤 행동을 하고 있는 것이 과연 누구인지―물론 우리의 경우에 그 답은 헤라나 제우스가 아니겠지만―또는 우리 행동 안에 의도와 결과 사이의 어떤 숙명적인 틈이 내재하고 있는 것은 아닌지 물어보는 것이 가능다고 생각할 수도 있다. 우리는 세계화된 행성에 함께 묶여 있기 때문에 원죄의 감각—우리가 무고하지만 죄를 지은 자들로서 이 빽빽한 연결망 안에서 움직이다 보면 우리도 모르는 사이에 어딘가에서 누군가에게 피해를 주지 않을 수 없다는 사실을 아는 것—이 복귀하고 있다. 또 이 행성이 인간의 궁극적 오만의 행동에서 살아남을 수 있느냐 하는 문제도 있다. 파멸이 생태적 재앙의 형태를 띠든 핵 파괴의 형태를 띠든. 그런 것이 헤겔의 표현을 빌리자면 "인간이 자신의 존재에 등을 돌릴 때 그 존재를 거슬러 불러내게 되는 힘"의 본성이다.[53] 게다가 근대성은 그런 파우스트적 갈망을 낳음으로써 그런 갈망의 수치스러운 붕괴를 목격할 위험이 있다. 어떤 역사적 시기도 근대처럼 인간의 힘을 풍부하게 풀어놓은 적이 없으며, 따라서 어떤 시기도 자신이 풀어놓은 힘에 정복당할 위험이 이렇게 컸던 적이 없다. 막스 베버가 말하듯이, "수많은 고대의 신이 주문에서 풀려 비인격적 힘의 형태로 무덤에서 기어 나와 우리 삶을 지배할 권력을 차지하려고 영원한 싸움을 재개하고 있다."[54]

비극이 긍정적인 양식이라는, 겉으로 보기에 뒤틀린 주장은 인간의 고난에 대한 둔감함에도 불구하고 사 줄 수 있는 면이 있다. 물론 그러려면 거기에서 일단 일군의 미심쩍은 가정 전체를 잘라 내야 한다. 비극이 불굴의 인간 정신의 승리를 제시하기 때문이라는 가정, 역경과 마주하는 것은 항상 담금질이 되고 잘못을 깨닫는 과정이라는 가정, 그런 극단에서만 인간성의 바닥이 드러난다는 가정, 겉으로는 순수한 불행으로만 보일 수도 있는 것을 통하여 섭리적 질서의 윤곽이 드러날 수 있다는 가정. 이런 것들은 비극이 관객에게 영감을 줄 수 있는 가장 설득력 있는 방식이 아니다. 오히려 죽을 위험에 처하거나 심각한 고통 중에 있는 사람을 인상적으로 보여 주는 것이 위기에 처한 인간성의 가치에 대한 우리의 감각을 새롭게 해 줄 수 있다. 그렇기는 해도, 비극의 철학자들은 그것 말고도 우리가 인간에 관하여 소중하게 여기는 것을 기억할 수 있는 다른, 똑같이 보람 있는 방법들이 있다는 점—꼭 죽는 것을 지켜봐야만 인간의 가치를 높이 평가하게 되는 것은 아니라는 점—을 일반적으로 덧붙이지 않는다.

자크 라캉이나 슬라보이 지제크Slavoj Žižek 같은 사람들에게는 굴라크Gulag나 홀로코스트가 비극적이라고 묘사될 수 없다. 그것이 드러내는 공포가 너무 깊은 곳에 이르러 비극적 존엄으로 승화될 수 없기 때문이다.[55] 나치 수용소의 고통받는 재소자들을 비극적이라고 묘사하는 것은, 지제크의 주장으로는, 도덕적 외설이다. 마치 그런 언어도단인 일에 의미를 할당하는 행위 자체가 배신의 행동인 것 같다. 그러나 의미가 없는 것은 부조리한 것이며 굴라크와 홀로코스트는 물론 그런 것이 아니다. 그것들이 어떤 의미를 이룬다고 주장하는 것은 거기에 가치를 부여하는 것이 아니다. 이해하는 것이 도덕적으로 받아들이는 것과 같지는 않다. 죽음의 수용소에 관해 일관성 있게 말하는 것이 그것을 만드는 데 도움을 준 이성의 억압적 형태와 한 통속이 된다고 두려워하는 사람들이 있다. 그러나 합리성은 또 이런 극악무도한 일을 끝장내는 데도 핵심적 역할을 했다. 어쨌든 우리가 완전히 의미 없는 일과 명백하게 의미 있는 일 사이에서 선택하는 일과 마주하기라도 한 것은 아니다. 의미화라는 어떤 거대한 음모를 약화하기 위해 부조리를 끌어안을 필요는 없다, 가장 고양된 비극에는 익살맞은 요소가 있을 수 있기는 하지만. 고대 그리스 비극은 우리의 납득을 초월하는 것이 존재한다는 사실을 인식하고 있지만, 이것이 인간의 잔혹 행위가 모든 추론을 좌절시킨다는 말은 아니다. 토마스 아퀴나스는 하느님에 관해 이야기할 때 우리는 무엇에 관해 이야기하는지도 모른다고 생각하지만, 그러면서도 그런 이야기로 엄청나게 많은 책을 채워 놓았다. 프로이트에게 비의미는 의미의 뿌리에 놓여 있지만, 이것이 의미화를 나쁜 것으로 내다 버릴 이유는 아니다.

어쨌든 지제크에게는 미안한 일이지만, 어떤 사건이 비극적이 될 자격을 갖추기 위해 거기에 존엄이나 고귀함이 들어갈 필요는 없다. 물론 가치에 대한 어떤 감각이 포함될 필요는 있지만, 이것이 우리가 무대에서 보는 인물에게서 정신의 어떤 웅장함으로 표현될 필요는 없다. 그들 스스로 인간성이 자신에게서 빠져나간다고 느낄 때 그들의 인간성 관리인 역할을 하는 것은 우리, 관객일 수도 있다. 유진 오닐은 비극은 거기에 "변화시키는 고귀함"이 있어야만 한다고 주장하지만,[56] 그는 인물의 경험과 관객의 경험 사이의 이런 구분에는 주목하지 않는다. 벨젠이나 부헨발트의 수감자들이 자신의 고난을 통해 성화된 상태로, 또는 운명에 용감하게 체념한 채로, 또는 자신이 세계사적 인물이라고 의식하면서, 또는 비록 자신은 죽을지라도 인간 정신 자체는 불굴이라는 생각에 의기양양한 채로 죽어야만 비극적이라는 명칭을 얻을 수 있었던 것은 아니다. 그냥 견딜 수 없는 상황에 처한 사람이기만 하면 그만이었다. 비극적 주인공으로 자격을 갖추기 위해 특별히 어떤 일을 할 필요가 없다는 것은 진부한 진실이다. 궁지에 처한 인간이기만 하면 된다. 고결할 필요도 없다. 그런 비참한 상황을 맞이해도 싸다는 소리를 듣지 않을 만큼만 고결하면 된다. 비극은, 쇼펜하우어의 표현을 빌리면, 위대한 불행의 우화다. 무대 위에서 일어나든 밖에서 일어나든, 제우스 때문에 생긴 일이든 완전한 우연으로 생긴 일이든,[57] 주인공이 공주든 운전기사든, 몰락이 자기 탓이든 남들 때문에 쓰러지는 것이든, 사건이 화해에 이르든 막다른 골목에 이르든, 또는 초월적 인간 정신의 증언이 되든 상관없다. 대체로 보면 일반 대중은 이런 교리에 충실하게 비극이라는 말을 가장 생산적으로 사용하고, 이론가들은 일반적으로 그렇게 하지 못한다.[58]

비극은 극한 상태에 처한 인간을 제시하며, 물론 이것이 인간 정신의 101호실*이라고도 할 수 있는 것에 깊이 몰두하는 모더니즘이 이 형식을 그렇게 환대하는 하나의 이유다. J. M. 쿠체J. M. Coetzee가 『야만인을 기다리며Waiting for the Barbarians』에서 말하

---

* 조지 오웰의 『1984』에 나오는 고문실

듯이 "최후의 진실은 오직 최후의 극한에서만 이야기된다." 이것은 고문자가 인간성을 바라보는 관점이며, 진실과 일상생활은 대립한다고 가정하는 관점이다. 이런 관점에서는 비극적 주인공이 통상적인 환상이나 지극히 평범한 타협이 누더기처럼 몸에서 떨어져나가는 상황에 던져지면서 자신의 정체성의 진실을 마주하게 된다. 나중에 보겠지만 아서 밀러의 윌리 로먼*은 이런 점에서 복합적 표본이다. 윌리는 끝까지 허위의식에 매달리지만, 이런 가짜 정체성에서 물러서기를 거부하는 과정에서 인정받으려는 요구도 포기하지 않으려 하는데, 부패한 사회는 이 요구를 들어줄 수 없다. 그를 고독과 죽음으로 몰아가는 것은 용기 있는 미망에 사로잡힌 상태에서 나오는 이 무시무시한 끈질김이다.

이런 의미에서 로먼은 감탄할 만하면서도 경악할 만한 비타협적 태도를 과시하는데, 이런 태도는 일찌감치 소포클레스의 목이 뻣뻣하고 심술궂고 당당하여 굴복을 모르는 주인공들 시절부터 비극적 무대에 퍼져 있던 것이다. 자신의 존재 전체를 삼키는 어떤 약속에 끝까지 충성하고자 하는 내적인 강박에 내몰리고, 삶자체보다 귀중하게 여기는 욕망을 버리고 굴복하느니 차라리 죽음으로 끌려가는 쪽을 택하는 비극적 인물들의 전통이 존재한다. 자크 라캉이 '실재계'에 대한 욕망이라고 부르는 것이 이것으로, 에로스Eros와 타나토스Thanatos가 긴밀하게 얽혀 있는 형태의 갈

---

*   아서 밀러의 『세일즈맨의 죽음Death of a Salesman』 속 주인공

망이다.[59] 라캉이 읽는 소포클레스의 안티고네에서만큼 이런 거부가 분명하게 나타나는 곳은 없다. 『정신분석의 윤리학*L'Éthique de la Psychanalyse*』*에서 라캉은 이 인물이 이성, 윤리, 의미화를 초월하는 영역에 사는 것으로 본다. 이 인물은 상징적 질서의 맨 끝 가장자리에 자리 잡은 채 그 법에 복종하는 상태를 유지할 수 없는 '절대적인 것'의 수수께끼 같은 화신이다. 그 경계에는 죽음 또한 도사리고 있기 때문에 죽음과 여주인공이 그렇게 친밀한 관계라는 것이 확인된다 해도 그리 놀랄 일은 아니다.[60]

슬라보이 지제크는 이 희곡의 이런 독법을 충실하게 따라 안티고네가 "사회적 조직 전체를 파괴하는 '사물'의 '타자성'에 대한 무조건적 충성"을 대변한다고 주장한다.[61] 크레온과 안티고네의 대면에서는, 지제크는 말한다, "아무런 대화도, 합리적 논증을 통해 크레온에게 자신의 행동의 그럴듯한 근거를 납득시키려는 아무런 시도(안티고네 쪽에서)도 없고, 그저 자신의 권리에 대한 맹목적 고집뿐이다."[62] 우리는 이성에 귀를 닫고, 인간 사회를 경멸하고, 최고 수준의 자기 신뢰에서는 오만하게 굽힘이 없고, 죽음이라는 관념에 매혹되어 있고, 신중함이라는 작지만 칭찬할 만한 미덕은 고고하게 내쳐 버리고, 자신의 동기는 확실하게 파악하지 못하는 인물에 찬사를 보내라는 권유를 받는다. 크레온에게 도전하는 그녀의 행동은 순수한 거부와 반항의 행동이며, 사회질서의 기초

---

* 국내에서는 『라깡의 인간학』이란 제목으로 출간되었다.

에 타격을 가하는 "기적적" 사건이다. 만일 그렇다면 왜 그녀가 이 희곡에서 유서 깊은 의무와 신들의 의지에 복종하여 행동하는 것으로 제시되는지 분명치 않다.

이런 이상화된 인물, 가끔 당혹스럽게도 이 소포클레스 희곡의 장 아누이Jean Anouilh판板에 등장하는 사춘기 유사 실존주의자에 가깝게 다가가는 인물이 우리가 이미 생각해 본, 영적으로 엘리트주의적인 비극 독법과 그렇게 정확하게 연결되고 있다는 점은 주목할 만하다. 라캉의 『안티고네Antigone』* 해석은 이런 보수적 혈통의 수증자이면서도 거기에 겉으로 보기에는 급진적인 전환을 제공한다. 일상생활에 대한 라캉의 높은 톤의 경멸은 좌익 프랑스 사상의 익숙한 특징으로 이것은 어떤 순수한 행동, 더 높은 진실, 고집스러운 거부, 불필요한 몸짓, 정화하는 폭력, 절대적 반항, 진정성의 화려한 숭배 등에 대한 헌신을 수반한다. 소부르주아지의 회계실 사고방식보다는 신중함, 등가, 계산에 대한 무모한 귀족적 혐오를 선호한다. 반항이라는 순수한 행동의 미학적 광채가 동정이라는 범상한 행동보다 가치 있다. 지속적 반항의 정치에서는 볼셰비키보다는 보헤미안 쪽인 사람, 제정신이 아니고 폭력적이고 악하고 괴물 같은 사람들이 교외 사회의 황량한 정통성을 전복한다.

그렇다고 모든 정통성이 유해한 것도 아니고 모든 전복이 혁

---

* 소포클레스의 희곡 『안티고네』에서 영감을 받아 같은 제목의 희곡을 썼다.

명적인 것도 아니다. 현재 사회적 정통성은 민족적 소수파를 학대로부터 보호하는 것과 노동하는 남녀가 노동을 중단할 권리를 포함한다. 슬라보이 지제크는 『시차적 관점The Parallax View』에서 일상적으로 윤리적인 것과 진정하게 종교적인 것에 대한 키르케고르의 엘리트주의적 구분을 채택한다.[63] 그러나 '기독교 복음'이 일으킨 스캔들은 신이 가장 근본적으로 예배, 제의, 내적 경험에 있는 것이 아니라 병든 자를 찾아가고 굶주린 자를 먹이는 행동에 있다는 것이다. 그렇게 많은 비극 이론에서 고상하게 폄하하는 보통 생활이라는 관념은 사실 기독교가 발명한 것으로, 몇 가지 점에서는 반종교의 한 형태다.[64] 윤리적인 것은 단지 일상적인 실천에서 종교적 신앙을 어떻게 살아 내느냐 하는 문제다. 그러나 이런 관점에서 점강법의 낌새를 채는 사람들에게 윤리란 이 세계의 영적인 평민에게 국한된 영역이며, 내적 삶을 사는 귀족은 선과 악을 넘어선 영역에서 움직인다.

영원한 반항자가 상징적 질서의 가장자리에서 어슬렁거리며 마음속에 그 질서에 대한 경멸밖에 없다면 테러리스트도 마찬가지다. 부당한 권위에 대한 안티고네의 도전은 적어도 사회적 관습의 관점에서 보자면 "괴물 같은" 행동일 수도 있지만, 그런 묘사에는 어린아이들의 머리를 날려 버리는 행동이 조금 더 정확하게 들어맞는다. 크레온 같은 목이 뻣뻣한 족장은 이 세계의 안티고네들에게 너무 쉬운 표적이지만, 그런 명령 복종 거부자들이 사회주의―페미니즘 질서와 맞서게 된다면 어떨까? 그 옹호자들이 여전히 그들의 거부 행위를 그렇게 열심히 찬양할까? 반항자와 정치적 질서를 대립시키는 것은 순전히 형식주의적인 태도다. 이것은 어떤 형태의 반역이 위태로운가, 어떤 유형의 통치권과 맞서는가 하는 문제를 모호하게 만든다. 귀중한 형태의 권위와 유아적 반대 행동도 있는 것이다.

이 버전의 안티고네가 제공하는 것은 사실 좌파 엘리트주의의 한 형태다. 어떤 면에서 이것은 급진적 형태의 스타이너주의로, 비극의 죽음이라는 문제로 곧바로 들어가 버린다. 지제크는 어떤 사람도 자신의 종자에게는 영웅이 아니라는 헤겔의 유명한 격언을 인용하면서 근대에는 "더 높은 수준의 모든 위엄 있는 태도가 더 낮은 수준의 동기로 환원된다"고 불평한다.[65] 근대성은 숭고를 감당할 능력을 축소해 버렸다. 『반시대적 고찰*Unzeitgemässe Betrachtungen*』의 니체가 그랬듯이 지제크가 보기에도 우리는 영웅 없는 세계에서 살 운명인데, 사실 이것은 베르톨트 브레히트의 마음을 기쁘게 해 주었던 전망이다. 지제크가 윤리적 폭력이라고 부르는 것—도덕적 관점이 서로 완전히 다르기 때문에 일치를 위해 노력하기보다는 끝까지 싸워야만 하는 상황—은 비열한 합의주의에 밀려났다. 니체의 맥락에서는 삶 자체가 '권력 의지', 투쟁과 논쟁의 문제다. 따라서 우리는 '실재계'(또는 디오니소스적 세계)를 정면으로 응시하는 데 필요한 영적 힘을 끌어모아 합리성이라는 우리의 하버마스적(또는 아폴론적) 환상을 부수어야 한다.[66]

하지만 비극에 대한 보수적 이야기(라캉의 이야기를 포함하여)가 가정하듯이 극단과 보통의 삶이 늘 불화가 심하다는 것은 사실이 아니다. 발터 베냐민은 말한다. 모든 것이 정상으로 이루어지는 상황이야말로 위기다.[67] 조지 엘리엇George Eliot은 『미들마치 Middlemarch』에서 "빈발이라는 사실 자체에 들어 있는 그 비극의 요소"에 관해 말하는데, 이것은 일반적으로 너무 집요하기 때문에 우리가 그 상황에 요구되는 감수성으로 대처하지 못하는 그런 조용한 절망 상태를 뜻한다. 그녀의 사회에서 그런 상태는 보통 여자들의 경험이었다. "우리가 모든 일반적인 인간 삶을 파악하는 날카로운 눈과 감각을 가지게 된다면", 엘리엇은 말한다, "그것은 마치 풀이 자라는 소리나 다람쥐의 심장박동을 듣는 것과 같을 것이며, 우리는 정적 건너편에 있는 그 포효 때문에 죽고 말 것이다. 그러나 사실상 우리 가운데 가장 예민한 사람도 둔감으로 꽁꽁 싸인 채 돌아다니고 있다." 일부 전통적 비극 이론가들은 분명히 그렇게 꽁꽁 싸인 채 고통으로부터 격리되어 있는 것으로 보인다.

2. 근친상간과 산술

오래전부터 『오이디푸스 왕*Oedipus Tyrannus*』에는 산술算術과 관련된 서브텍스트가 있는 것처럼 보였다.[1] 오이디푸스의 아버지 라이오스는 세 길이 만나는 곳에서 죽임을 당한다. 오이디푸스가 꾀로 이기는 스핑크스는 여러 생물의 복합체이며, 그가 지역 주민을 공포에 떨게 만드는 수수께끼는 수와 관련될 뿐 아니라 인간 삶의 세 단계를 하나의 질문에 합쳐 놓은 것이다. 이 희곡에는 라이오스를 암살한 자가 한 명인가 여러 명인가 하는 문제를 둘러싼 해결되지 않은 유명한 난제가 담겨 있다.[2] 여러 명이라면 오이디푸스에게는 친부 살해죄가 없다. 하지만 우리가 어떤 일을 했든 안 했든 죄가 있을 수도 있고, 우리가 어떤 일을 했는지 안 했는지 절대 확실하게 알지 못할 수도 있다. 모리스 메를로퐁티가 말하듯이 "그리스 비극 전체는 우리 모두 우리가 무슨 일을 하는지 알지 못하기 때문에 유죄이기도 하고 무죄이기도 하다는 본질적 우발성이라는 관념을 가정하고 있다."[3]

성마르게 하나는 하나 이상이 아니라고 고집하는 오이디푸스는 아들이자 남편, 아버지이자 형제, 범죄자이자 입법자, 왕이자 거지, 원주민이자 이방인, 독이자 해독제, 인간이자 괴물, 유죄이자 무죄인 자로서, 또 맹목적이면서 명민하고, 거룩하면서 저주를 받고, 마음은 빠르면서 발은 느리고, 수수께끼를 푸는 자이자 판독 불가능한 수수께끼로서 그 자신이 바로 하나 이상인 하나다.[4] 그는 자신을 무無로 돌리는 데 뛰어나게 능숙한 사람이다. 어떤 비평가가 말하듯이 그는 "자아의 불안정한 산술"을 전시한다.[5] 사람은 자신이 얼마나 많은지 절대 자신할 수 없다. 셈은 보기만큼 단순한 일이 아니며, 얼마나 많은 사람이 라이오스를 죽였는가 하는 문제를 둘러싼 차이가 그것을 잘 보여 준다. 모든 남녀는 헤아릴 수 없이 많은 조상의 후손이며, 너무 많은 섬세한 가닥으로 짜여 있어 사실상 읽어 낼 수 없는 텍스트다. 어쨌든 소포클레스의 드라마를 볼 때, 포스트모더니즘에게는 미안한 말이지만, 모든 다수성이 자비로운 것은 아니며, 모든 혼종성이 천사 같은 것도 아니고, 모든 정체성 주장이 계몽의 결과가 아니라는 것도 아니라는 것이 분명해진다.

오이디푸스는 하나 이상의 존재이지만 이는 여느 사람과 다를 바 없다. 모든 개인은 주체와 객체로 동시에 존재한다는 한 가지 사실 때문에라도 필연적으로 자기동일성이 없기 때문이다. 더욱이 상징적 질서에서 어떤 자리를 차지한다는 것은 마치 『한여름 밤의 꿈A Midsummer's Night's Dream』에서 건방진 보텀이 그러는 것처럼 일련의 역할 전체(어머니, 아주머니, 사촌, 누이 등)를 동시에 연기하는 것이다. 어쨌든 자기 자신이 되는 것에는 늘 어느 정도 연기가 따른다. 『오이디푸스 왕』은 다른 무엇보다도 역할 연기에 관한 희곡일지 모르지만, 하나의 연극으로서 그런 이중성—플라톤이 『국가Republic』에서 극 공연에 쌀쌀맞은 태도를 보여 주었던 핵심적 이유인 자아의 불안정성—의 중요한 예이기도 하다. 연극은 또 폴리스를 폴리스 자신에게 비추어 준다는 의미에서 이중성을 다루기도 하는데, 이런 방식은 우리가 보았듯이 정체성에 대한 감각에 문제를 제기할 수도 있고 그것을 확인해 줄 수도 있다. 관객이 낯설게 만드는 빛, 관습적인 자기 이해를 흔들어 놓을 수 있는 힘을 가진 빛 속에서 자신을 볼 수 있다면 동시에 이 위험한 앎을 동화하고 그것을 받아들이려고 노력할 수도 있다.

오이디푸스는 또 모든 인간과 마찬가지로 자신에 대한 인식과 '타자'의 관리하에 있는 자기 정체성의 다른 형태 사이에서 나뉘어 있다. 그 관점에서 보는 자신(근친상간을 저지른 친부 살해자)은 자신이 보는 자신이 아니며, 그가 자기도 모르게 하는 모호한 말의 진정한 의미는 여느 인간의 발언과 마찬가지로 일차적으로 그의 의식적인 의도가 아니라 '타자'(언어, 친족관계, 사회관계로 이루어지는 장場 전체) 안에서 그것이 차지하는 위치에 의해 결정된다. 에고ego의 진실은 주체의 진실과 일치하지 않는다. 오만하게 자기 결정을 하는 이 인물 내부에서 뭔가 이질적인 것이 행동하고 말을 하며, 이것이 그의 말 속에서, 사실 그의 이름 속에서도 수수께끼 같은 서브텍스트로 집요하게 남아, 그의 상상의 정체성을 탈중심화하고 마침내 그를 죽음으로 몰아간다.

오이디푸스가 말하는 방식과 그가 말해지는 방식 사이의 차이는 인간 자체가 아이러니의 화신임을 드러낸다. 애초에 의식적 주체를 세워 주는 것—'타자' 또는 사회적 무의식—에 대한 앎은 이룰 수 없다는 것 그 아이러니의 한 부분이다. '타자'를 전체로서 파악할 수 있는 관점이 존재하지 않기 때문, '타자'의 타자는 없기 때문이다. 어쨌든 에고는 자신을 만드는 데 들어가는 많은 것을 망각으로 밀어 넣는 행동을 통해 존재하게 되며, 따라서 사람은 절대 완전히 자기동일성을 이룰 수 없다는 것이 사람의 정체성의 한 속성이 된다. 정신분석학적으로 말하자면 사람은 결코 단순하게 하나일 수 없다. 애초에 주체를 존재하게 하는 것이 원초적 분열이기 때문이다. 오이디푸스가 마침내 자신의 진정한 자아를 만날 때, 그 자아는 낯선 존재로서 그와 대면한다. 그는 자신이 누구인가 하는 문제에서 진실과 마주할 때 그 어느 때보다 자신에게 어리벙벙하다. 알아보는 것과 관련된 위기는 동시에 눈이 머는 순간이기도 하다. 앎은 밝게 빛나지만 그것 때문에 눈이 부셔 앞을 보지 못한다. 진실이 베일을 벗을 때 그것은 무지와 미망이라는 진실임이 드러난다.

통치자로서 오이디푸스는 이미 하나 안의 다수이며 전체 공동체에 대한 책임을 어깨에 짊어지고 있다. "나의 심장은 나 자신의 무게, 거기에 당신의 무게와 내 모든 백성의 슬픔을 짊어지고 있소." 그는 사제에게 말한다. 근친상간의 독특한 산술에서 각 개인 또한 하나 안의 여럿이다. 근친상간 금기는 둘이 하나가 되는 것은 가능하지 않다고 말하지만, 섹슈얼리티는 그런 제약에 순응하려 하지 않는다.[6] 쌍둥이의 경우를 제외하면 일반적인 성적 재생산에서는 1+1=1이지만, 여성 파트너가 남편에게 아내이자 어머니이고 손자에게는 어머니이자 할머니라는 네 가지 역할을 합하고, 남성 파트너 또한 여자의 아들이자 남편이고 자식의 아버지이자 형제로서 비슷하게 여러 역할을 융합하고 있는 성적 재생산 행동에 맞는 공식은 무엇일까? 따라서 어떤 것이 그 자체인 동시에 다른 어떤 것이 되는 근친상간은 특별히 매혹적인 아이러니의 사례이며, 이런저런 종류의 아이러니는 소포클레스 걸작의 모든 조직에 스며들어 있다.

우리는 어떤 것이 그 자체이면서 동시에 다른 어떤 것이라는 사실—예를 들어 한 여자가 동시에 어머니, 사촌, 아주머니, 딸이라는 사실—이 상징적 질서를 구성하는 특징이라는 것을 보았다. 따라서 근친상간에서 어긋난 것이 무엇이든 단지 다수라는 것이 문제일 수는 없다. 경계의 침범은 일상적인 일이다. 이오카스테는 나쁜 상황을 완화하기 위해 자기 어머니하고 자는 것을 꿈꾼 남자는 많다고 말한다. 게다가 친족 체계가 효과적으로 작동하려면 근친상간은 지속적 가능성으로 남아 있어야 한다. 여러 역할이 서로 결합 가능할 만큼 유연해야 한다면 가끔 불법적 치환이 튀어나올 가능성이 크다. 이런 의미에서 일탈은 규범적 상태의 조건이다—이것은 문명화된 사회가 폭력적 기원으로부터 나타나는 것과 비슷한 면이 있는데, 오이디푸스도 다친 발에서 출발했다. 애초에 상징적 질서를 만들어 내는 욕망은 늘 그 질서를 제자리에 붙잡아 두는 수칙을 무시할 수 있다.

괴물은 전통적으로 스핑크스와 마찬가지로, 구분을 생략하고 차이를 왜곡하고 제대로 구분되어야 하는 특징들을 섞어 놓는 피조물이다. 리처드 매케이브Richard McCabe가 근친상간에 내포된 "정체성의 상실 또는 불확실성"과 관련하여 말하듯이 "전통적인 친족 어휘의 혼란은 바벨로의 퇴행, 이해할 수 있는 가치들의 혼란을 수반한다."[7] 롤랑 바르트는 근친상간을 "어휘의 놀라움"이라고 묘사하는데, 이는 근대의 고전적인 절제된 표현 가운데 하나로 꼽을 만하다.[8] 괴물은 "저것이 무엇이냐?" 하는 질문에 결정적인 답을 할 수 없는 존재인데, 이것은 인간 자신도 할 수 없는 일이다. 이런 의미에서 오이디푸스와 스핑크스는 서로 적대자일 뿐 아니라 거울 이미지기도 하다. "인간"이 스핑크스의 수수께끼의 답이라면, 오이디푸스 자신은 정신의 명민함으로 스핑크스에 대한 우월성을 증명하는 바로 그 순간에 종의 대변인으로서 그 괴물 같은 혼종성을, 따라서 인간과 스핑크스의 친연성을 인정하고 있는 셈이다.

오이디푸스 자신이 그 수수께끼의 답이다. 그가 쫓고 있는 무법자가 그 자신인 것과 마찬가지다. 부질없이 자신의 꼬리를 잡으려 한다는 암시가 있는 이런 자기 지시적 상황에는 약간 희극적인

데가 있다. 이것은 근친상간이라는 더 어두운 희극을 거울처럼 비추는데, 사실 근친상간은 어지간히 재미있는 우스개들의 주제이기도 하다. 그런 농담이, 아이리스 머독Iris Murdoch의 소설 『잘려진 머리 *A Severed Head*』의 한 인물이 언급하듯이, 마음을 뿌리까지 흔드는 섹슈얼리티의 한 양식에 맞서려는 방어책이라는 데에는 의심의 여지가 없다. 그러나 근친상간적 관계는 또 유머의 주요한 부분을 이루는 부조화의 어떤 면을 보여 주기도 한다. 자신의 오염된 상태에 대한 오이디푸스의 언급―"신랑 아들", "형제이자 아들에게서 나온 자", "나를 낳은 곳으로 낳게 하려는"―은 소름 끼칠 만큼 날카로운 기지처럼 들린다. 이것은 소포클레스의 주인공에 관한 미국의 풍자 작가 톰 레러Tom Lehrer의 노래에서 분명하게 드러나는 블랙코미디comédie noire의 태도다. "그는 어머니를 다른 누구보다 사랑하여 / 딸이 누이가 되고 아들이 형제가 되었네." 스핑크스의 수수께끼는 이와 약간 비슷하게 사람들이 크리스마스 크래커*에서 찾아볼 수도 있는 난제에 가깝다. 근친상간은 과도한 절약의 한 형태로, 여기에서는 기적과 같은 간결성의 구현체인 희곡에서 제시되고 있으며, 우스개의 경우에 우리는 그런 절약을 통해 심리적 에너지를 저축했다가 나중에 웃음의 형태로 방출할 수 있다.

---

*   Christmas cracker. 두 사람이 양쪽 끝을 잡고 끌어당기면 폭죽 터지는 소리가 나게 만든 튜브 모양의 긴 꾸러미

괴물적인 것과 근친상간적인 것은 모두 범주의 혼란과 관련된다. 그러나 상징적 질서의 모든 점유자가 어떤 식으로든 혼종이라면 왜 근친상간이 유난히 혐오스러운 것이 될까? 한 가지 이유는 그것이 폴리스에 위협이 되기 때문이다. 족외혼族外婚 관계가 없으면 도시의 건설자 에로스는 가정이라는 영역 안에 갇혀 있게 된다. 프랑코 모레티Franco Moretti가 말하듯이 "근친상간은 혼인을 통한 교류를 불가능하게 만드는 욕망의 형태로, 권력이 여전히 신체를 가진 개인과 연결된 사회에서 이런 교류는 부의 네트워크를 강화하고 영속화한다."[9] 따라서 근친상간은 반사회적 열정이며, 욕망을 안정된 사회적 형식으로부터 분리하여 상징적 질서, 그와 더불어 그것이 지탱하는 의미의 세계 전체를 내파시킬 위험이 있다. 그런 의미의 왜곡으로서 근친상간은 말도 안 되는 짓이나 부조리의 한 종이며, 따라서 수수께끼와 흡사하다.

따라서 오이디푸스처럼 자신에게 낯선 자로 끝나지 않으려면 결혼의 침대에서 낯선 사람과 만나야만 한다. 근친상간 금기의 목적 가운데 하나는 상상의 영역—즉 정체성, 닮음, 상호 반영을 포함하는 관계—으로부터 바깥으로, '타자'의 영토로 시선을 돌리게 하는 것이다. 가족은 정치적 국가와는 달리 감정적 친밀성이 있는 장소다. 그러나 동시에 국가를 지탱하는 데 도움을 주어야 하며(예를 들어 노동력이 재생산되는 장소다), 따라서 사람을 국가로부터 차단할 수 없다. '상상계'가 '상징계'를 유린하는 것이 허락되어서는 안 된다. 고대 그리스인은 가정적 애정, 즉 자신의 친족에 대한 사랑과 낯선 사람 또는 비친족에 대한 에로틱한 애착을 구분하는 데 빈틈없었다. 근친상간이 훼손하는 것은 이런 대립이다. 이것은 또 섹슈얼리티가 에릭 샌트너Eric Santner의 말대로 "본디 변태적이고, 본디 목적론적 기능(기본적 경제 단위로서 가족의 재생산)을 초과한 상태"[10]라는 사실을 드러낸다. 섹슈얼리티 자체가 변태적이라면, 거기에 어울리는 이미지는 가정 단위가 아니라 근친상간이다.

『오이디푸스 왕』과 마찬가지로 『오레스테이아』와 『안티고네』 또한 가정적 영역과 정치적 영역 사이의 다툼과 관련되어 있다. 『안티고네』가 가족과 국가의 대립을 중심으로 삼으면서 『오이디푸스 왕』보다 좀 더 노골적으로 그 일을 한다. 안티고네의 이름은 그녀가 성적 재생산의 질서에 맞선다는 암시일 수도 있는데 근친상간은 물론 그런 예다. 근친상간이 그런 질서의 파괴인 것은 장애가 있는 후손이라는 결과를 낳거나(기형의 스핑크스 자신이 근친상간의 산물이다) 이것을 알게 되면 성적 재생산이 완전히 막힐 수도 있기 때문이기도 하지만, 이것이 몇 세대에 걸쳐 전해지며 정상적인 상속 계통을 웃음거리로 만들 수도 있기 때문이다. 만에 하나 안티고네 자신이 자식을 낳는다면 그들의 삼촌이었던 사람이 할아버지가 될 것이다. 심지어 근친상간의 자식이 어머니와 다시 결혼을 하는 토마스 만의 소설 『선택받은 사람Der Erwählte』에서처럼 이중 근친상간의 가능성도 생길 수 있다. 따라서 치명적인 가계를 잘라 내는 것은 인간이 인간에게 불행을 전하는 일을 막으려는 것이다.

근친상간은 적어도 이것이 부모와 자식 사이의 금지된 관계의 문제일 때는 또 세대의 차이를 없애 역사를 망칠 위험도 있다. 이것은 일종의 가짜 등식으로 부모와 자식을 동등하게 만든다. 스핑크스의 수수께끼 또한 구분된 세대들을 합쳐 버리고 유아기·성년기·노년기를 함께 묶는다. 이 수수께끼를 푸는 오이디푸스 자신이 동시에 아내의 자식이자 아내의 남편이자 나이 든 남자(아버지)로서 그 답의 한 예다. 서사에 대한 이런 적대 때문에 존 퍼드John Ford의 『안타깝게도 그녀가 창녀라니'Tis Pity She's a Whore』에 나오는 조반니와 아나벨라 같은 근친상간 쌍들은 혈통과 재생산에 무관심한 채 그들 나름의 시간을 초월한 영역을 차지하고 있는 것처럼 보인다. 이것은 『워더링 하이츠Wuthering Heights』의 히스클리프와 캐서린 사이의 강렬한 친화성에도 해당하는데 이 둘은 남매일 수도 있다. 시간성을 부정하는 것은 또 셰익스피어의 안토니와 클레오파트라의 사랑 관계에서처럼 죽음을 부인하는 것이기도 하다. 그 죽음은 남성 주체에게는 자신을 어머니의 몸에서 잘라내는 거세 절단에서 예시豫示되는데 어머니의 몸에 달라붙어 그런 분리를 거부함으로써 이것을 피할 수 있다. 그러나 동시에 이런 절단에서 차이가 가능해지고, 따라서 언어와 글이 가능해지는 것이기 때문에 근친상간에 관한 문학작품은 행복한 동산에서 추방당하는 것이 우리에게는 언제나 이미 일어나 버린 일이라는 사실에 대한 증언이다. 시간, 서사, 욕망은 모두 '타락'(전통적으로 복된 죄felix culpa라고 알려져 있다)이라는 참담하고 즐거운 사건에 의존하며, 이것은 곧 우리가 어머니의 몸을 포기하고 이 행복을 위태로운 수준의 자율과 바꾸는 순간에 의존하고 있다고 말할 수 있다. 이 시원의 트라우마를 억누름으로써만 스스로 역사를 새겨 나가는 것이 가능하다. 그러나 그때도 그 사악한 영향을 완전히 지우는 것은 절대 불가능한데, 오이디푸스가 다리를 저는 것에서 결코 벗어나지 못하는 것과 마찬가지다. 폭력에 의해 땅/어머니로부터 떨어져 나온 자리의 표시인 다친 발은 절대 온전해지지 않을 것이다.

오이디푸스는 폭군tyrannus이며, 이것은 곧 혈통에 따른 승계가 아닌 방법으로 권좌에 오른다는 뜻이다—물론 멋진 아이러니가 섞여 들어 그가 결국 라이오스의 아들, 즉 정통성을 가진 후계자라는 것이 드러나지만. 그의 범죄가 발견되는 것은 곧 그의 정통성이 드러나는 것이기도 하다. 그러나 외부자, 코린트에서 흘러 들어온 사람, 자신이 도시의 외지인이라고 여기는 테베의 아들이 왕이 되는 것은 어울리는 일이다. 통치자는 권한을 부여받아 사회질서 위에 올라서고, 따라서 어떤 의미에서는 그 질서 외부에 있기 때문이다. 이 점에서 그는 인간 공동체로부터 추방당한 거지나 무법자를 닮았다. 다수를 대표하는 외로운 인물로서 하나인 동시에 다수인 왕의 지위는 괴물과 비슷해진다. 괴물과 군주는 둘 다 별종 피조물이다. 인간의 산술에서 남자와 여자는 짐승 이상이지만 신 이하다. 문제는 사람이 그 둘 사이의 어떤 확정적인 중간지대를 차지하기보다는 둘의 모순적 복합체를 이룬다는 것이다. 이것은 근친상간을 저지르는 사람들에게도 해당한다. 하나 안에서 신, 인간, 괴물이 되는 것이 가능하며, 오이디푸스 자신이 결국 이 거룩하지 않은 삼위일체의 한 예가 된다.

오이디푸스는 혈통적 승계에 따른 군주가 아니지만 경력도 혈통적 논리와 일치하지 않는다. 희곡 전체에 걸쳐 그는 앞이 아니라 뒤로 움직인다. 과거가 현재에 침입하여 미래에 혼란을 일으키기 때문이다. 사람은 과거 때문에 다리를 절뚝일 수 있다ㅡ'발이 부운* 왕'의 경우에는 말 그대로 절뚝인다. 만일 문학적 플롯이 시간적 연속에 의지한다면 근친상간은 그것의 파괴가 될 것이라고 위협한다. 이 희곡에서 근친상간이 세계문학에서 가장 맵시 있는 플롯의 주제를 형성한다 해도 마찬가지다. 근친상간이 진전과 생식에 등을 돌린다면 타나토스, 즉 죽음 충동도 마찬가지인데, 이것이 그 둘이 연결되는 한 가지 방식이기도 하다. 『오이디푸스 왕』에서 『다리 위에서 바라본 풍경A View from the Bridge』에 이르기까지 근친상간적 욕망은 사람을 망할 수밖에 없는 운명으로 끌고 간다. 그것은 상징적 질서의 핵심에 웅크리고 있는 괴물로, 스핑크스와 마찬가지로 세심하게 조정해 놓은 모든 구분을 혼란에 빠뜨리면서 죽음과 참사를 끌고 들어온다. 이 거친 짐승이 사회적 질서의 변경지대에 웅크리고 있다면 죽음도 마찬가지인데, 죽음 또한 구분을 없애 구분의 자의적 성격을 드러내기 때문이다. 근친상간은 차이를 말살하는 것만이 아니라 외설적인 즐김이라는 면에서도 '실재계'나 '디오니소스적인 것'과 비슷한 데가 있다. 이 즐거움

---

* 　오이디푸스라는 이름이 '발이 부었다'라는 뜻이다.

은 모든 대상 가운데 가장 불가능해 보이는 것, 즉 어머니의 몸에 접근할 수 있는 것에서 나온다. 우리의 아폴론적인 환상들이 보존되고 우리의 서사가 이야기되고 연극 자체를 포함한 우리의 상징적 허구가 순조롭게 기능하려면 이 지나치게 친밀한 것이 나오지 못하게 막아야 한다. 사람은 존재의 핵심에 놓인 본체에 해당하는 것, 불결하고 트라우마적인 것이 보이지 않아야 거기 걸려 넘어지지 않고 정체성을 유지할 수 있다.

근친상간에 관한 앎은 부자연스러운 것에 관한 앎이지만 앎은 어차피 부자연스러운 것이라는 느낌이 있다. 앎은 우리가 속한 '자연' 바깥에 서서 객관화하는 눈으로 그것을 보려고 노력하는 것이다. 세계의 속으로 파고들고자 하는 시도는 전통적으로 범죄와 연결된다. '자연'은 전통적으로 인간성의 어머니로 여겨져 왔기 때문에 그 은밀한 장소로 캐고 들어가는 것은 근친상간적인 일이다. 오직 부자연스러운 행동으로만 자연이 자신의 비밀을 내놓지 않을 수 없게 만들 수 있다, 프리드리히 니체는 『비극의 탄생*Die Geburt der Tragödie*』에서 주장한다. 지혜는 '자연'에 반하는 범죄다, 그는 그렇게 선언하며 신나서 지식과 강간을 동등하게 취급한다. 또는 프로이트가 나중에 말하듯이 "범죄 없이는 성취도 없다."[11]

인간은 늘 세상으로부터 너무 소외되거나 세상과 너무 친밀하다—왕이나 무법자나 올림포스의 신처럼 세상 밖에 서 있거나 너무 노역에 얽매여 있어 세상을 있는 그대로 볼 수 없다. 소포클레스의 희곡에는 인식론적 문제가 있다. 어떤 대상에 대한 진짜 앎을 가지려면 대상과 어떤 거리를 확립해야 하는가? 이것은 자신을 아는 것에서는 특히 문제가 된다. 근친상간은 부자연스러울 수 있지만, 그만큼 세상을 놀라게 하지는 않는다 해도 자신에 대한 앎도 마찬가지다. 오이디푸스도 이것을 추구하지만 그것을 성취하기 위해서는 한 여자에 대해 아들과 남편이 되는 것만큼이나 부자연스러운 이중적 역할을 요구받는 듯하다. 사람이 어떻게 주체인 동시에 탐문의 대상인 객체가 될 수 있을까? 오이디푸스가 탐정과 동시에 범법자가 되는 것과 마찬가지다. 이것은 자신의 그림자를 덮치려고 하거나 자신의 신발 끈을 잡고 몸을 들어 올리려고 하는 것과 같지 않을까? 자신을 아는 것은 자기 동일적이 되는 것이지만, 동시에 자신을 둘로 쪼개 대상으로 바꾸고 그렇게 바로 그 행동 자체로 암묵적으로 자신의 주체성을 부정하는 것이기도 하다. 근친상간의 경우와 마찬가지로 이것은 하나에 둘이 들어가 있는 문제다. 게다가 자기를 아는 행동에 의해 자기가 바뀐다면 자기 자신을 어떻게 따라잡을 수 있을까?

이런 자기 분열에 맞서 자율의 꿈을 세울 수 있다—어떤 완전한 자기 현존이나 절대적 자기 창조라는 허구인데, 이것은 불가피하게 자신의 기원에 대한 주권을 포함할 수밖에 없다. 사실 출생이야말로 운명의 전형적인 예다—단지 우리가 우리 몸을 선택하지 못하는 것과 비슷하게 출생을 선택하지 못하기 때문만이 아니라 그것이 삶의 나머지에 영향을 미치기 때문이기도 하다. 근친상 간과 부친살해라는 이중의 행동이 아버지를 죽여 자신의 조상을 없애고 어머니를 아내로 삼음으로써 제거하려는 것이 바로 그런 의존이다. 그러면 이제 폭군처럼 스스로 만든 존재가 되는데, 폭 군은 자신의 통치를 정당화하기 위해 왕가의 혈통에 의존하는 것 이 아니라 단지 자기 재능의 힘으로 왕이라는 상을 빼앗는다. 그러 나 괴물이 되지 않고 어떻게 자신을 만드는가? 고대에 괴물은 어 떤 무시무시하게 일그러진 짐승만이 아니라 모든 친족으로부터 단 절된 피조물을 뜻할 수 있었으며, 따라서 오이디푸스는 그 말의 적 어도 두 가지 의미에서 괴물이다. 완전히 자기 결정적이 되고, 따 라서 자신과 너무 친숙한 관계가 되는 것은 자기를 구성하는 친족 과 사회관계의 네트워크를 배제하는 것이다. 그렇게 되면 이번에 는 자신에게 낯선 자가 된다. 오이디푸스의 욕망은 셰익스피어의 코리올라누스처럼 되는 것인데, 그는 "사람이 자신의 창조자이고 / 다른 친족은 알지 못하는 것처럼"(5막 3장) 행동한다.

근친상간에는 또 낯섦과 친밀의 상호작용이 포함된다. 자기 존재의 근원에 지나치게 가깝게 다가가는 과정에서 사람은 자신 에게 신비가 된다. 사람들은 관계 덕분에 지금의 그들이 되는데, 관계는 거리를 요구하기 때문이다. 차이와 동일성, 다름과 친화 사 이의 경계는 흐려지기 시작한다. 근친상간하는 아들은 어머니의 자궁에 다시 들어가 자신의 기원 안으로 사라져 그 결과 자신에게 사라진 존재가 되고 만다. 그러나 근친상간은 또 우리의 일상 조건을 반영하기도 한다. 뒤얽힌 인간 행동 속에서 그것을 구성하는 가닥들은 절대 완전히 풀 수 없으며, 우리는 모두 이질적 존재인 동시에 동료들이고, 우리도 모르는 새에 외부자로 보이는 자들과 동맹을 맺고 있다. 교차로의 낯선 자는 절대 완전한 외지인이 아니다. 우리 행동 가운데 아무리 사적인 것이라도 익명의 '타자'로부터 파생된 것이며, 따라서 (예를 들어) 사랑을 고백한다는 것은 아무에게도 속하지 않은 구절인 동시에 이전에 수도 없이 사용되고 오래 진열되어 때가 탄 구절을 입 밖에 낸다는 뜻이다. 인간 행동의 원천은 다양하고 모호하다. "이 행동이 내 것인가, 아닌가"는 터무니없는 질문이 아니며, 그 점은 "이 고통이 내 것인가, 아닌가"도 마찬가지일 것이다. 어디서 하나의 동인이 끝나고 다른 동인이 시작되는지 말하는 것은 늘 쉬운 일이 아니다. 우리의 가장 사소한 행위가 우리 스스로 통제할 수 없는 중대한 결과를 낳을 수 있다. 에리히 아우어바흐Erich Auerbach는 원죄라는 기독교의 교리가 "유전, 역사적 상황, 개인적 기질, 우리 자신의 행동의 결과로 이루어진 풀어낼 수 없는 직물로, 우리는 영원히 그 안에 말려 들어가 있다"고 올바르게 이해한다.[12] 자기를 만든다는 환상에 사로잡혀 있던 오이디푸스는 대가를 치르고 이 모든 것을 배워야 한다. 사실 이 환상은 워낙 완강하기 때문에 그가 인간의 상호의존성이라는 진실을 깨닫기 위해서는 근친상간이라는 형태로 그런 상호의존성의 무시무시한 패러디와 대면해야만 한다.

결국 가장 중요한 산술적 계산은 하나가 하나 이상이라는 사실에 대한 인정이 아니라 영이 영 이상이라는 사실을 인정하는 것이다. 오이디푸스는 오직 무無가 될 때만 뭔가가 될 수 있다―그리고 '창조'의 교리가 암시하듯이 뭔가와 무 사이의 차이는 모든 것에서 가장 근본적 차이다. "나는 인간으로 존재하기를 중단한 시간에 인간으로 만들어지는 걸까?" 그는 『콜로누스의 오이디푸스』에서 묻는다. 리어가 코딜리아에게 경고하듯이 무에서 아무것도 나올 수 없다는 말은 사실이 아니다. 이 희곡 또한 산술의 서브텍스트를 가지고 있으며 더, 덜, 뭔가, 과잉, 전부, 무를 미묘한 차이로 표현해 낸다. 오이디푸스는 결국 그저 하찮은 사람, 스스로 추방한 거지 같은 존재로 끝난다. 그러나 그는 눈이 멀 때에만 진실을 파악할 것이며, 인간성이 벗겨져 나갈 때에만 진정으로 인간이 될 것이며, 궁핍해질 때에만 들어 올려질 것이다. 그는 이전의 자신보다 못한 존재가 되면서 더 큰 존재가 되는 데 성공한다. 사실 『콜로누스의 오이디푸스』 끝에 나오는 그의 기적적인 변신에서는 무가 단지 뭔가가 되는 것이 아니라 전부가 된다―그것도 군주, 즉 그가 이제는 벗어 버린 페르소나가 가진 전능한 힘과는 완전히 다른 의미에서. 이런 의미에서 소포클레스의 주인공은 모든 계산 가능성을 물리침으로써 끝이 나는데, 이것은 사실 『오이디푸스 왕』 자체도 마찬가지다. 우리가 보았듯이 그 중심에는 수를 둘러싼 수수께끼가 있는데―얼마나 많은 도적이 라이오스를 죽였는가?―이 작품은 이 수수께끼를 풀지 않은 상태로 두도록 허락한다. 아름답게도 정밀한 이 예술 작품의 핵심에는 비정상 또는 비결

정성이 담겨 있으며, 그러한 것으로서 인간성 자체의 본성에 들어
맞는다.

3. 비극적 이행

모든 역사적 시기는 이행기로서 미래를 보면서 과거로부터 뭔가를 건진다. 레이먼드 윌리엄스는 『마르크스주의와 문학*Marxism and Literature*』에서 모든 사회는 남은 것, 지배적인 것, 떠오르는 것으로 이루어져 있다고 말한다.[1] 그러나 이 모델은 역동적으로 파악해야 한다. 지배적인 것이 곧 남은 것이 될 수 있고, 떠오르는 것이 상승하는 것으로 옮겨가고 있을 수 있고, 새로운 것이 낡은 것을 되풀이하고 있을 수도 있기 때문이다. 그러나 이런 변화에 대한 의식이 평소보다 날카로워지는 때가 있다—한 시대가 실제로 행진 중간에, 즉 상황의 한가운데서medias res 자신을 느낄 수도 있는 때, 뒤에 놓인 것에 의해 규정을 받으면서도 아직 다가오지 않은 것에 의해 추동되고, 양 시대의 조수와 같은 영향력에 의해 양쪽으로 끌려가면서 불안하게 또는 흥분하여 자신의 경험을 결말이 열린 것으로서 인식하는 때. 18세기 말이나 20세기 초 같은 시기, 다양한 지진의 흔들림이 어떤 묵시록적 거친 짐승의 도래를 알리면서 발아래 땅이 움직이는 게 느껴지는 시기가 있다.

이런 역閾의 상태가 주요 비극이 나오는 시기라는 귀에 익은 주장이 있다. 어떤 종류든 비극은 늘 일어나는 게 사실이다. 그러나 비극이 어마어마한 규모로 발발할 때는 대체로 하나의 삶의 방식이 다른 방식과 충돌하는 때, 또는 전통적인 세계관이 아직 어느 정도 권위를 유지하면서 쉽게 수용할 수 없는 힘들과 대면하는 때다. 현재는 죽어 가고 있기는 하지만 없애 버리지는 못하는 과거와 벌이는 전투에서 교착상태에 빠지고 만다. 낡은 문명은 허물어지기만 하는 것이 아니라 바로 그 사라지는 과정에서 자신을 뚜렷하게 부각시킨다. 장 라신의 하느님이라는 견딜 수 없는 짐이 부재 시에 가장 무겁게 느껴지는 것과 비슷하다. "서양에서 비극은", 알베르 카뮈는 말한다, "문명의 진자가 신성한 사회와 인간 중심으로 건설된 사회 사이의 중간에 있을 때마다 태어난다."[2]

『돈키호테Don Quixote』는, 클라우디오 마그리스Claudio Magris는 말한다, "적어도 처음에는, 명료하고 새로운 산문 매체에 서사시의 깊은 메아리를 보존하는 환멸의 서사시다."[3] 사실 소설 전체를 이행적 형식, 세속적 목적을 위해 신성하고 신화적이고 낭만적이고 초자연적인 재료를 재활용하는 형식이라고 볼 수도 있다. 우화나 민담은 만개한 리얼리즘적 서사가 된다. 그러나 소설은 자신의 역사적 순간에 편안함을 느끼기 때문에 일부 비극만큼 이런 근대 이전 세계들이 뒤로 잡아당기는 힘을 통렬하게 느끼지는 않는다. 죄르지 루카치가 『소설의 이론*Die Theorie des Romans*』에서 주장하듯이, 소설이라는 장르에서는 내재적 의미라는 관념이 꾸준히 해체되지만 사람들은 일상의 덜 신성화된 의미를 만들어 내기 위해 잔해를 뒤진다. 그러나 사람들은 그렇게 하면서도 실용적인 목적을 위해서는 신화적이나 초자연적인 것은 없어도 괜찮다는 자신감을 점점 늘려 가며, 신화적이거나 초자연적인 것은 이제 주로 리얼리즘적 맥락에서 해결할 수 없는 문제를 정리할 어떤 유사 마법적 장치가 필요하다고 느낄 때 불쑥 나타나는 경향이 있다. 소설이 이행적 형식이라면 미래로 방향을 트는 과정에서 과거의 짐에 눌려 힘겨워하기 때문이라기보다는 그 자체가 근대성의 산물로서 지속적 유동 상태에 있기 때문이다.

사람들이 자신의 미래를 규정하려고 노력하다가 결국 낡은 제도의 잔재 때문에 좌절하고 마는 비극 예술은 많다. 그리스 비극이 수립되던 시기는 장관을 이루는 사회적·정치적 격변기로 다양한 귀족 분파들 사이에 내분이 벌어지고 지배계급에 대한 민중의 분노가 뜨거워지고 인기를 얻은 압제자들이 득세하고 있었다. 이 모든 것이 결국 친족과 관습보다는 공동의 관례에 기초한 공동체 안에서 더 공적이고 비개인적이고 참여적인 특징을 보여 주는 정치를 낳았다.[4] 찰스 시걸Charles Segal은 『오이디푸스 왕』을 신화적이고 상징적인 사고로부터 더 추상적이고 담론적 사고로 이동하던 5세기 아테네 계몽주의의 문건으로 본다.[5] 블레어 혹스비는 만일 그리스 비극이 그렇게 단명한 문화적 형성물이라면 그것은 "이 비극이 종교적인 사고 습관이 이울면서도 여전히 어느 정도 힘을 소유하고 있고 책임이라는 법적 개념이 흐름을 타고는 있지만 아직은 견고하지 않은 문화적 이행의 순간에만 번창할 수 있었기" 때문이라고 주장한다.[6] 장 피에르 베르낭과 피에르 비달 나케는 비극적 영웅은 일반적으로 이전의 신화적 시대 출신이며, 이제는 거리를 두고 비판적으로 평가할 수 있다고 지적한다.[7] 그래서 주인공은 '합창단'과 마주치는데 '합창단'은 폴리스의 일반적 구성원으로서 신화적 영역보다는 시민적 영역을 점유하며, 그들이 대화를 나누게 되는 전설적 인물과는 다른 차원에서 움직인다.

따라서 비극은 신화를 폴리스의 관점에서 바라볼 때 시작된다—물론 쌍방향 운동에 따라 그런 신화가 또 자신을 검토하려 드는 합리성의 한계를 강조하기도 하지만. 영웅적·종교적 가치는 도시국가의 법적·윤리적·정치적 판단에 종속되는데, 도시국가는 권위의 기초를 다지기 위해서는 신화적 과거와 단절할 필요가 있다. 디오니소스의 극장이 이 과거에 아무리 많은 빚을 지고 있다 해도 비극은 이런 의미에서 혁신적인 일이다. 발터 베냐민은 『독일 비극적 드라마의 기원』에서 그리스 비극을 신화의 문제로 보는 반면 그 책에서 다뤄지는 독일의 비극Trauerspiel은 역사의 문제다. 그러나 그는 또 그리스 비극 작가들은 고대의 영웅적 사건들이 당대 쟁점과 관련을 맺는 방식으로 신화적 재료를 가공한다고 지적한다. 따라서 베냐민에게 비극적 예술은 과거와 현재에 양다리를 걸치고 있다. 그의 관점에서 이 예술이 미래도 예상하고 있다는 점은 나중에 보게 될 것이다.

"비극이라는 제도는", 사이먼 골드힐은 말한다, "서사적 신화를 폴리스의 신화로 바꾸는 기계다."[8] 그것은 "실천이성이 무대에 전시된 것이다."[9] 이 작품들의 플롯은 대체로 우화와 전설을 다루지만 종종 비사실주의적 재료를 사실주의적으로 다루면서 이성적 담론과 비판적 토론의 맥락을 들여온다. 서사시는 과거를 과거로 전하지만, 골드힐은 지적한다, 비극은 그 과거를 현재에 다시 살려 내며 그 둘을 결합한다는 점에서 그 형식 자체가 이행적이다. 역사적으로 먼 것은 미메시스의 힘을 통해 우리 눈앞에 손에 잡힐 듯이 가져올 수 있다. 허구화한다는 것은 또 사건들의 의미를 더 넓은 범위에서 사유하도록 장려하기 위해 그 사건들을 원래 맥락에서 떼어 내는 것이며, 따라서 이런 의미에서 가상적 과거의 일이 근대의 변론적 정신과 만나기도 한다.

그렇다 해도 사람들은 이제 비판적 사유의 대상이 될 수는 있지만 아직 자율적인 칸트적 주체로 진화하지는 못했다. 스핑크스의 수수께끼에서 인간은 자신의 두 발로 서지만, 그것은 기고 절뚝거리는 사이의 짧은 막간 동안만이다. 우리는 어느 정도 자기 주인 노릇을 하지만 오직 의존이라는 더 깊은 맥락 안에서일 뿐이다. 바로 이런 이중 결정─자기 행동의 원천인 자아와 그 자아를 통해 말하고 행동하는 무녀 같은 '타자' 사이의 긴장─에서 상당한 비극적 갈등이 생긴다. "비극에서", 조슈아 빌링스Joshua Billings는 말한다, "신들의 말은 늘 수수께끼이고 주인공의 앎은 절대로 무지에서 자유롭지 않다."[10] 헤겔에게 고대 비극 예술의 표지는 진실이 그런 부분적 지식으로부터 점진적으로 떠오르는 것이다. 우리는 어떤 사람의 행동이 '타자'에게 주는 의미―그 행동이 권력, 상속, 친족, 의의, 신들로 이루어진 전체 장 안에서 차지하는 자리―가 자신에게 주는 의미와 일치하지 않을 수도 있다는 것을 이미 보았으며, 따라서 자기 행동의 진정한 의의가 자신의 이해를 벗어나 있다가 이질적인 형태로 나중에 자신에게로 다시 다가올 수도 있다. 장 피에르 베르낭과 피에르 비달 나케가 말하듯이 "오이디푸스의 말 가운데 유일하게 진정한 진실은 그가 의미와 이해 없이 말하는 것뿐이다."[11] 사람은 절대 자신의 말이나 행동이 전적으로 자기 것이라고 말할 수 없다. 아우구스트 스트린드베리August Strindberg 의 희곡 『아버지Fadren』는 이런 자기 소외의 이미지를 부성보다 선명하게 보여 주는 것은 없다는 사실을 알고 있다. 자식은 과거 행동의 산물로서 지금은 자기 나름의 삶을 영위하고 있으며, 어차피 처음부터 자신의 것이 아닐 수 있기 때문이다.

따라서 행동을 신중하게 계산하여, 불가해한 권력이나 경쟁하는 힘들의 지뢰밭을 요리조리 통과해야 한다. 아니, 최종적인 메타언어는 있을 수 없듯이―그것을 설명할 또 다른 언어가 필요할 것이기 때문에―우리가 본 것처럼 '타자'에게는 타자가 있을 수 없다. 그것을 하나의 전체로서 파악하는 관점이 있을 수 없다는 것이다. '타자'는 통일된 영토가 아니다. 올림포스산에서 다투는 신들이 단일한 통치권을 구성하지 않는 것과 마찬가지다. 사람은 '타자'로부터 자신을 돌려받는데, 이때 자신은 스스로 동기를 부여하는 행위자처럼 보인다. 하지만 이런 일은 정신의 영토 밖에서 일어날 수밖에 없다. 그것이 애초에 우리를 인지 주체로 구성하는 것이기 때문이다.

힘찬 지성, 자신의 힘에 대한 자부심과 인간의 지식 능력에 대한 다소 지나치게 낙관적인 신뢰를 가진 오이디푸스는 계몽된 아테네 휴머니즘이 가진 비판적 정신의 어떤 면을 전형적으로 보여 준다고 간주할 수 있다. 그러나 정신의 예리함은 육신의 한계와 부딪힐 수 있으며, 자신을 알라는 휴머니즘적 명령은 뚫고 들어갈 수 없는 타자성과 충돌할 수 있다. 거기에는 운명, 신, 기원의 신비, 자아의 불가사의한 기초 등의 이름을 붙일 수 있을 것이다. "인간이 오이디푸스처럼 자신이 무엇인가 하는 질문을 끝까지 밀고 가면", 베르낭과 비달 나케는 말한다, "자신이 수수께끼이고 일관성이 없으며 자신의 영역이라 할 수 있는 것이나 어떤 고정된 접착 지점이 없고, 신과 동등한 상태와 완전한 무와 동등한 상태 사이를 규정된 본질 없이 왔다 갔다 한다는 것을 발견하게 된다."[12] 이 거지 왕은 그러한 존재로서 계몽주의의 모범인 동시에 그 비판의 도구다. 그는 한계에 이른 앎이다. 오이디푸스라는 이름은 무엇보다 "발을 알다"라는 뜻일 수도 있지만, 이것은 우리의 능력을 넘어선 앎의 형태다. 우리가 보았듯이 상처 입은 발은 우리가 땅으로부터 뜯겨 나온 곳, 우리가 위태롭게 홀로 서 있는 것을 허락해 주는 자율적 자아의 상처를 표시한다. 그러나 발 자체는 우리가 땅에 닻을 내린 곳, 우리 실존의 뚫고 들어갈 수 없는 바닥을 나타내는 땅이다. 이런 깊은 곳은 사람의 개별적 기원의 신비와 마찬가지로 정신의 정복 시도를 모두 물리친다. 스핑크스의 수수께끼에 나오는 기어다니는 아이는 땅바닥에 가깝고, 노인의 '자연'에 대한 의존성은 그가 땅에서 잘라 낸 나무토막 하나로 땅에 기대고 있다는 사실로 표현된다. 그러나 유아기와 노년 사이에 존재하는 계산하는 머리는 땅에 묶인 발로부터 가장 거리가 먼 곳에 있고, 인간이 나오고 또 결국 들어가게 될 모호한 곳으로부터도 멀리 있다.

자신이 난제이면서 동시에 난제의 해결자인 오이디푸스는 스핑크스의 수수께끼에 대해 "인간"이라는 답을 돌려줌으로써 장 조제프 구Jean-Joseph Goux가 지적하듯이 괴물적인 것을 인간화한다.[13] 그러나 이런 식으로 괴물성을 고상하게 바꾸고, 그렇게 해서 괴물성을 부인하는 과정에서 그는 또 인간성이 믿을 수 없을 만큼 무시무시하다는 것을 고백한다. 이렇게 인간은 한 방에 긍정되는 동시에 약화된다. 오이디푸스의 간소한 산술("하나는 하나 이상이 아니다")은 인간성이 환원 불가능한 '타자성'으로 구성된다는 사실을 인정하기를 머뭇거린다. 인간은 육肉인 동시에 영靈이며, 이것은 스핑크스가 인간인 동시에 동물인 것과 비슷하다. 근친상간 행위에서는 아버지의 역할을 찬탈하고 자신의 조상이 되며 그럼으로써 자신의 생물적 기원을 부정하는 과정에서 인간 본성의 이중성과 절연한다. 이제 순수한 영이 되어, 더는 다른 사람들의 육신에 신세를 지지 않는다. 자신의 기원의 순간에 참여하여 자신의 혈통을 깨끗이 지워 버리는 것은 의존성의 궁극적 부정이다. 따라서 헤겔의 관점에서 오이디푸스는 다름 아닌 철학자의 원형이다. 칸트 이후 철학은 스스로 생각하고 행동하기 위해 상징적 아버지(전통, 관습적 지혜)를 죽이는 것을 뜻하기 때문이다. 어떤 의미에서 그것은 자기 주권을 향한 욕구의 일부인데, 그것은 내내 오이디푸스의 충동이었다. 오직 자살만이 그것을 능가할 수 있다. 자신을 죽이는 것은 자신의 실존에 대해 신 같은 권위를 떠맡는다는 것이다. 그러나 자신에 대한 무지를 행동으로 보여 주는 과정에서 오이디푸스가 자신의 눈을 빼 버리는 **극적 행동**coup de théâtre은 동시에 그에게 육신에 대한 자각과 타인에 대한 의존을 가져오며, 그럼으로써 새로운 종류의 자기 이해로 가는 길을 연다. 『리어 왕King Lear』에서 눈먼 글로스터가 말하듯이 "나는 눈이 보일 때 발을 헛디뎠다."

유구한 비극적 리듬에서 주체 자아는 객체 자아—눈멀고 약하고 초라하고 상처받기 쉬운—의 기초 위에서만 진가를 발휘할 수 있다. 영의 진정한 고귀함은 자신의 유한성을 자신의 것으로 만드는 데 있다. 스핑크스에게는 인간의 머리가 있지만, 동물의 몸에 통합된 머리다. 정신은 오직 연약한 육신에 매달림으로써만 자신을 뛰어넘어 무가 되어 버리는 일을 피할 수 있다. 의식이 유아기에 신체적 상호작용에서 생겨난다는 것, 모든 인간에게 진실인 이것은 사실에서 가치로 바뀐다. 우리는 몸—자신의 것인 동시에 자신의 것이 아닌 자연적 재료의 덩어리, 주체성의 자리이지만 어떤 의미에서도 소유물은 아닌 것—이라는 기초에서 올라와 자아로 들어간다. 이것은 우리가 통제할 수 없는 서사의 산물이며, 동시에 우리가 개인을 넘어 공유하는 것이기도 하다. 인간은 또 축복받은 동시에 저주받았고, 전부인 동시에 무이고, 놀라 바라볼 만한 경이인 동시에 유린하는 짐승이기도 하다는 점에서 이중적인 종이고, 개념을 분명하게 잡는 것이 거의 불가능하다. 『안티고네』의 합창단이 노래하듯이 인간은 훌륭한 동시에 죄가 많다—어떤 자유주의적 지혜에서 주장하는 것처럼 단지 섞여 있고 다면적이라는 것이 아니라, 모순의 화신이며 모든 논리에 저항하고 그 자신의 합리성의 범위를 벗어나는 수수께끼다. 따라서 비극은 모든 이성을 넘어서는 이성의 한 형식이다. 인간에 대한 변증법적 지식의 모델이다.

인간 몸이 된다는 것은 행위자가 된다는 것이다. 그러나 그것은 또한 수동적이고 약해지는 것, 역사의 주체만이 아니라 객체도 된다는 것이다. 스핑크스는 생살을 삼키는 자로서 피해자의 머리를 떼어 낸다. 오이디푸스는 자신의 머리를 이용하여 스핑크스를 누르지만, 이 머리 또한 형이상학적으로 말해 그 영리함에 의해 몸(그 자체가 자신의 조상으로부터 물려받은 유산인 몸)의 지혜로부터, 나아가 모든 인간의 육신이 사로잡혀 있는 신앙과 의무의 네트워크로부터 절단되고 분리된다. 몸이 속한 '자연'은 의식보다 오래되었기 때문에, 인간 동물은 육과 영 사이의 어중간한 상태에 있는 기본적으로 이행적인 생물이다. 아이스킬로스의 『탄원자들The Suppliants』에서 펠라스고스가 말하듯이, 이성이 없으면 우리는 망한다. 하지만 이성은 밑바닥까지 완전히 장악하지는 않으며 계몽된 시대의 합리주의는 이 교훈을 마음에 새겨야 한다. "그리스 비극은", 버나드 윌리엄스는 주장한다, "분별력 있게, 어리석게, 또 가끔은 파멸을 초래하며 세계와 상대하는 인간들을 제시하는데, 이 세계는 인간 행위자가 부분적으로만 이해할 수 있고 또 그 자체가 반드시 윤리적 갈망에 잘 맞추어져 있는 것은 아니다."[14] 이것은 에우리피데스의 드라마에서 가장 선명하게 드러나는 비전인데, 이 드라마는 회의적이고 탈신비적이고 우연투성이인 우주가 등장하고, 전쟁이나 권력의 뻔뻔스러움을 신랄하게 비판하며, 차이고 무시당하는 사람들을 동정하고, 반영웅적 사실주의를 드러내면서 인간 이성의 한계를 냉정하게 평가한다. 그러나 올림포스산에는 합리성이 부족할지 몰라도 신들은 계속 인간사에 개입한다. 구체제ancien régime는 성마르고 쓸모없을지 모르지만, 그 권력은 아무리 변덕스럽더라도 무시할 수는 없다.

아이스킬로스의 『오레스테이아』에 나타나는 신화로부터 정치학, '자연'으로부터 '문화', 혈연으로부터 시민적 영역으로의 이행은 무엇보다도 헤게모니 문제를 제기한다―즉, 효과적인 통치에 필수적인 강제와 동의의 상대적 비율 문제를 제기한다. 현대의 가장 탁월한 헤게모니 이론가 안토니오 그람시는 간혹 이 말을 강제적 권력보다는 합의에 따른 권력을 뜻하는 쪽으로 사용한다. 하지만 이것은 이 두 양식의 융합을 의미할 수도 있는데, 『오레스테이아』도 이것을 옹호하는 것처럼 보일 수 있다.[15] 질서가 잘 잡힌 국가에서 둘은 단순한 양극 관계가 될 수 없다. 동의가 실패할 때는 강제라는 수단에 의지해야 할 뿐 아니라 이런 수단 자체가 목적을 달성하기 위하여 일반적 승인을 얻는다. 폭력은 누그러뜨리고 설득을 시도하지만 권위가 침식되는 선까지 가지는 않는다. 이 두 원리, 하나는 가혹하고 하나는 부드러운 이 두 원리는 제우스의 본성에 담겨 있으며, 이것은 기독교의 신과 대조를 이루는데 그의 폭력은 무자비하고 비관용적인 사랑과 다를 바 없다. 에드먼드 버크가 『숭고와 아름다움의 관념의 기원에 대한 철학적 탐구 *A Philosophical Enquiry into the Origin of our Ideas of the Sublime and Beautiful*』에서 남성적 법은 여자의 유혹적인 옷으로 위장하면서도 어떤 남근적 공포를 유지해야 한다고 보는 것과 비슷하게 아이스킬로스의 아테네는 스스로 "거룩한 설득"이라고 부르는 것을 찬양하는 노래를 부르면서도, 시민적 질서를 위해서 가끔 휘두를 수도 있으니 무기고에서 공포라는 무기를 없애지 말라고 국가에게 훈계한다. 그런 공포는 보존되어야 하지만 더 문명화된 수준에서 보존되어야 한다―즉, 헤겔의 표현을 빌리면 **지양되어야**aufgehoben 한다.

권력은 자신이 통치하는 자들의 애정에 뿌리를 내리는 데 성공해야만 진정으로 번창하겠지만, 그 과정에서 줄어들지 않도록 조심해야 한다. 위협은 여전히 필수적이지만, 애정과 섞이는 것은 어렵다. 권력을 부드럽게 사용하는 사람은 존경해야 하지만 그들이 결국 나라를 위험에 빠뜨린다면 이야기가 다르다. 근친상간의 문제에서처럼 과잉 친밀은 큰 혼란만 퍼뜨릴 뿐이다. "두려움이 없는 도시에는 법도 없다." 소포클레스의 『아약스*Ajax*』에서 메넬라오스는 그렇게 주장한다. 야만적인 과거는 자유주의적 계몽주의가 증대하면서 절연되는 것이 아니라 세련된 현재에 통합되어야 한다. 물론 여기에는 시간이 걸리지만 이것이 헤게모니의 본질이다. 주권이 제2의 천성으로 바뀌는 데는 수십, 수백 년이 걸리며, 그 결과 원시의 죄들이 오랜 친구와 마찬가지로 점점 우리의 마음을 차지하게 되고 우리는 '법'을 단지 견디는 것이 아니라 바라게 된다. 긴 수명이 정통성을 만든다. "새로 얻은 권력은 늘 가혹하다." 『사슬에 묶인 프로메테우스*Prometheus Vinctus*』에서 헤파이스토스는 말한다.

위협과 애정은 대체로 숭고한 것과 아름다운 것의 등가물이며 국정의 실천에서는 이들이 함께 묶여야 한다. 폴리스를 파멸시키겠다고 위협하는 권력에는 폴리스의 보호를 위해 맞서고 그 권력을 승화시키고 밖으로 향하게 해야 하기 때문이다. 군대는 이런 식으로 태어난다. 따라서 혐오스러운 분노의 여신들은 에우메니데스나 '친절한 사람들'로 바뀌며, 숭고한 동시에 아름다워지고, 무시무시한 동시에 자비로워진다. 안에 거주하는 이방인들로서 그들은 무시무시한 동시에 친숙하다. 폴리스는 번창하기 위해서는 자신을 탄생시키고 또 계속 그 기초에 웅크리고 있는 폭력을 인정해야 한다. 에우메니데스가 땅 밑에 거처를 얻는 것과 마찬가지다. 그들이 의미하는 시원의 폭력성은 세련되게 다듬어야 하는데, 이것은 일정한 고난의 시기가 포함될 수도 있는 과정이다. 아이스킬로스의 프로메테우스는 고생 뒤에 마침내 좀 더 마음이 맞는 '불멸의 존재들의 수장'과 화해했을 것이다. 실제로 프로메테우스 스스로 고통받는 이오에게 제우스가 마침내 "공포가 아니라 부드러운 손길로" 다가갈 것이라고 장담한다.

그런 관용이 없다면 사람들은 선사시대라는 바람이 없는 대기실에 갇힐 것이고, 살육과 복수라는 불모의 순환에서 빠져나오지 못할 것이고, 진정으로 역사적인 서사에 나서지 못할 것이다. 인간은 윌리엄 골딩William Golding의 소설 『자유 낙하Free Fall』에서 "치명적인 하강선"이라고 부르는 것에 갇힐 것이다. 행동이 행위자들의 통제에서 풀려나 예측하지 못한 결과를 낳으며 익명의 그물망에서 합쳐지고, 거기에서 개인들은 죽음의 그물에 걸린 아가멤논만큼이나 무력하게 몸부림칠 것이기 때문이다. 이런 상황에서 빠져나오려고 애쓰다 보면 그냥 그 안으로 더 깊이 가라앉을 수도 있다. 복수는 서사의 가능성을 좌절시키고, 현재를 다시 과거안으로 접어 넣음으로써 미래를 사보타주한다. 복수가 문명의 적이라면 그것은 무엇보다도 그런 질서가 진화해 나가야 하는 시간적 과정을 복수가 정지시키기 때문이다.

"엘리자베스 시대의 위대함은", E. M. W. 틸야드E. M. W. Tillyard는 말한다, "구체제의 고귀한 형식을 부수지 않고 새로운 것을 그렇게 많이 담아냈다는 것이다."[16] 사실 엘리자베스 체제의 전쟁을 벌이는 남작들과 식민지 약탈에는 딱히 고귀하다 할 만한 것은 없었으며, 그들이 아일랜드에서 저지른 행동은 집단 학살에 맞먹는다. 틸야드의 담아냈다는 말이 풍기는 온건한 느낌은 낡은 것과 새로운 것 사이의 평화로운 조화를 암시하지만, 그 시기의 비극 예술은 그것이 대체로 겉모습에 불과했을 뿐이라고 가면을 벗기고 있다. 특히 제임스 1세 시대 비극에서 이른바 고귀한 체제는 복구 불가능하게 파괴된다. "그것은 자신이 여전히 유기적 전체라고 생각하지만", 프랑코 모레티는 말한다, "실제로는 그것이 무너지는—떠들썩하게—세계다."[17] 요한 고트프리트 폰 헤르더Johann Gottfried von Herder에게 셰익스피어 작품의 특징은 생명 형식의 다양성 자체이며, 오직 셰익스피어의 개인적 천재성만이 그것들을 일관성 있는 형태로 융합할 수 있다.[18] 셰익스피어의 비극은, 모레티의 주장으로는, 행동과 의미가 갈라져 "행동의 축[플롯]이 한 가지 논리[즉 의지, 권력, 열정]의 지배를 받고 가치의 축은 (…) 다른 논리의 지배를 받는데, 어느 한쪽이 다른 쪽을 압도하거나 지우는 데 성공하지 못한다."[19] "대중적인 잉글랜드 드라마의 본체에서는", 레이먼드 윌리엄스는 말한다, "더 오래된 전통의 요소들이 단지 생존한 것이 아니라 힘에서 동등한 요인들로 존재하는 것이 분명하다."[20] 전통적·도덕적·정치적 규약은 자신이 가진 힘의 많은 부분을 유지하고 있지만 이제는 사람들의 경험에 충분한 의미를 부여할 수 없다. 전통적·도덕적 규범이 생존하고 있다는 것 자체가 대부분의 인물에게 안타깝게도 그것이 매우 부족하다는 것을 알려 준다. 바르트 판 에스Bart van Es는 그런 이행적 맥락에 들어가 있는 『햄릿 Hamlet』이 "봉건적 질서(왕국들은 단발 전투로 싸움을 벌였다)와 **현실 정치**Realpolitik라는 근대 세계—대사의 편지나 비밀 거래가 지배한다—사이에 분열된 희곡이라고 본다. 여기에는 중세 가톨릭 연옥에서 고통받는 유령이 등장하는 반면 그의 아들은 루터와 그의 새로운 프로테스탄트 사상의 본거지인 비텐베르크에서 돌아온다."[21] 철학자 카를 슈미트는 셰익스피어의 주인공이 "유럽의 분열 한가운데", 낡은 신학과 새로운 민족국가 발흥의 교차로에 서 있다고 말한다.[22]

따라서 고대 그리스인의 감각만큼이나 매혹적인 질서 감각을 그것이 무너지면서 나올 수 있는 재앙과 함께 담아내지만, 안정성을 향한 이런 뜨거운 마음을 개인의 풍부하고 창의적이고 잠재적으로 파멸적인 힘에 대한 인본주의적인 감각, 고대 아테네에서 일반적으로 찾아볼 수 있는 것보다 훨씬 날카로운 감각과 결합하는 일군의 극적인 작품을 상상해 보라. 그러면 셰익스피어 비극의 성취를 어느 정도 가늠할 수 있을 것이다. 질서와 혼란 사이의 이런 충돌은 희곡에 담긴 시에서 가장 분명하게 드러나는데, 시는 여느 언어와 마찬가지로 문법과 논리의 규칙성에 의존하면서도 아주 풍부하고 다가多價적이어서 자신의 기초를 허물 위험에 처하기 때문이다. 사회적 질서에 대한 셰익스피어의 믿음은 그것을 표현하는 바로 그 언어에 의해 위태로워진다. "말 없이는 [어떤 이유reason도]

내놓을 수 없군요." 『십이야*Twelfth Night*』에서 광대는 재담을 던진다. "하지만 말이란 너무 거짓되기 때문에 그걸로 이치reason를 이야기하는 것은 싫네요." 지시대상으로부터 느슨하게 풀려난 기호들은 다른 기호들과 이종교배될 수도 있는데, 이것은 광대가 바이올라로부터 동전 하나를 빼내 교활하게 "이 두 개가 새끼를 치지 않을까요?" 하고 묻는 것과 비슷한 면이 있다. 돈은 은유와 마찬가지로 어떤 것이든 다른 어떤 것으로 바꿀 수 있는 마법 같은 힘이 있는데, 이것은 아테네의 티몬이 카를 마르크스의 관심을 끈 구절로 표현한 적이 있다("따라서 이것이 많으면 검은 것을 희게, 더러운 것을 깨끗하게, / 틀린 것을 바르게, 저열한 것을 고귀하게, 늙은 사람을 젊게, 겁쟁이를 용감하게 만들 수 있다……").

이런 교환가치의 회로에서 한 가지 문제는 모든 서열을 무너뜨려 텅 빈 평등을 만들겠다고 위협하는 것이다. 이것은 차이를 지워 버리고, 끝없는 반복을 낳고 모든 것을 다른 모든 것의 거울상으로 환원해 버린다. 『한여름 밤의 꿈』에서 연인의 교환 가능성이 적절한 예다. 언어와 상업만이 아니라 욕망의 무정부성도 사회질서를 부수겠다고 위협하는데, 욕망에게 모든 대상은 순수하게 우연일 뿐이다. 결국 『십이야』의 오르시노처럼 에로스는 오직 자신에게만 은밀하게 도취한다. 정체성은 상호성에 의존하는데, 개인적 자기 창조라는 새로운 윤리는 상호성을 내세우지 않는다. 그러나 전통적인 질서의 특징인 자아의 상호성과 새로운 질서에 속하는 정체성의 자의적 교환을 가르는 선은 분명치 않다. 루트비히 비트겐슈타인은 『철학적 탐구 *Philosophische Untersuchungen*』에서 말한다, 어떤 사물이 자기 자신과 동일하다는 것보다 쓸모없는 명제는 없다. 희곡에서 완전히 자기 동일적인 사물은 언어의 그물을 빠져나가고 모든 묘사를 혼란에 빠뜨리는 암호다. 그러나 한 대상의 정체성이 그 자체에서 벗어나 다른 대상에 존재하고, 그 다른 대상의 정체성은 또 다른 대상에 존재하는 교환가치는 드라마가 계속 경계하는 "악무한惡無限"의 한 형태다.[23]

의미와 가치는 실재에 내재할까, 아니면 거기에 투사된 편리한 허구일까? 셰익스피어라면 세상이 권력, 의지, 욕구라는 목표에 맞게 구부러지는 텅 빈 물질에 불과하다는 자연주의적 교의(그의 악한 다수가 지지한다)와 더불어 트로일로스("가치를 부여하는 만큼만 가치가 있지 또 뭐가 있나요?")의 순진한 주관주의도 의심할 것 같다. 사람들은 자기를 만드는 동물로서 자신의 역사를 만들 수 있고, 그렇게 한다는 것은 관습적 속박을 깬다는 의미일 수도 있다. 우리 자신을 넘어서는 것은 우리의 본성에 속한다. 잣대를 넘어 흘러넘치는 것은 우리의 본질에 내재되어 있다. 이런 과잉 자체에 즐거움을 느끼는 것도 마찬가지다. 그러나 너무 아낌없는 과잉은 너무 높이 솟는 야망과 마찬가지로 지나친 욕심을 부리게 하여 우리는 자멸할 수도 있다. 레이디 맥베스와 마찬가지로 속박(예를 들어 친족관계나 환대가 요구하는 것)이 단지 자기표현에 장애가 될 뿐 아니라 자기를 구성하기도 한다는 것을 잊을 수 있다. 따라서 우리는 리어와 마찬가지로 육신의 유한한 본성을 상기해야 한다. 자아의 사업가로 행동하면서 자아를 사적인 목적을 위해 활용할 재료에 불과한 것으로 취급하는 사람들은 참패할 가능성이 크다. 그러나 이들은 또 이미 과거의 경건성의 기반을 무너뜨리는 작업을 하고 있는 미래의 전조이기도 하다.

"하지만 나에게는 겉에서 볼 수 있는 내부가 있습니다"(1막 2장). 햄릿은 항변한다. 우리는 여기에서 분명히 근대적 형태의 주관성이 탄생하는 것을 목격한다―잘 포착되지 않고 변화무쌍하고 뚫고 들어갈 수 없는 내적 본성으로, 인지적으로 이해하려는 모든 시도만이 아니라 사회적 규약에 순응하라는 모든 요구에도 맞서는 주관성. 복수는 주고받기의 문제이며, 햄릿은 자신이 비교 불가능하다고 느끼고 있기 때문에 천박한 교환가치를 거부한다. 복수의 대칭성은 그의 자아 과잉과 모순을 일으킨다. 그가 연극을 좋아하기는 하지만 배우로서는 형편없다면 그것은 그가 대본대로, 즉 연인이든 복수자든 미래의 군주든 미리 정해진 자신의 형태대로 갈 수 없기 때문이다. 햄릿 같은 자아는 완전한 잉여이자 공허이며, 따라서 그에게 결정적인 행동을 하는 것은 이 끝 모를 깊이를 배신하는 것이 된다. 셰익스피어의 트로일로스가 불평하는 대로 욕망은 무한하지만 행동은 한계의 노예다. 따라서 햄릿은 상징적 질서의 가장자리에서 어슬렁거리면서 절대 그 안으로는 들어가지 않고 성적 재생산을 걷어차고 친족관계의 모든 체계를 파괴하는 근친상간을 곰곰이 생각한다. 이것은 이제 개인의 자유가 사회질서의 요구와 조화를 이룰 수 있느냐 하는 문제가 아니라 주관성 자체에 모든 사회적 관습과 맞서는 무無, néant, 난제, "악무한"으로 파악될 수 있는 뭔가가 내재해 있지 않은가 하는 문제다.

셰익스피어의 비극은 전통적 질서와 그것을 찬탈하겠다고 위협하는 세력을 똑같은 확신하에 제시하는 데서 그 힘의 많은 부분을 끌어낸다. 전통적 질서는 단순히 색을 칠한 배경막이 아니며, 개인주의라는 힘은 악의가 있으면서도 생산적일 수 있다. 이와는 대조적으로 제임스1세 시대 비극은 전체로 보았을 때 유서 깊은 질서에 대한 감각에서 집요한 느낌이 훨씬 덜한데, 이것은 에우리피데스가 아이스킬로스보다 우주적 질서에 회의적인 것과 비슷하다. 그런 비전은 이제 맥락에서 떨어져 나온 경구나 간헐적인 통찰에서만 얻을 수 있다. 개인적인 자기완성은 자기 홍보라는 지저분한 일로 전락한다. 우리 앞에는 초월이나 내재적인 설계가 벗겨져 나간 방종하고 죽음에 시달리는 세계가 제시되는데, 이 세계에는 음모, 편집증적 주권, 그릇된 겉모습, 바닥없는 욕구, 고삐 풀린 욕정이 가득하다. 왕궁은 도덕적 권위의 중추라기보다는 무법의 중심이며 덕을 갖추면 피해자가 된다. 이 제멋대로인 뒤틀린 욕망의 영역에서 역사는 그저 시간의 쇠퇴일 뿐이며, 육신과 명예와 충성은 사고파는 상품이고, 망각을 향한 깊은 욕망이 의미의 꾸준한 해체 밑을 흘러 야만적 익살극에 이른다. 인간 정체성은 희곡 자체의 등뼈가 부러진 형식과 마찬가지로 골절되어 있다.

이 모든 것에 폭력이나 그로테스크한 것이나 선정적인 장면에 대한 가학적 즐거움이 보태져 무대에 올라온다―리얼리즘을

멋대로 침해하고 뻔뻔스러울 만큼 불필요한 장치들을 동원하는데 이 장치들은 "퇴폐적" 스타일로 그 자체가 목적으로 소비된다. 셰익스피어와는 대조적으로 전통에 대한 문제 제기가 풀어놓은 힘들에서 건설적인 것은 거의 없다. 이행은 교착상태가 된다. 미래가 소유욕이 강한 개인주의자들이라는 새로운 품종의 호주머니에 있는 것이 아니라면, 그것은 단지 역사적 진보라는 개념 자체가 의미의 전반적 부식 과정에서 무너져 버리면서 욕구의 영원한 반복, 음모와 반음모의 충돌, 복수의 황폐한 상호성으로 대체되었기 때문일 뿐이다.[24]

라신의 비극에서, 뤼시앵 골드만Lucien Goldmann은 『숨은 신Le Dieu Caché』에서 주장한다, '신'은 세상에 현존하는 동시에 부재하는데 이것은 비극의 주인공도 마찬가지다. '전능한 존재'는 자신의 '창조물'에서 물러나 자신이 창조한 연옥 세계에 등을 돌리고 그 결과 절대적 가치는 사라졌다. 그러나 그 그림자는 여전히 불모의 실재에 드리워져 주인공은 초월을 찾는 과정에서 세계를 거부하게 된다. 절대적 가치는 실현될 수 없지만 그 유령을 완전히 쫓아낼 수도 없다. '전능한 존재'는 그를 찾는 성과 없는 탐색의 형태에서만, 또는 죄의 경험에서만 계속 살아 있다. 딜레마는 '신'이 세계에서 물러나면서 가치도 사라져 버렸다는 것이다. 동시에 이 납골당 같은 '창조물'의 세계가 존재하는 유일한 것이 되었으며, 따라서 사람들은 그것을 끌어안을 수도, 아니면 어떤 더 높은 영역을 위해 그것을 내칠 수도 없다. 세계에서 사는 것은 감당할 수 없는 일인데, 그것을 그렇게 만드는 것은 하늘의 침묵이다.

따라서 비극적 주인공은 골드만의 관점에서 보면 부재하는 '신'이 현존하는 곳에 살면서 세속적 맥락에서는 전혀 말이 되지 않는 절대적 요구의 짐 때문에 비틀거리는 사람이다.[25] 점점 합리주의적으로 바뀌는 사회질서는 그런 칙령을 대수롭지 않게 여길 수도 있고, 우리가 그 권위에 고개를 숙일 조건을 제공할 수도 있다. '신'은 불가해한 존재가 되었기 때문에 이런 손에 잡히지 않는 '타자'에게 던져지는 질문은 히스테리 환자의 고전적인 의문이다. "나는 무엇을 해야 하나? 당신이 나에게서 원하는 것은 무엇인가?" 따라서 히스테리 환자는 정의롭지 않을 뿐 아니라 이제는 제대로 이해할 수도 없는 질서와 마주한 인간 주체 전체를 대표하는 한 예가 된다. 이런 소박한 프로테스탄트의 비전에서 육은 영의 화신이 될 수 없다. 가치는 인간 주체 안에 존재할 수 있지만 현실에서 실현될 수는 없다. 사이먼 크리칠리Simon Critchley의 말로 하자면 "주체성의 진실은 세계와 별도로 살아 내야 한다."[26] 주인공은 사라진, 내재적 의미의 세계와 권력이나 욕망의 탐욕스러운 체제 사이에서 갈등하며 파괴된다.

라신의 드라마 형식 자체에서, 특히 세련된 운문과 그 운문이 다루는 요동치는 재료 사이의 특별한 긴장에서 이런 갈등을 추적해 볼 수도 있다. 이 양식화된 귀족 가운데 일부는 리비도의 괴물이기도 하다. 조지 스타이너가 말하듯이 "테크닉의 서늘한 엄격함과 재료의 열정적 추동력 사이에 통제와 균형이 유지되고 있다."[27] 형식적으로 말하자면 그의 희곡들은 깊게 자리 잡은 질서 감각을 유지하지만 이 질서를 희곡의 내용이 계속 곧 무너뜨릴 것만 같다. 그러나 다른 수준에서 형식과 내용은 인색한 절약이라는 면에서 서로 거울처럼 비춘다. 극의 플롯이 대립하는 요소들을 한데 묶는 방식에서—항상적인 아이러니, 양가감정, 부정합, 역효과, 자기 파괴, 목적 상치, 이중 거래, 자기 분열에서—이런 압축성을 발견할 수 있다. 이 모든 것이 일종의 부정적 대칭에 기여하며, 그 결과 이 희곡들이 신고전주의적으로 균형 잡힌 모습은 조화라기보다는 평행하는 좌절이다. 예를 들어 『안드로마케 Andromache』에서 안드로마케는 죽은 남편 헥토르를 사랑하고, 피로스는 안드로마케를 사랑하고, 헤르미오네는 피로스를 사랑하고 오레스테스는 헤르미오네를 사랑한다.

이런 대립물의 통일은 아이러니와 운문의 도치에 반영되어 있다. 『페드르 Phèdre』의 히폴리투스는 "자신의 손으로 먹이를 준 말들에게 끌려 다닌다"(5막 6장). 오레스테스는 안드로마케에게 "나는 내가 숭배하는 왕을 죽인다"(5막 4장)고 말한다. "나는 그를 너무나 지극하게 사랑했기 때문에 이제 그를 혐오하지 않을 수 없다"(2막 1장). 헤르미오네는 『안드로마케』에서 피로스에 관해 그렇게 말한다. "나는 나의 경쟁자를 포옹하지만 그것은 그를 질식시키려는 것이다"(4막 3장). 『브리타니쿠스 Britannicus』에서 버로스는 그렇게 말하는 반면, 브리타니쿠스 자신은 아그리피네가 "아버지를 파멸시키려고 아버지와 결혼했다"(1막 4장)고 말한다. 이 희곡들의 말의 구성에는 그런 변증법적 이미지가 가득한데, 이것은 플롯이라는 더 큰 규모에서는 압착—귀족 세계의 공기 없이 폐쇄된 상태—이 갈등을 야기하는 데 기여하는 과정을 보여 주는 국지적 실례 역할을 한다. 이 밀봉되고 사람도 거의 없는 공간에서 행동과 그 결과는 그물을 형성하며 어떤 인물도 그 올가미를 끊고 나오지 못한다.

형식 수준에서 절약은 능란과 간결로 보일 수도 있지만, 내용의 경우 모든 것이 무자비하게 해체되어 권력과 욕망만 남은 세계를 암시한다. 라신의 가장 훌륭한 희곡 『페드르』가 근친상간적 사랑을 중심에 놓는 것은 논리적이다. 앞서 보았듯이 근친상간은 무엇보다도 과도한 절약의 문제로 많은 사람이 서로 혈연관계인 이 귀족 패거리의 논리를 견딜 수 없는 극단으로 밀어붙인다. 희곡들의 언어는 깎아내고 광택을 냈을지 몰라도, 본디 무정부주의적인 에로스에 관해 이야기한다. 더욱이 이 리비도 결정론의 세계에서 사랑은 증오만큼이나 동정심 없고 무절제하며 언제라도 뒤집혀 증오의 상태로 들어갈 수 있다.

사랑은 치유하고 결합하기보다는 유린하고 나누며, 자기 나름의 무자비한 법칙을 따라 발톱을 박고, 발톱에 박힌 사람들이 증오에 가득 차고 자신에게 소외되게 만든다. 이 갈등하는 욕구의 영역에서 다른 사람들은 홀리거나 파괴될 수밖에 없다. 진정성을 탐구하는 주인공들에게 타협은 가능하지 않다. 따라서 페드르 같은 여주인공은 오이디푸스, 필록테테스, 안티고네에서 새뮤얼 리처드슨의 클라리사, 실러의 카를 무어, 입센의 브란, 아서 밀러의 윌리 로먼에 이르는 비극적 인물들의 전통에 참여하는데, 이들은 고전주의적 고대의 운명만큼이나 냉혹한 요구에 사로잡혀 있다. 우리는 이미 안티고네에게서 이것을 보았다. 타나토스의 힘에 밀려 이들은 먼저 고독으로 가고, 이어 보통 죽음으로 간다. '절대적인 것'을 대체한 것은 그것을 추구하는 과정의 가차 없는 특성이다.

이런 일이 실패할 수밖에 없다면 그것은 특히 급진적 프로테스탄트주의의 정신병적인 신, 그 앞에서는 우리가 늘 잘못했을 수밖에 없는 신이 우리에게 부과하는 요구가 프란츠 카프카의 성城의 관료적 운영 방식만큼이나 판독 불가능하기 때문이다. 신의 법은 공허한 동시에 고압적이다. 그 법은 말이 되지 않지만 그래도 거기에 복종해야 한다. 그것이 이해 가능해지려면 일상적 이성의 세계에 속박되어야 하는데, 그렇게 되면 그것은 그 법의 초월성이 끝난다는 뜻이다. 가치에서 자유로운 합리성을 고려할 때 이성에는 영적 진실이 자리 잡을 수 있는 기초가 없으며, 그 결과 이성이 명료하고 정확해질수록 영의 영역은 점점 아리송하고 모호해진다. 가치는 경험 세계의 경계 너머로 추방된다. 이것은 우리가 가치에 관해 거의 또는 전혀 말을 할 수 없다는 뜻이지만(그 결과 골드만이 보고 있는 대로 라신의 주인공의 웅변적 침묵이 나온다), 그 부재는 고통이나 공포의 먼 울음처럼 우리를 쫓는 일을 결코 그만두지 않는다.

골드만은 라신의 비극적 비전의 역사적 맥락을 정치적 이행 과정, 즉 17세기 프랑스에서 중앙집권적 관료국가에 밀려나 이른바 법복귀족noblesse de robe이 눈앞의 타락한 세계로부터 경멸을 품고 퇴각하는 과정에서 찾는다. 18세기 말과 1800년 이후 시기 독일 드라마의 위대한 개화 밑에는 다른 종류의 이행이 깔려 있다. 괴테의 『괴츠 폰 베를리힝겐Götz von Berlichingen』, 『에그몬트Egmont』, 『타우리스의 이피게니에Iphigenie auf Tauris』, 『토르콰토 타소Torquato Tasso』, 실러의 『도적 떼Die Räuber』, 『제노바의 피에스코의 음모Die Verschwörung des Fiesco zu Genua』, 『돈 카를로스Don Carlos』, 『발렌슈타인Wallenstein』, 『메리 스튜어트Maria Stuart』, 클라이스트의 『펜테질레아Penthesilea』와 『홈부르크 공자 Prinz Friedrich von Homburg』, 횔덜린의 『엠페도클레스의 죽음Der Tod des Empedokles』. 이 모든 작품은 격동의 역사에 속해 있으며 게오르크 뷔히너의 『당통의 죽음Dantons Tod』은 이를 뒤늦게 반영한다. 그 대부분은 독재와 반역, 자유와 우애, 봉기와 절대주의, 전제정치와 공화주의의 우화들이며, 정치적 혁명을 향해 비틀거리며 걸어가는 또는 이미 혁명의 격통에 사로잡혀 있는 유럽의 주요 주인공은 자유라는 관념이다. 실러가 말하듯이 이것은 모든 철학의 알파요, 오메가다. 실러의 『돈 카를로스』에서 포사 남작은 전형적으로 이행적인 인물―공화주의적 자유를 강력하게 옹호하지만 너무 시대를 앞서가고 그 결과 국가의 손에 죽는 인물이다. 그렇다 해도 역사의 역학은 그의 편에서 은밀히 작동 중이다.

18세기 전환기 무렵 이 일군의 드라마에는 비극의 철학이라는 새로운 담론이 수반된다. 이것의 특징은 비극으로부터 "비극적인 것"으로—예술 형식 자체로부터 더 폭넓은 정치적·종교적·철학적 비전으로—이동한다는 점이다. 만일 비극이 예술 형식 가운데 가장 "철학적"이라면, 근대에 가장 흔하게 철학자의 이목을 사로잡은 형식이라면, 그것은 대체로 비극이 자기 자신을 넘어선 것에 관해 말하기 때문이다. 만일 비극이 단지 흠결 있는 영웅이나 난파한 희망의 문제라면 셸링이나 헤겔의 관심을 끌지는 못할 것이다. 나중에 보겠지만, 이 이론적 흐름은 오히려 자유와 법, 영과 '자연', 자유와 필연 사이의 갈등을 숙고하며 그런 흐름은 이런 갈등을 비극적 예술의 핵심으로 간주한다. 이런 사유가 추상적인 종류에 속한다 해도, 그럴수록 그것이 예술에 의해 구체화될 필요가 있다. 철학은 말할 수 있지만 예술은 보여 줄 수 있다. 스티븐 할리데이Stephen Halliday는 플라톤이 비극을 수상쩍게 여긴 한 가지 이유는 비극을 철학의 맹아적 형태로, 따라서 제압해야 할 주요한 적으로 본 것이라고 주장한다.[28] 플라톤의 최악의 공포는 독일 관념론자들에게서 뒤늦게 현실이 되었다. 비극 이론이 매우 풍부하게 번창한 것은 프랑스혁명 뒤 1792년부터 1807년까지의 시기로, 이때는 유럽 역사 자체가 격변을 일으키며 전환한 것으로 보이게 된다. 어마어마한 규모의 유혈은 이제 세네카의 무대에만 한정되지 않는다.

이행은 연극만큼이나 비극 이론에서도 핵심적 개념이다. 헤겔의 관점에서 그리스 비극 예술은 '세계정신'의 전개에서 특정한 단계를 표현하는데, 고전주의 고대의 한정된 종교적·정치적 전망이 더 근대적인 세계관에 자리를 내주고 있기 때문이다. 윤리적인 것이라는 공동의 개념, 법에 매개되고 외적 권력에 의해 강요되는 개념은 더 내적이고 개인적인 도덕성으로 대체된다. 『정신현상학 *Phänomenologie des Geistes*』의 헤겔은 크레온과 안티고네의 충돌에서 무엇보다 이 중요한 역사적 변화를 발견한다. 나중에 보게 되지만, 헤겔에게 비극은 고대 그리스 문명 내의 어떤 구조적 모순을 해결하는 데 핵심 역할을 한다. 예를 들어 인간 영역과 신 영역 사이만이 아니라 한편으로는 개인성이라는 개념을 중시하는 가족, 여성적 영역과 사생활, 다른 한편으로는 그것을 부정하겠다고 위협하는 정치국가 사이의 모순이다. "폴리스의 윤리적 삶에는", 라이너 프리드리히는 말한다, "자율적 개인성이 들어설 여지가 없다."[29]

'정신Spirit'이 진화하려면 가정적 영역과 정치적 영역 사이의 이런 충돌은 해소될 필요가 있다. 비극은 이런 점에서 해야 할 전략적 역할이 있는데, 그것은 이 겉으로 보기에 대립적인 요구들 밑에 깔린 통일성에 대한 통찰을 허락하는 것이다. 대립의 진실은 동일성이다. 헤겔에게 비극적 드라마의 진정한 주제는 이런저런 행동이나 인물이 아니라 이른바 윤리적 내용 자체이며, 비극적 드라마는 이것이 궁극적으로 파괴될 수 없는 것임을 보여 준다. 과학소설에 나오는 어떤 섬뜩한 물질처럼 이것은 찢겨 나뉘기 무섭게 다시 결합한다. 헤겔의 관점에서는 고대 그리스의 비극적 예술 또한 조슈아 빌링스가 "특정 역사적 순간에 특정한 인지적 역할"이라고 부르는 것을 지니고 있다. "그것은 고대 그리스가 자신의 종교 형식의 불충분함을 깨닫게 된 매개"로서 인간적인 것과 신적인 것 사이의 관계를 재구성한다.[30] 따라서 비극은 헤겔이 이 문제의 유일하고 진정한 해법, 즉 기독교, 그가 믿었던 것으로 보이는 어떤 수정주의적 기독교로 가는 길의 중간역이다.

횔덜린도 비극을 기본적으로 이행적 형식으로 보았다. 그의 동포 발터 베냐민의 경우와 마찬가지로 그가 보는 비극은 우리에게 낡은 것의 붕괴로부터 새로운 질서의 창조를 보여 주는데, 이것은 영웅의 희생적 죽음이 축을 이루는 기획이다. 그 죽음이 패배를 의미한다 해도 그것은 동시에 사회적 변화의 촉매이기도 하다. 횔덜린이 말하는 "정화하는 죽음"으로, 그 결과 민중은 봉기에 나설 것이다. 괴테의 『에그몬트』가 하나의 예가 될 수도 있다. 횔덜린의 관점에서 보자면 우리는 시간을 초월한 진실이 아니라 항상적 파괴와 갱신에 관여하는 예술 이야기를 하고 있다. 실제로 비극을 후원하는 신 디오니소스는 횔덜린이 보기에 일반적으로 역사적 격변과 연결된다. 이 형식의 파토스는 새로운 제도가 낡은 것의 멸절 없이는 탄생할 수 없다는 사실에 있다. 조슈아 빌링스는 이 독일 시인이 『안티고네』에서 하나의 정치와 신학 형식이 다른 형식으로 넘어가는 것을 발견한다고 주장한다. 신적인 것이 법과 정치적 권위에 매개된다고 보는 크레온 같은 관점은 안티고네 자신이 신들과 더 직관적으로 공명한다는 사실과 충돌한다. 안티고네의 신성에 대한 감각은 도전적으로 앞으로 다가올 더 평등주의적이고 개인주의적인 시대를 바라보고 있다. 이것은 횔덜린이 과감하게 부르는 대로 "공화주의적" 미래인데 그의 시대는 그 폭력적 탄생을 목격하게 된다. 고대 그리스 비극은 근대 혁명의 맛보기가 된다.

카를 마르크스도 비극과 이행의 관계를 예리하게 의식한 또 한 사람이다. 그는 헤겔과 마찬가지로 괴테의 괴츠 폰 베를리힝겐을 비극적으로 엉뚱한 자리에 가 있는 인물로 본다. 그는 새롭고 더 냉소적인 **현실 정치**Realpolitik의 시대와 전쟁을 벌이는 16세기 귀족 자손이다. 괴츠는 정직성과 충실성 같은 유서 깊은 가치의 옹호자로서 권력이 도덕적 성실성을 낡은 것으로 만들어 버리는, 새로 등장하는 사회질서에 의해 몰락한다. 마르크스의 관점에서는 페르디난트 라살Ferdinand Lassalle의 비극적 드라마 『프란츠 폰 지킹겐Franz von Sickingen』도 이와 비슷한데, 제목과 같은 이름의 주인공은 현상을 공격하지만 이미 쇠퇴하는 귀족계급의 대리자로서 그렇게 한다. 그는 혁명적 관념의 대변인이지만 사실은 반동적인 사회적 이익집단에 봉사하고 있다.[31] 또 프리드리히 엥겔스의 고전적 연구 『독일의 농민전쟁Der Deutsche Bauernkrieg』의 주제인 토마스 뮌처Thomas Müntzer도 있는데, 그는 계급적 배경 때문이 아니라 정치적으로 아직 때가 아니어서 실패한다.

발터 베냐민은 비극의 이행적 본질에 관해서도 역시 그만의 독특한 관점을 갖고 있다. 그는 『독일 비극적 드라마의 기원』에서 주장한다. 비극적 영웅은 자기도 모르게 신화와 신들의 구체제와 새로운 공동체 탄생 사이에 끼게 되는데, 새로운 공동체가 도입되는 데는 그의 희생적 죽음이 도움이 된다. 그는 어느 쪽 질서에도 완전히 속하지 않고 결국 둘 사이에서 짓눌려 죽으며, 옛날 법과 미신의 언어와 아직 표현 불가능한 윤리—정치적 미래 담론 사이에 끼어 있다. 비극적 영웅은 희생 제물로서, 구체제의 잔재이지만 동시에 그것을 쓰러뜨릴 수 있는 원칙을 대표하며, 그러한 존재로서 해방된 미래의 전조가 된다. 한 제도와 다른 제도 사이의 폭력적 이행 지점에 자리 잡은 영웅은 신들의 눈앞에 자신을 정당화하기를 거부하면서 운명과 결별한다—그러면서 베냐민이 에세이 「운명과 성격Schicksal und Charakter」에서 "죄와 속죄라는 끝없는 이교도적 사슬"이라고 부르는 것에 얽매이는데, 성 바울은 여기에 '율법'이라는 이름을 제공한다.[32] 바로 이런 강박적 반복, 죽음 충동의 악마적 현존을 탐지하는 것이 어렵지 않은 그런 반복에서 비극은 우리를 자유롭게 해 주겠다고 제안한다. 영웅은 희생적 죽음을 통해 몰락한 상태를 초월하여 신과 교제하는 상태로 진입하기 때문이다. 베냐민은 그 이전의 어떤 에세이에서 비극적 주인공이 세속적 시기가 아니라 오직 메시아적 시기에만 가능한 완성을 이루지만, 실제로는 이런 양식의 시간성 속에는 아무도 살 수 없기 때문에 영웅은 죽어야 한다고 본다—말하자면 자신의 불멸성 때문에 죽는 것인데, 이 불멸성 때문에 그는 우리, 그보다 못한 인간

이 살 수밖에 없는 공허하고 영원히 완성되지 않는 시간에서 벗어날 수 있다.[33]

따라서 비극적 예술은 올림포스의 존재들에 맞서 반항하면서 이교도적 제의로부터 윤리적·정치적인 것으로, 신화로부터 진실로, 운명으로부터 자유로, '자연'으로부터 역사로, 싸우는 신들의 폭압적 지배로부터 구원받은 민중으로 나아가는 변화를 표시한다. 그러나 베냐민의 눈으로 볼 때 영웅의 반란은 시기상조일 수밖에 없는 운명이다. 새로운 형태의 공동체적 실존은 표현할 수 없고 신화와 운명의 족쇄로부터 빠져나가기에는 무력하기 때문에 웅변적 침묵 또는 도덕적으로 말 못하는 상태에 처할 운명이다. 그가 말문이 막힌다면 그것은 그의 정체성이 아직 태어나지 않은 사회질서로부터 파생되기 때문인데, 이 질서는 일단 탄생하면 그의 침묵으로부터 자신의 언어를 배울 것이다. 그는 그러한 존재로서 유토피아의 모든 기표의 규정되지 않는 특질을 갖고 있다. 그는 지배 세력에게 자신의 몸을 바치지만 그럼에도 자신의 영혼을 말짱하게, 초연하게 보존하며, 구원을 앞의 미래에 맡기지만 그도 자신의 죽음에는 겁을 먹기 때문에 이런 전망은 그에게 큰 위안이 되지 않는다.

주인공은 올림포스의 존재들보다 자신이 도덕적으로 우월하다는 것을 의식하지만 이런 의식에 어떤 손에 잡히는 형태를 부여할 수 없다. 이런 설익은 조건에서 그가 할 수 있는 일은 신들의 잔혹성을 줄이기 위해 공동체가 자신을 불에 태우도록 허락하는 것

뿐이다. 이런 제의적 무마에도 불구하고 억압적 과거의 이름으로 그를 죽이는 자들은 하늘의 불의를 인정하게 될 수도 있고, 그런 과정에서 해방된 미래로 눈을 돌릴 수도 있다. 베냐민은 나중에 죄르지 루카치의 『역사와 계급의식Geschichte und Klassenbewußtsein』에서 영감받아 이런 기획을 정치적 표현으로 번역한다. 여기에서 영원히 지배계급에게 희생되는 프롤레타리아라는 희생양은 더는 굴종적 침묵을 유지하지 않고 자신의 희생자라는 지위를 새로 의식한다. 그 과정에서 새로운 공동체의 조건을 만들고 이제 이데올로기라고 개명된 신화의 굴레에서 벗어난다. (이데올로기는, 베냐민은 말한다, 마지막 한 명의 거지가 있는 한 살아남을 사고방식이다.)

마르틴 하이데거의 『형이상학 입문Einführung in die Metaphysik』에서도 비극을 이행적인 일로 보지만, 정치적 관점은 베냐민과 대립된다. 하이데거에게 비극적 시인은 지금까지 생각하거나 말하지 않았던 것에 관해 말하는 전위적 위반자인데, 그 과정에서 '존재'의 힘의 인도를 받아 세계사적 정치가(하이데거는 아마 히틀러를 염두에 두었을 것이다)처럼 신세계를 고안한다. 그는 신화의 비판자라기보다는 건축가다. 따라서 위대한 비극은 세계를 건설하는 혁명적 행동이다. 그런 세계 건설자, 자신의 시대와 어긋나 순교할 운명인 예언자의 불행한 운명은 종종 드라마 자체의 제재가 된다.

티머시 J. 라이스Timothy J. Reiss의 야심차고 상상력이 풍부한 연구 『비극과 진실Tragedy and Truth』에서 비극적 예술은 사회적·정치적 질서가 어떤 깊은 재조직화를 겪을 때 모습을 드러낸다. 고대 그리스 폴리스와 펠로폰네소스전쟁에 이르는 갈등, 근대 민족 국가의 형성과 16세기 유럽의 종교 전투, 낭만주의와 혁명의 시기 등등. 비극은 그런 격변의 시대에 어울리는 개념 체계를 형성하는 데 핵심적 역할을 하지만 동시에 그 지식의 한계를 보여 주고 우리가 그것이 통합해 내지 못하는 어떤 의미들을 느끼게 해 준다. 따라서 비극적인 것은 의미의 과잉 또는 불가능성을 가리키는데, 이것은 주어진 지식 체제의 손에 잡히지 않는 것이며, 이런 의미에서 급진적인 힘이다. 그러나 동시에 잠재적으로 안정을 흔드는 이 잉여의 규제를 돕기도 한다. 그렇게 그것을 참조, 합리성, 재현으로 이루어진 기성 질서로 환원한다는 점에서 라이스 같은 푸코파의 불신을 얻는다. 라이스에게 그런 체계는 무엇이든 억압의 냄새를 풍긴다.

따라서 비극은 한편으로는 사회적·담론적 질서의 핵심에 자리 잡은 표현 불가능한 것을 행동으로 표현한다. 다른 한편으로는 관습적 지식으로는 다루기 힘든 이 재료를 되찾는 것을 도와 "그 합리성 안에 있는 비합리적이라고 표현할 수 있는 것을 보여 줌으로써 합리성을 챙긴다".[34] 이것은 이해할 수 없는 것이 제기하는 위협을 무력화하는 방법이다. "비극은", 라이스는 말한다, "위기의 순간인 동시에 그 해소다."[35] 비극을 화해로 보는 전통적 관점이 현대 이론의 언어로 번역되는 셈이다. 그러나 이전의 일부 사상가들은 이런 해법에서 위안을 얻는 반면, 모든 질서와 안정성을 음침하고 수상쩍은 것으로 보고 자신의 연구에서 미셸 푸코의 정치적 비관주의 색채를 드러내는 라이스는 비극적 예술을 자칫 자신을 파괴할 수도 있는 힘을 전유하는 방식으로 본다. 그러나 이것은 『오레스테이아』에 대해서는 설득력 있는 이야기일 수 있지만, 『하얀 악마 *The White Devil*』나 『모두 사랑을 위해*All for Love*』에는 그렇지 않다.

프레드릭 제임슨Fredric Jameson은 예술적 모더니즘이 아직 끝까지 가지 않은 근대화 과정에서 생겨난다고 본다. 페리 앤더슨Perry Anderson도 비슷한 맥락에서 모더니즘 예술의 파괴력 가운데 많은 부분을 설명해 주는 것은 어떤 면에서는 여전히 전근대로 남아 있는 사회에 근대성이 가하는 충격이라고 주장한다.[36] 근대적으로 바뀌는 일이 일단 완료되면 예술 운동으로서의 모더니즘은 시야에서 사라지는 경향이 있다. 대체로 모더니즘은 막스 베버의 표현을 빌리자면, 점점 "마법에서 풀려나고 있지만" 여전히 신화, 우화, 민담, 초자연적인 것이 풍부하게 갖추어져 있는 문명의 산물이다. 사람들은 이런 자원을 근대성의 혐오스러운 특징으로부터 피난할 곳으로서 또는 그것을 이해하기 위한 상징적 틀로서 활용할 수 있다. 세속적인 것은 아직 신성한 것의 모든 자취를 지워 버릴 만큼 견고하게 자리를 잡지 못했는데, 그 신성한 것 가운데 가장 핵심적인 것이 바로 예술이다. 마르틴 하이데거에 따르면, 오직 그런 귀중한 상징적 비축물을 채굴해야만 인류는 구원받을 수 있다. 우리 말기 근대인은 형이상학, 소크라테스적 합리주의, 서양 테크놀로지가 끝에 이르고 새로운 신화적 문화가 태어나려고 몸부림치는 이행기의 격통을 겪으며 살고 있다. 이런 역사적 과도기에 그리스 비극 작가의 지혜는 불가결하다는 것이 드러날 것이다.

따라서 모더니즘은 과도적 현상으로, 틀림없이 바로 이 점이 모더니즘이 비극 예술의 요소를 그렇게 잘 갖추고 있는 한 가지 이유일 것이다. 이런 점에서 모더니즘은 그 뒤를 잇는 포스트모더니즘과 비교될 수 있다. 입센과 체호프의 드라마에서는 대체로 도시에서 양육된 자유와 계몽의 개념이 시골로 흘러 들어가, 시골에 확고하게 자리 잡고 있는 질서의 목이 뻣뻣한 관습과 싸우는 데 몰두한다.[37] 그러나 그 질서는 특히 체호프의 경우에는, "벚나무 동산"이 같은 제목을 가진 희곡에서 토지를 가진 지주의 소유에서 자수성가한 사업가의 손으로 넘어가듯이, 파괴적인 사회적·상업적 힘들에 포위당해 기진맥진한 상태다. 나중에 보겠지만 이런 식으로 과거와 미래 사이에 끼어 있는 상태로 인해 체호프의 인물 몇 명은 아이러니가 섞인 자기 인식에 어느 정도 도달한다. 이 소박한 철학자들은 동경하는 표정으로 해방된 미래를 바라보는데, 그 미래에서 자신은 아무런 역할이 없다는 것을 안다. 실제로 이 미래는 역사 기록에서 그들이 희미해질 것을 요구한다. 희망은 있을지도 모르지만 그들을 위한 것이 아니다. 이 망가지고 다 타버린 인물들은 과거에 대한 무기력한 노스탤지어와 미래에 대한 보람 없는 갈망 사이에서 덫에 걸려 하찮은 것들과 반쯤 기억나는 꼬리표로 머리가 꽉 찬 채 감정적 교착의 세계에 살고 있다. 권태는 장티푸스처럼 전염력이 있으며 역사적 목적에 대한 감각은 모두 무너져 완전한 우연성만 남는다. 이제 사람들이 다른 사람들과 나눌 수 있는 것은 오직 자신의 고독감뿐이다. 그러나 드라마 형식이 승리를 거두면서 이 희곡들은 이런 애처로운 목소리와 엉뚱한 인물들을 절묘하게 조직된 전체 안에 짜 넣는다. 이들은 또 분위기의 주목할 만한 일관성으로 함께 묶여 있다.

헨리크 입센의 연극에는 이미 미래가 희미하게 와 있는 인물들이 있다─『로스메르스홀름Rosmersholm』의 존 로스메르 같은 계몽된 인물이 그런 예로, 그의 진보적 가치는 보수적인 시골 노르웨이의 경건성과 충돌한다. 그러나 문제는 미래가 현재 안에 잠복해 있다 해도 여기에는 과거도 끈질기게 자리를 잡고 있어, 지금 이 순간은 과거와 미래가 교착하며 만나는 땅이 되고 사람들은 그 충돌에 깔린다는 것이다. 만일 자유의 장애물이 단지 외적인 것이라면─융통성 없는 교구목사, 비뚤어진 행정가, 부패한 소관리 등등─상황이 그렇게 비참하지는 않을 것이다. 그러나 진실은 자유를 향한 욕구가 스스로 방해물이 된다는 것이고, 그것이 축적하는 죄와 부채에 의해 안으로부터 잠식된다는 것이다. 타인에게 상처를 주지 않는 자유란 있을 수 없다. 진실과 자유의 근원 자체가 오염되어 있다. 아우구스트 스트린드베리도 『아버지』와 『부활절 Påsk』 같은 작품에서 매우 비슷한 음침한 비전을 공유하고 있다. 또 단지 사회만이 아니라 피에도 치명적인 유산이 있다.

조밀한 그물망으로 짜인 지방의 읍에서는 개인의 삶이 익명의 도시보다 긴밀하게 서로 연결되어 있으며 자기완성이 타인의 희생이나 타인에 대한 배신과 관련되는 것이 법칙처럼 보일 것이다. "사람들은 행복에 이르기 위해 아주 많은 유대를 찢어 버리고 나아가요." 『사회의 기둥들Samfundets Støtter』에서 헤셀 양은 말하는데, 행복이 계속 그들의 입 안에서 재로 변하고 자유로운 영의 행복이 회한과 자책으로 빠져 버리는 한 가지 이유가 그것이다. "완전히 자기 자신이 되기 위해!" 입센의 브란은 말한다. "하지만 죄의 유산이라는 짐이 있는데 어떻게?" 고상한 갈망은 범죄와 보복—절대 벗어날 수 없는 도덕적 부채와 주체할 수 없는 의무—에 뿌리를 내리고 있다는 게 드러난다. 이런 의미에서 입센의 주제는 처음부터 끝까지 원죄다. 우리는 한 번도 선택을 권유받아 본 적이 없는데도, 우리 행동을 뿌리에서부터 해치는 오염된 유산의 상속자가 되어 있다. 이것은 일부 낭만주의 비극에서 예시했던 조건으로, 여기에서는 죄책감에 시달려 회한에 젖은 오갈 데 없는 주인공이 그 자신이라는 이름 없는 범죄에 쫓겼다. 입센에서 사람들의 정체성의 근원에는 두 가지 의미에서 그늘이 드리워져 있다. 즉, 도덕적으로 평판이 나쁘지만 분명치 않다는 것. 따라서 범죄를 저질렀는지 아닌지 확실치 않은 때가 있다.[38] T. S. 엘리엇의 가장 입센적인 희곡 『가족 재회The Family Reunion』도 마찬가지다. 부르주아 개인주의는 사람이 자신의 운명의 주인이라고 가정하지만 인간적인 인과의 뒤엉킨 실타래 속에서 누가 어떤 행동을 한 장본인인지, 어떤 사람이 행동을 했는지 안 했는지, 자기 주도의 결과로 보이는 것이 실은 은밀하게 협동한 결과인지 아는 것이 늘 쉽지는 않다. 아마도 사람은 사건의 입안자인 동시에 피해자일 것이다. 당신의 운명을 결정하는 것이 당신인가 과거인가, 또 운명으로부터 달아나려고 노력하는 것이 오히려 그 운명을 향해 돌진하는 꼴이 되는 것은 아닌가? 우리가 오이디푸스의 세계로부터 멀지 않다면 단지 오이디푸스 자신이 이런 모순에 사로잡혀 있기 때문만이 아니라 원죄가 보편적이기 때문이기도 하다. 상호 피해의 가능성은 인간의 상호의존성에 내재되어 있다.

역사의 서판을 깨끗하게 닦아 내고 새로운 출발을 위한 공간을 확보함으로써 죄로부터 벗어나고 싶은 전위적 충동은 가면이 벗겨지며 환상임이 드러난다. 그러기에는 늘 역사가 너무 많다. 그냥 크기로만 보아도 과거는 현재보다 우위에 있으며 그것을 벗어 버리고자 하는 사람들 자신이 그 산물이다. 서판을 깨끗하게 닦아 내는 것 자체가 역사적인 행동이다. 죄에 뿌리를 둔 대의에서, 로스메르는 말한다, 승리는 결코 얻을 수 없다. 하지만 인간 삶이 서로 엮인 상황에서 그렇지 않은 대의가 어디 있겠는가? 뱅자맹 콩스탕Benjamin Constant은 「비극에 대한 사유Réflexions sur la Tragédie」에서 "출생부터 우리를 감싸고 죽음까지 끊어지지 않는" 제도의 네트워크가 고대인의 운명에 대한 근대의 대응물이라고 말한다.[39] 이것이 입센의 연극에서보다 분명하게 드러나는 곳은 없다. 거기에서는 과거의 죽은 손이 뻗어 나와 주인공이 진실, 자유, 기쁨, 순수―늘 훼손되고 오염되지만 절대 일축해 버릴 수 없는 이상들―를 손에 쥐려는 순간 그를 파괴해 버린다.

입센의 작품은, 레이먼드 윌리엄스는 말한다, "권력의 정점인 동시에 힘의 한계에 이른 인간, 갈망하는 동시에 좌절하고, 자신의 에너지를 방출하는 동시에 그 에너지에 파괴당하는 인간"의 비극을 드러낸다.[40] 그의 파토스의 많은 부분은 이 좌절이 단지 우연이 아니라는 사실, 주인공이 승리할 수도 있었으나 우연히 실패한 것이 아니라는 사실로부터 생겨난다. 오히려 이 실패의 필연성이 눈에 두드러진다―자유가 굴레가 되고, 자기완성이 자기혐오가 되고, 진실이 거짓에 기초하고 『오레스테이아』에서처럼 죽은 자가 살아 있는 자를 결정하는 치명적인 변증법. 만일 산이 자유의 상징이라면 산의 얼음 같은 냉기는 또 죽음의 반향이다. 이런 모순에는 사회적 기초가 있다. 여기에서 문제가 되는 것은 자유주의 사회의 중심적 딜레마다. 자기를 완성할 나의 권리는 절대적이지만 같은 이유로 너의 권리도 그러하며, 따라서 우리 사이의 죽음을 각오한 전쟁을 피할 방법은 분명치 않다는 사실. 사람은 자신을 신성하게 간직하기 때문에 『인형의 집Et Dukkehjem』의 노라는 설사 자식을 두고 나간다 해도 자신에 대한 이 무자비한 의무에 따라 행동해야 한다. 『우리 죽은 자들이 깨어날 때Når Vi Døde Vågner』에서 이레나는 항의한다, 자기를 희생하는 것은 자살 행위다. 그러나 자신의 자기 완성을 고집하는 것은 타인에 대한 대죄大罪를 포함할 수도 있는데, 카르스텐 베르니크에서 아르놀드 루베크에 이르기까지 입센의 주인공 모두가 그런 예다. 찰스 디킨스의 후기 소설에서처럼 성취의 뿌리에는 범죄가 놓여 있다. 이 희곡들은 서사시 영웅의 근대적 등가물인 기업가의 담대한 비전에 감탄하지만 동시에 이런 정신적 귀족의 폭력이나 무법성과 더불어 그들이 자기 이익을 무자비하게 추구하고 하층민을 오만하게 경멸한다는 점도 예리하게 의식한다.

"모든 완전한 부르주아의 가슴에는 두 영혼이 살고 있다", 베르너 좀바르트Werner Sombart는 말한다, "기업가의 영혼과 품위있는 중간계급 남자의 영혼이다. (…) 기업의 원동력은 황금에 대한 탐욕, 모험을 향한 욕망, 탐험에 대한 사랑이 종합된 것이다. (…) 부의 영은 계산, 조심스러운 정책, 합리성, 절약으로 이루어져 있다."[41] 간단히 말해 자본주의적 노력은 부르주아 도덕성과 전쟁을 일으킨다. 그러나 동시에 번창하기 위해서는 도덕성의 틀이 필요하다. 프랑코 모레티가 지적하듯이 입센의 드라마는 자본과 노동의 투쟁이 아니라 중간계급 내의 갈등, 선구적이고 대담하게 거스를 줄 아는 산업의 우두머리들과 답답할 만큼 체면을 차리는 목사나 정치가들 사이의 갈등이 중심을 이룬다.[42] 무엇보다도 이것은 열렬히 미래를 바라보는 자들과 과거에 갇혀 있는 자들 사이의 시합이다. 『사회의 기둥들』의 융통성 없는 루멜은 "새로운 사업[철도]이 우리가 지금 서 있는 도덕적 기초를 흔들지 않기"를 경건하게 바라지만 중간계급 사회의 이 두 측면은 쉽게 화해할 수 없다. 기업가는 상당한 무법자 정신을 지니고 무모하게 해적질 하는 모험가이며, 자신의 행동을 정당화하는 데 도움이 되는 바로 그 규범을 늘 어길 위험이 있다. 사회적 합의나 정통적 도덕성을 무시하는 니체는 이런 케케묵은 것들을 얼마든지 초인Übermensch의 무한한 역동성의 제물로 삼을 각오가 되어 있는데, 초인은 자신의 법 외에 누구의 법에도 허리를 굽히지 않는 인물이다. 헤겔에게 모든 위대한 입법자는 범법자, 겁 많은 현재의 눈에는 범죄자로 보일 수밖에 없는 미래의 전조다. 도스토옙스키의 『죄와 벌*Преступление и наказание*』에서 라스콜니코프는 비슷한 생각을 드러내는데 이때는 예술가, 범죄자, 모험가, 악한 천재의 구분이 점점 어려워지는 시기이기도 하다.

입센의 『건축가 솔네스*Bygmester Solness*』의 힐데 방엘은 다혈질의 니체주의자로 "강한 양심이 건강으로 충만한" 사람들은 조금도 죄책감에 물들지 않고 거리낌에 몸을 떠는 일 없이 자기 욕망을 굳게 붙들고 나가야 한다고 주장한다. 입센은 무엇보다도 위풍과 당당함 때문에 이런 정신적 귀족주의를 찬양한다. 그러나 니체와는 달리 괴로움에 시달리는 사무직원, 학대당하는 부인, 궁색한 엔지니어도 이런 대담한 인간 정신 개척자와 마찬가지로 그의 상상력의 공감을 요구하며, 그의 연극이 발휘하는 힘의 일부는 비극의 범위를 이런 주목받지 못하는 존재들에게까지 확장하려는 태도에 놓여 있다. 이 말은 같은 시대 토머스 하디의 소설에도 해당한다. 『우리 죽은 자들이 깨어날 때』의 브랜드, 보르크만, 헤다 가블레르, 아르놀드 루베크는 고전적 의미의 비극적 주인공이다—정체停滯와 환멸밖에 주지 못하는 너무나 황량하게 소부르주아적인 사회 조건에서 권력·진리·영광을 추구하는 자들, 허기진 욕망을 드러내며 미친 듯이 달려가 이목을 끄는 자들. 그러나 입센이 칼데론이나 코르네유와는 다른 특징을 보여 주는 부분은 상대적으로 찬란하지 않은 영혼들의 비극을 기꺼이 인정하려는 태도였다. 무엇보다도 그의 연극에서 "부르주아 비극"이라는 말은 이중의 모순어법—부르주아 비전은 일반적으로 의기소침하기보다는 기운차다고 여겨지고, 또 비극은 전통적으로 의료인·변호사·회계사의 영역이라기보다는 신·영웅·귀족의 전유물로 간주되어 왔기 때문에 이중적이다—에서 벗어나게 된다.

미래의 가능성을 막는 과거가 현재를 침공하면 역사는 정체에 빠지는 것처럼 보이고 선형적 발전이라는 개념 전체가 흔들리기 시작한다. 자유로운 정신이나 미래를 보는 기업가의 전진 운동 안에는 그것을 파괴하여 서사를 막다른 골목으로 이끌고 영구 운동을 정체에 이르게 하겠다고 위협하는 것이 있다. 자유의 장애가 그 안에 내재해 있기 때문에—결국 다름 아닌 당신 자신이기 때문에—승리와 패배, 창조와 파괴, 완성과 좌절은 연속적이라기보다는 공시적이라는 결론이 나온다. 울프헤임이 『우리 죽은 자들이 깨어날 때』에서 말하듯이 "당신은 앞으로도 뒤로도 가지 못하는 까다로운 모퉁이에 이른다. 거기에서 당신은 옴짝달싹하지 못한다……"(2막). 이행이라는 관념을 극단으로 밀어붙이면—서로 싸우는 두 질서, 하나는 죽어 가고 또 하나는 태어나려고 애쓰는 두 질서가 교착 상태에 이르면—그 결과는 시간 자체의 정지 또는 붕괴와 더불어 범죄와 불의가 안으로부터 시정될 수 있다는 믿음의 상실일 가능성이 크다. 그래서 입센의 연극에서 자연주의적 시간은 위기에 이르러 삶과 죽음 사이에 매달린 변증법적 이미지로 나타난다. 이것은 시간의 안과 밖에 공존하는 순간으로 실패와 초월 양쪽을 가리킨다. 예를 들어 로스메르와 레베카는 물레방아를 돌리는 물 위의 다리에서 사랑의 죽음Liebestod을 향해 발을 내밀고, 솔네스는 승리의 아찔한 순간에 탑 위에 꼿꼿이 서 있다가 땅으로 곤두박질치고, 영적으로 죽음에 이른 보르크만은 산의 자유로운 공기 속으로 기어 올라가 눈 속에서 죽고, 루베크와 이레나는 함께 산 정상을 향해 올라가다 산사태로 죽는다. 로스메르와 레베카의 자살은 미래에 대한 새로워진 믿음을 의미하지만 동시에 미개한 과거에 굴복하는 것이기도 하다. 『욘 가브리엘 보르크만John Gabriel Borkman』과 『우리 죽은 자들이 깨어날 때』의 결말에 관해서도 비슷한 이야기를 할 수 있다.

자연주의적인 시간 틀과 결별하고 대신 시간의 이런 동결을 직접적으로 극화할 수 있는 무대를 선택하는 것은 입센 뒤에 나오는 다양한 극작가들의 과제가 될 것이다. 그러면 이행은 더는 문제가 되지 않을 것이다. 이행이라는 관념 자체가 표현주의 연극의 꿈같고 일관성 없는 서사, 체호프의 굼뜬 시간성, 브레히트의 극적 몽타주, 베케트의 플롯 없는 극에는 대체로 존재하지 않는, 선형적 진화에 대한 신뢰를 암시하기 때문이다. 모더니즘 자체가 이행적 현상일 수 있지만, 그 작품들 일부는 과거·현재·미래가 하나로 모여 있는, 전환하는 세계의 정지 지점에 자리를 잡고 영원한 현재를 찾고 있다. 이제 역사는 파국을 향해 돌진하는 것이 아니라 오히려 전혀 움직이지 않는 것 같다.

우리는 고대의 신화적 세계와 더 합리적이고 해방된 세계 사이에 낀 비극적 드라마들이 있다는 것을 보았다. 제니퍼 윌리스 Jennifer Wallace는 오랜 신조와 관습이 있는 유럽 문화 출신의 이민자들이 미합중국이라는 영원한 현재 안에서 자신의 새로운 정체성을 새겨 나가려고 애쓰는 일부 근대 미국 비극을 이런 맥락에서 본다.[43] 알베르 카뮈는 위대한 비극의 시대가 둘 있었다고 말한다. 하나는 고대 그리스고, 또 하나는 셰익스피어로 시작해서 칼데론과 라신으로 끝나는 시기다. 역사에서 두 기간은, 카뮈는 주장한다, "신성과 거룩이라는 관념을 품은 사고 형식으로부터 개인주의·합리주의 개념에 영감을 받은 형식으로 이행되는 것"이 특징이다.[44] 라캉의 용어로 말하자면 이것을 '상상계'로부터 '상징계'로 넘어가는, 이미지와 직관의 영역이 법·이성·담론의 영역으로 넘어가고, 가족의 친밀성이 폴리스의 비개인적 영역으로 넘어가는 것이라고 볼 수도 있다. 심지어 이런 작품들이 과거와 어떤 오이디푸스적 관계를 유지하고 있어, 과거의 권위로부터 자유로워지려 애쓰나 그것을 버리고 얼른 떠날 수 없다고 주장할 수도 있다. 해방을 향해 노력하다 보면 자신이 피하고자 하는 것에 엉켜 들어가게 된다. 개인적 수준에서 상징적 질서로 들어가고자 하는 사람들은 혈연적 연결과 애정의 유대라는 정치 이전 영역으로 다시 끌려 들어가는 것을 피해야 한다. 그런 연결과 유대는 유아가 돌보는 사람에게 가지는 강렬한 애착에서 가장 분명하게 드러난다. 햄릿은 이 통과 과정을 완전히 끝내지 못한다. 따라서 이행 문제는 상상할 수 있듯이 근친상간이라는 주제와 그리 멀지 않은데, 근친상간은 앞서 보았듯이 비극적 예술의 지속적인 관심사다.

4. 유익한 허위

이데올로기는 불의나 억압의 합리화로서 적어도 「욥기」만큼 오래 되었지만 허위의식의 의도적 계발로서 처음 등장한 것은 플라톤이었던 것으로 보인다. 이데올로기는 대부분 이런 식으로 음모적이지는 않다. 곧 한두 가지 예외를 보기는 하겠지만 보통 사람에게 유포되는 신화의 다수는 그것을 퍼뜨리는 사람이 믿는 것이기도 하다. 특히 늘 들킬 수 있는 상황에서 스스로 허위라고 아는 믿음을 퍼뜨리는 것은 통치자들이 권좌에 남는 전형적 방식은 아니다. 정치가들이 잘 빠져나가는 한 가지 이유는 정직성보다는 신중함 때문에 거짓말을 하지 않으려 하기 때문이다. 그러나 의식적 허구와 무의식적 허구 사이에 분명한 구분이 없을 수도 있다. 현대 아일랜드 드라마 가운데 가장 훌륭한 작품으로 꼽을 수 있는 프랭크 맥기니스Frank McGuinness의 『얼스터의 아들들이 솜으로 행군해 가는 것을 보라Observe the Sons of Ulster Marching Towards the

Somme』에서 이 희곡의 게이이자 비국교도이자 풍자적 아웃사이더인 케네스 파이퍼는 결국 동료 병사들의 지휘를 맡고, 병사들은 그의 촉구에 따라 호전적인 얼스터 쇼비니즘을 폭발시키며 전투로 뛰어든다. 파이퍼가 마침내 자기 가문의 제국주의적 과거라는 죽은 손에 휘둘리게 된 것인지, 아니면 능숙한 연기자로서 곧 도륙당할 젊은 동지들에 대한 동정심에서 영웅적 허구를 지어낸 것인지는 판단하기 힘들다. 파이퍼가 자신의 선전을 믿을까, 믿지 않을까? 아마 이 대립은 언뜻 보기만큼 분명하게 나뉘지 않을 것이다.

플라톤은 『국가』 3권에서 너무 대담하여 그 자신조차 혼란을 느끼는 듯한 정치적 신화를 제시한다. 핵심은 통치자, 병사, 평민에게 그들의 어린 시절이 꿈이었다고 설득하라는 것―인간 사회에서 자라고 교육받은 것처럼 보이지만 사실은 땅의 자궁에서 빚어진 뒤 지상 세계로 토해졌다는 것. 땅은 그들에게 어머니이자 유모이기 때문에 그들은 그 가운데 자신의 고국이라고 알려진 지역을 공격으로부터 방어해야 하는 의무를 느낄 것이다. 따라서 문제가 되는 환각이 성립하려면 묘하게도 시민에게 그동안 환각 속에 살았다고 설득해야 한다. 이런 고상한 거짓말을 받아들일 만큼 귀가 얇은 군대와 지배계급의 능력에 의문이 생기지만, 더 그럴듯하지 않은 이야기는 이제 시작이다. 시민은 또 신이 그들을 남들과 다른 방식으로 만들었다는 것을 알아야 한다. 신은 통치자의 구성에는 금을 섞고, 통치계급의 보조자나 조력자가 될 운명인 사람들에게는 은을 섞고, 더 천한 유형의 구성에는 황동과 철을 섞었으며, 이런 자연선택의 메커니즘이야말로 가장 열렬하게 수호해야 하는 것이다. 금이나 은 부모의 아들이 황동이나 철이 섞여 태어나면 거리낌 없이 낮은 등급으로 내려보내야 한다. 그러나 능력 중시 원칙이 작동하기도 한다. 장인의 자식이 금이나 은의 원소를 약간 가지고 태어나면 사회적 위계의 위로 올라가 수호자나 보조자의 지위를 떠맡기도 하기 때문이다. 인간은 부분적으로는 자신의 사회적 지위를 결정하는 물질을 타고나기 때문에 별이 반짝이는 것을 보며 억울해하지 않듯이 자신의 서열이나 타인의 서열에 원한을 품을 생각을 하지 말아야 한다. 이것은 말 그대로의 의미에서 가장 "귀화시키는" 역할을 하는 이데올로기다.

플라톤의 이상적인 사회질서에서 통치자는 거짓말에 대한 독점권을 부여받는다. 그들은 공익을 위하여 거짓을 말하는 것을 허락받지만 다른 사람은 그러다 걸리면 벌을 받는다. 플라톤 이후 많은 사상가에게 통치자가 무엇보다도 비밀로 지켜야 할 것은 개별 시민의 유래가 아니라 정치권력의 불미스러운 기원이다. 국가는 대부분 전쟁·침략·혁명·멸절의 결과이며 이런 원초적 잘못은 영토 방어를 위해 징집할 필요가 있는 사람들에게 반드시 감추어야 한다. 주권의 원죄는 거기에서 흘러나오는 역사를 오염시킬 위험이 있으며, 따라서 감추어야 한다. 법과 질서가 집단적 기억 상실의 결과에 불과하고, 권위의 불미스러운 출처는 정치적 무의식 안으로 깊이 밀려 들어가 있다면 어쩔 것인가?

나라의 기원을 조사하면, 데이비드 흄은 경고한다, 우리는 반란과 찬탈을 발견할 수밖에 없다. "시간만이 [통치자의] 권리를 견고하게 만든다", 흄은 말한다, "시간은 사람들의 정신에 점진적으로 작용하여 그들을 어떤 권위든 받아들이게 하고 권위가 정의롭고 합리적으로 보이게 만든다."[1] 에드먼드 버크에게는 헤게모니에서도 세월의 경과가 핵심이다. "시간은 점차 (…) 피정복자와 정복자를 섞고 합쳤다……."[2] 그가 프랑스혁명에 분노한다면 그것은 특히 "권력을 부드럽게, 복종을 자유롭게 만들었던 그 모든 기분 좋은 환각이 (…) 빛과 이성으로 이루어진 새로운 정복 제국에 의해 해체되기 때문이다. 삶의 모든 품위 있는 휘장이 무례하게 찢길 것이다."[3] 버크의 관점에서 권력은 감각을 속여 고상한 기만과 계도적 허구를 낳아야 한다. 사람들이 요구하는 것은 진실이 아니라 행복감과 위로다. 매슈 아널드Matthew Arnold는 소유와 국가의 기원에 관해 말한다. "지혜로운 사람은 사유재산 몰수 시기의 폭력을 지지하지 않을 것이다. 그러나 상황이 정리되면 그런 폭력에 대한 속죄로 몰수 반대를 제안할 생각은 절대 하지 않을 것이다. 상황이 정리되고 과거는 잊히는 게 훨씬 낫기 때문이다."[4] 나라의 최초의 범죄가 일단 과거 속에 묻히면 우리는 모두 기분 좋게 그것을 잊을 수 있다. 처음에 국가를 수립한 폭력은 이제 국가를 군사적으로 지키는 일로 승화된다. 정치적 헤게모니는 희미해지는 기억의 열매다. 나라는, 에르네스트 르낭Ernest Renan은 말한다, 그것이 기억하는 것만큼이나 잊는 것으로도 규정된다. 프리드리히 실러의 드라마 『발렌슈타인』에서 주인공은 말한다. "세월의 행진은 축성의 권력을 갖고 있다. / 사람들은 세월과 더불어 잿빛이 되는 모든 것을 거룩하다고 부를 것이다. / 손에 쥐면 옳은 것이다"(1막 4장).

몽테뉴는 그런 문제에 대한 난해한 탐구에 코웃음을 치고 파스칼은 『팡세Pensées』에서 "[최초의] 찬탈에 관한 진실은 분명하게 밝혀지지 말아야 한다"고 경고한다. "그것은 원래 이유 없이 일어났지만 합리적인 것이 되었다. 우리는 그것이 진정하고 영원한 것으로 간주되게 해야 하며, 그것이 곧 끝나기를 바라지 않는다면 그 기원은 감추어져야 한다."[5] 적어도 이 점에서는 권력에 진실을 말해 줄 필요가 없다. 권력은 이미 진실을 알기 때문이다. 이마누엘 칸트도 정치적 권위의 원천에 관한 추측은 국가에 위협이 된다고 생각한다.[6] "명랑함, 선한 양심, 기쁨을 주는 행위, 미래에 대한 확신," 프리드리히 니체는 선언한다, "이 모든 것은 빛이 날 수 없는 어두운 것과 밝고 분별 가능한 것을 나누는 어두운 경계선의 존재에 의존한다. 적당한 순간에 기억할 수 있는 능력만큼이나 적당한 순간에 잊을 수 있는 능력에 의존한다……."[7] 조제프 마리 드 메스트르Joseph Marie de Maistre는 『프랑스에 대한 생각Considérations sur la France』에서 정치권력은 그 원천이 신비에 싸여 있는 동안만 살아남을 수 있다고 주장한다. 이런 목적을 위해 그는 어차피 오류에 의지해서만 살아갈 수 있는 사람들 사이에 유용한 허구가 퍼지는 것을 지지한다. 이 권력들이 아무리 잔혹하고 몽매하다 해도 제단과 왕좌의 절대적 권위에 복종하도록 사람들을 설득해야 한다.

대중의 귀에 들어가면 안 되는 다른 추문은 도덕적 가치와 사회질서의 기초인 신이 존재하지 않는다는 사실이다—또는 존재한다 해도 그의 힘이 완전히 과대평가되었다는 사실이다.[8] 지식인의 회의주의가 민중의 경건성에 다가가지 못하게 해야 한다. 다중은 늘 몽매해진다고 생각한 볼테르는 자기 집 하인들이 자신의 종교적 이단성에 감염되지나 않을까 마음 졸였다. 아일랜드 철학자 존 톨런드John Toland(놀랍게도 급진파)는 신학적 소책자 『팬시이스티콘Pantheisticon』에서 '이성'의 진실을 군중의 미신으로부터 멀리 떨어져 있게 해야 한다고 주장한다. 데이비드 흄도 마찬가지로 이 문제에서 학식이 있는 자와 무지한 자 사이의 간극을 의식하지만 종교의 온건한 형태, 그 자신은 믿지 않는 형태가 정치적 안정에 도움이 될 수도 있다고 주장한다.[9] 토머스 제퍼슨Thomas Jefferson도 비록 자신은 공유하지 않지만 신에 대한 믿음은 사회의 단결에 핵심적이라고 주장한다. 마찬가지로 신을 믿지 않는 에드워드 기번 Edward Gibbon도 대체로 같은 생각을 하고 있다.

막스 베버는 유명한 에세이 「직업으로서의 학문Wissenschaft als Beruf」에서 오직 용기 있는 소수만이 세상에 내재적 의미가 없다는 것을 받아들일 수 있으며, 이 진실로부터 움츠러드는 겁 많은 영혼들에게는 "옛 교회의 문이 동정심을 품고 넓게 열려 있다"고 말한다.[10] 도덕적 가치에 확고한 기초가 없다는 사실을 감추어야 한다는 이 같은 배려는 나치 정치 이론가 카를 슈미트와 신보수주의 사상가 레오 슈트라우스Leo Strauss의 글에서도 찾아볼 수 있다. 시민과 철학자는 엄격하게 분리해야 한다. 이 사상가들 모두 인류가 아주 많은 현실을 감당할 수 없다는 사실을 고려하여 문명은 공들여 계발하는 허의위식에 의존한다고 생각한다. 오직 신중하게 유지되는 음모만이 급진적 합리주의와 정치적 불만을 막을 수 있다. 대중의 형이상학적 경향은 통치자의 보험이다. 이것은 상당한 수익을 안겨줄 가능성이 큰 보험이다. 왜냐하면 잘 속지 않는 것에 자부심을 가지는 저자 라로슈푸코La Rochefoucauld에 따르면 "어떤 위장된 허위는 너무나 진실 같아서 그것에 속지 않는 것이 외려 잘못된 판단이 될" 정도이기 때문이다.[11]

신의 문제에 대한 지배 권력의 허세를 까발리는 일은 니체에게 맡겨진다. 그는 볼테르나 프리드리히 실러와 마찬가지로 평민이 이 문제에서, 또 사실 다른 어떤 문제에서도 계몽될 수 있다고 믿지 않기 때문에, 신의 죽음이라는 그의 극적인 발언은 철학적으로 매력적인 것만큼이나 정치적으로 무익하다. 사실 그 또한 『권력의지Der Wille zur Macht』에서는 플라톤의 고상한 거짓말을 비난했음에도, 민중의 경건성을 지켜야 한다고 나선다—물론 사회적 질서를 위해서가 아니라, 또 단지 서민이 그들 자신의 무지라는 주스 속에서 뭉근히 끓도록 놓아두기 위해서가 아니라, 초인은 엄격함과 자기희생으로부터 자기 규율을 배우는데 기독교 신앙이 적어도 이것은 전달했기 때문이기도 하다. 도덕성을 완전히 넘어서서 올라가기 위해서는 그런 도덕적 체제에 굴복해야 한다. 그래서 이 기독교의 가장 웅변적인 적은 동료 시민이 독실하게 신도석에 들어가 앉는 것을 보며 만족하는 듯하다.

플라톤은 자신의 동화로 대중을 헛갈리게 만들려고 했을지도 모르지만, 동시에 대중은 어차피 혼란에 빠져 있다고, 진실의 꾸준한 빛에 의해 살기보다는 무분별한 편견doxa 속에 가라앉아 있다고 믿고 있다. 평민에 대해 똑같이 비하하는 관점을 갖고 있는 스피노자가 보기에 이성에 따라 살지 않는 사람들은 상상의 영역에 살면서 자신의 요구·욕구·애정·혐오에 따라서만 세상을 판단한다. 그들은 신화와 상징을 통해 지배해야 하며, 스피노자 자신의 글 같은 것은 읽지 못하게 해야 한다. 해석을 잘못할 수밖에 없기 때문이다. 오직 이성만이 우리가 우리 자신의 피부 밖으로 튀어나가 사물을 있는 그대로 보게 해 준다. 오직 세계를 영원의 관점에서sub specie aeternitatis 볼 때에만 우리는 시간의 유린과 욕망의 폭정으로부터 해방될 수 있다. 인간중심주의는 인간의 자연 상태다. 자기 보존 충동이 인간의 생물적 조건이기 때문이다. 이런 자기중심성은 물질적 신체라는 우리의 실존으로부터 나오며, 우리는 이성의 영원한 법칙이 아니라 우리의 감각에 얼마나 좋고 나쁜지에 따라 사물을 판단한다. 이런 의미에서 일상 경험의 전형적인 예는 예술인데, 예술은 감각적이고 주관적인 각도에서 세계를 파악하는 것을 문제 삼지 않는다.

스피노자가 보기에 우리에게 깊이 자리 잡은 환상 가운데 하나는 우리가 지금 행동하는 것과는 다르게 행동할 수 있다는 믿음이다. 순혈 결정론자로서 그에게 자유란 상황이 달라질 수 없다는 것을 아는 데서 나오는 마음의 고요apatheia이기 때문이다. 그가 보기에 진정으로 자유로운 것은 우리 주위에서 보이는 것의 필연성을 파악하는 것이고, 그 과정에서 세상을 지배하는 우리의 힘을 늘리는 것이다. 대중이 자기 행동의 원천이 자유의지라고 잘못 아는 것은 진정한 원인에 대한 무지 때문이다. 자연의 일반적 질서에 관한 한 정신은 자신, 몸, 다른 물질적 대상에 관해 "혼란스럽고 훼손된"[12] 지식을 가지고 있을 뿐이다. 그러나 스피노자가 플라톤과 다른 부분은 이런 무지를 고칠 수 있다는 믿음이다. 대중은 미망 속에서 뒹굴 필요가 없다. 그들의 욕망은 유연하여 다시 빚을 수 있으며, 계몽된 철학자에게 맡겨지는 과제는 바로 이것이지, 정치적으로 시의적절한 허구를 만들어 나가는 것이 아니다.

유럽의 지배계급이 스피노자의 이름을 두려워하고 매도한 것은 그의 그런 믿음 때문이었다. 콩도르세Marquis de Condorcet는 자신이 이 네덜란드인 동료와 의견이 같다는 것을 알게 되었다. "이 체제의 원칙 가운데 하나가 민중의 도덕성은 가짜 의견 위에 세워져야 하고, 계몽된 사람들은 쓸모있는 오류를 제공하기만 한다면 다른 사람을 속여도 괜찮고, 그들 자신은 부수는 방법을 알고 있는 사슬로 민중을 계속 묶어두는 것이 정당화될 수도 있다는 것인데, 이 체제에서 진실로 어떤 도덕성을 기대할 수 있겠는가?"[13] 그는 그렇게 묻는데 이것은 이 신뢰할 수 없는 기획 전체에 대한 간결한 요약이다. 이런 점에서 콩도르세의 상속자는 지크문트 프로이트인데, 그는 『환각의 미래Die Zukunft einer Illusion』에서 종교적 관념이 유아에게 들려주는 동화라고 일축하며, 자신의 후기 계몽주의 양식대로 그런 아편이 없어도 되는 미래를 바라본다. 에고에 미망이 어느 정도 들어갈 수밖에 없다고 해서 거기에 마귀나 눈물을 흘리는 동정녀상에 대한 믿음까지 끼어들 필요는 없다.

신경과학은 아마 스피노자 결정론의 현대적 등가물일 것이다. 자유라는 관념이 이렇게 실천에서 인기를 얻는 동시에 이론에서 의심을 받은 적은 없다. 일반 시민은 자신이 자유롭다고 가정하는 반면 유전학자와 신경과학자로 이루어진 소수의 무리는 그들의 행동이 신경의 점화나 유전적 상속의 결과라고, 또 그들의 의식은 환각이라고 본다. 그러나 사회의 안정을 위하여 교회로 슬쩍 들어간 빅토리아 여왕 시대 잉글랜드의 벽장 속 무신론자들이 있었듯이, 이 과학자들은 자신의 과학적 교의와 모순이라고 생각될 수도 있는 방식으로 행동한다. 이런 관점에서 인간 사회는 조용한 삶을 위하여 자유의지에 대한 우리의 회의를 중단하고 자유를 사랑하는 혼란에 빠진 대중과 협력하는 장치다. 데이비드 흄의 경우와 마찬가지로 너무 많은 이론적 사변은 사회적 실존을 멈추게 할 가능성이 있다.

스피노자가 보기에 가짜를 만드는 것은 신화의 자료라기보다는 살아 낸 경험 자체인데, 이것은 우리가 영원한 진리에 접근하게 해 주지 않는다. 좌파 스피노자주의자 루이 알튀세르에게도 마찬가지인데, 그가 보기에 이데올로기는 '과학Science'이나 '이론 Theory'의 영역에 접근하게 해 주지 않는다. 칸트의 현상적·본체적 영역의 경우와 마찬가지로 우리는 나뉘고 구별된 세계들 속에 살고 있는데, 그 가운데 하나—"살아 낸" 것의 영토—가 불가결한 허구다. 경험주의자가 어떻게 상상하든 경험은 진리에 이르는 확실한 안내자가 아니다. 태양은 불과 몇 마일밖에 안 떨어져 있는 것처럼 보일 수 있지만 천문학자는 우리에게 실제로는 그렇지 않다고 말해 준다. 그뿐만 아니라 스피노자가 『에티카*Die Ethik*』에서 지적하듯이 태양과 지구 사이의 진짜 거리에 대한 우리의 지식은 이런 인식을 없애는 데 아무런 역할을 하지 못한다. 진리와 경험은 별개의 영역이다. 더 전투적인 형태의 합리주의가 주장하는 것과는 달리, 진리가 자동적으로 오류를 추방하지는 않는다. 우리의 정신은 이성에 열려 있을 수도 있지만 우리 감각은 그렇지 않다. 진리의 본성은 우리의 육체성을 거스른다. 실제로 플라톤과 스피노자 둘 다 절대적 진리가 있다고 보았지만, 그것은 현상학적 영역에서는 발견될 수 없다.

스피노자가 생각하기에 세계는 인간 주체에 자비롭게 초점을 맞추고 있는 것처럼 보이지만, 이성은 우리에게 세계가 인간에게 냉정하게 무관심하다고 알려준다. 우리가 사랑이 넘치는 부모라고 다정하게 상상하는 존재는 사실 가증스럽게 태만한 부모다. 이런 상황에는 유아적인 것이 있지만, 이것은 우리가 벗어나 성장하기를 바랄 수 있는 유아증이 아니다. 경험이 있는 한 인식 오류는 있기 마련이며, 이 때문에 알튀세르(그에게 경험은 우리의 이데올로기를 부르는 이름이다)에게 이데올로기는 영원하다.[14] 우리의 인식 오류의 원천은 단지 (플라톤의 고상한 거짓말의 경우처럼) 우리 경험의 내용만이 아니라 경험의 형식 자체다. 주체와 세계 사이의 가상의 유대에서 알튀세르가 보는 주체는 현실이 자신을 좌우한다 ─주체가 오는 것을 보고, 주체를 위해 특별한 자리를 마련하고, 주체에 목적과 정체성을 부여했다─고 느끼게 된다. 부드러운 말을 소곤거리는 연인처럼 세계는 지배적인 사회질서의 형태로 우리를 현혹하여 세계에 우리가 필요하다고 믿게 한다. 우리의 실존은 이제 우연처럼 보이지 않는다. 플라톤의 신화 속 군인과 정치가가 우연히 자신의 소명과 마주치는 것이 아니라 '어머니 대지'의 자궁에서 그런 소명을 갖도록 양육되는 것과 비슷하다. 또 지배적 질서에 우리의 적극적 지원이 필요하기 때문에 그 질서는 우리를 자유 행위자로 세워 준다. 우리는 우리 자신을 우리의 행동의 원천으로 보게 된다. 그러나 '이론'은 우리가 그저 이런저런 일군의 구조의 결과일 뿐이라고 이해한다.

알튀세르의 이데올로기 이론은 약간의 스피노자와 약간의 쇼펜하우어·니체·프로이트를 섞는다. 이런 계열의 사고에서는 인간 행동 자체가 유익한 허구다. 이것은 자기의 통일성이라는 근거 없는 믿음에 의존하고 있다. 이런 통일은 '의지'(쇼펜하우어), 종의 실질적 요구(니체), 에고(프로이트), 이데올로기(알튀세르)의 산물일 수도 있다. 이 모든 경우에 우리는 자유와 자율이라는 느낌을 즐기며, 따라서 우리를 결정하는 힘들의 교활함은 자신을 지우는 능력에 있다. 바로 이런 식으로 인간 주체는 목적을 갖고 행동할 만큼 일관성을 갖게 된다. 물론 이런 속임수를 꿰뚫어 보는 저 우월한 정신들도 있다. 오스카 와일드는 말한다. "삶을 관장하는 과학적 법칙을 완전히 발견하게 되면 우리는 몽상가보다 더 환각에 빠진 한 사람이 있다면 그것은 행동하는 사람임을 깨닫게 될 것이다."[15] 『예술가로서의 비평가The Critic as Artist』에서 이렇게 말한다. 인간은 행동할 때 꼭두각시가 되고 묘사할 때 시인이 된다. 그러나 조지프 콘래드Joseph Conrad의 『노스트로모Nostromo』의 마르틴 데 쿠드처럼 행동에 실패하는 사람은 어느새 자신의 실존에 의심을 품게 되어 점차 허물어진다. 꼭두각시와 시인 사이의 선택은 자기기만과 예술 형식으로서의 기만 사이의 선택이다. 와일드에게 거짓말은 일상생활의 아주 훌륭한 장식 가운데 하나다. 거짓말쟁이의 목적은 "그저 매혹시키고 기뻐하고 즐거움을 주는 것이다. 거짓말쟁이야말로 문명사회의 기초다."[16] 진실은 상점 주인과 실증주의적 잉글랜드인을 위한 것이다.

스피노자에게 주체는 (니체의 경우처럼) 비현실적이지는 않지만 비합리적이다. 진리를 안다는 것은 주체를 앎의 현장으로부터 제거한다는 의미인데, 이것은 알튀세르에게 '이론'이나 '과학'이 주체가 없는 과정인 것과 비슷하다. 이성의 영역에서 주체성은 단지 공백으로 나타난다. 로저 스크러턴Roger Scruton이 말하듯이 "스피노자는 자신의 우주의 핵심에 그것을 바라볼 수 있는 주체적 관점을 집어넣을 방법을 찾지 못한다."[17] 이와는 대조적으로 칸트에게 세계는 불가피하게 **나의** 세계다. 인식 오류는 사물이 물화되거나 자연화되거나 승화되거나 모호해지거나 합리화되는 데서 생기는 것이 아니라 단지 그것이 주체에게 자연발생적으로 존재한다는 사실에서 생긴다. 문제는 결함 있는 주체성이 아니라 주체성 자체다.

해로운 '의지'가 우리의 모든 재현을 비틀어 진리에서 벗어나게 한다고 보는 쇼펜하우어도 더 웅장하게 형이상학적인 방식으로 비슷한 주장을 하며 니체도 그의 뒤를 밟아 계속 선언한다. 의식을 말하는 사람은 허위의식을 말하는 것이다. 인식하는 것이 축복이라면 그것은 무엇보다도 그것이 제공하는 자기기만의 풍부한 기회 때문이고, 나아가 우리가 다른 사람을 미혹할 수 있는 수많은 방법 때문이다. J. M. 싱J. M. Synge의 희곡『성자들의 우물The Well of the Saints』에서 눈먼 거지 메리 둘이 불평하듯이 "그들, 볼 수 있는 자들은 나쁜 무리다. 그들은 실제로 멋진 것을 보면서도 아무것도 보이지 않는다고 바보의 거짓말을 늘어놓으며 큰 기쁨을 누린다……."[18] 당신은 분별력을 이용하여 다른 사람들을 속일 수 있다. 우리가 환상에 의지해 산다는 사실 때문에 더 쉽게 이루어지는 기만이다. 환상은 현실의 대안이 아니라 우리가 현실을 생각하는 틀 자체다.

헤겔의 관점에서 오류는 '정신'을 구성하며, '정신'의 실수와 간과는 그 전개에 핵심적이다. 울리히가 로베르트 무질Robert Musil의 소설『특성 없는 남자Der Mann Ohne Eigenschaften』에서 사색하듯이 "역사의 경로에는 경로를 이탈하는 어떤 요소가 내재해 있었다."『정신현상학』에서 허위는 지식과 그 대상의 구분과 관련되지만, 이것은 진리의 본질적 조건이기도 하다. 오류는 진리의 한 부분이다. 오류는 진리가 작업을 하는 재료 가운데 하나이기 때문이다.[19] 존 로버츠John Roberts는 "잘못된 인식, 오류, 잘못된 해석을 진리의 회복과 갱신의 조건으로 삼아 그것을 헤치고 나아가는 인간의 무한한 능력"에 대한 헤겔의 믿음에 관해 말하고 있다.[20] 사람은 가장 우회적인 경로를 통해서만 깨달음에 이를 수 있다. '관념'은 자기 자신이 되려면 그리스도의 몸으로 나타난 '아버지'처럼 케노시스kenosis, 즉 자기 비움을 거쳐야 한다.

마르크스 또한 적어도 어떤 사회적 조건에서는 오류의 필연성을 알고 있었다. 그의 초기 작업에서 허위의식은 지배계급 권력을 가리고 정당화해 주는 데 필수적이다. 유익한 허위는 이데올로기라는 이름을 갖고 있다. 반면 후기의 글에서 왜곡은 주체보다 객체 쪽에 놓인다. 자본주의적 조건에서 겉모습은 내용에 들어가 자리를 잡고, 진리가 아닌 것이 진리를 이루고, 그릇된 외관이 현실의 불가결한 한 부분이다. 자본주의 생산양식의 작용에는 이중성이 있는데, 이것은 주체의 잘못된 관념과는 아무런 관계가 없다. 예를 들어 임금 계약은 동등한 교환으로 제시되는데, 그럼으로써 착취라는 현실을 감춘다. 정치적 영역에서 시민들의 추상적 평등은 시민사회 내에서 그들의 진짜 불평등을 드러낸다. 또 인간의 종으로 보이는 상품은 은밀히 인간의 주인이다. 자본주의 세계의 '실재계'는 니체의 '권력 의지'와 비슷하게 자연스럽게 자신을 자신과 다르게 제시하며, 과학이라고 알려진 의심의 해석학만이 현실이 체계적으로 자신을 그릇되게 해석하는 메커니즘을 드러낼 수 있다. 마르크스의 관점에서 만일 현상이 본질과 일치하면 그런 과학은 필요하지 않을 것이다.

프로이트의 작업에서 주체의 진실은 에고의 앎과 일치하지 않는다. 자크 라캉의 "나는 내가 생각하는 곳에 있는 것이 아니며, 나는 내가 없는 곳에서 생각을 한다"는 데카르트의 "나는 생각한다, 고로 나는 존재한다"를 다시 쓴, 기억에 남을 만한 말이다. "자아, 우리가 사는 장소는 환각의 장소다." 아이리스 머독은 말한다.[21] 그녀의 관점에서 이런 환각을 없애는 것은 예술, 또 덕의 실천인데 이 둘 모두 현실에 대한 자기를 비운 관심을 요구한다. 반면 프로이트가 보기에 에고와 무의식 사이의 간극을 넘으려면 새로운 과학(정신분석)이 필요하다. 에고 자체는 삶의 거짓*의 형식이며, 이것은 '실재계'에 대한 억압 위에서 번창한다. 슬라보이 지제크는 의식의 초월적 틀로 작용하는 원시적 환상이 있다고 주장한다. 이것은 진실 자체보다 오래되었고 주체를 지탱하는 핵을 구성한다.[22] 게다가 주체의 진실은 바로 꿈과 환상을 통해서 가장 웅변적으로 말을 하고, 그뿐 아니라 신경증 증상에서는 몸 자체에 새겨진다.

---

* life-lie. 원래 심리학자 알프레트 아들러의 표현으로 자신의 통제력을 벗어난 외적 요인으로 인해 인생 계획이 실패할 수밖에 없다는 그릇된 확신을 가리키는 말인데, 흔히 삶의 핵심을 이루는 거짓 믿음으로 이해되기도 한다.

외양과 현실 사이의 간극을 건널 수 있는 것은 과학만이 아니다. 이것은 덕에도 적용된다. 덕이 있는 남녀는 위선이 없다는 것이 특징이기 때문에 우리는―『맥베스Macbeth』의 말로 하자면―얼굴에서 정신의 구성을 찾을 수 있다. 자신을 드러내는 것은 도덕적 성실성에 속한다. 그러나 니콜로 마키아벨리에게는 그렇지 않다. 『군주론Il Principe』에서 그의 이상적 지배자는 가끔 무자비하게 행동해야 하지만 이것이 대중에게 분명하게 드러나면 금세 신뢰를 잃는다. 군주는 옳을 필요가 없지만 그렇게 보여야 한다. 따라서 덕과 권력 사이의 틈은 외양과 현실 사이의 간극을 만들어 낸다. 이제 진실은 완전히 투명할 수 없다. 덕의 전통적 관념은 여전히 동의를 끌어낼 만큼 강력하지만 사람의 행동을 인도할 만큼 권위적이지는 않다. "이다is"와 "이어야 한다ought"는 일치하지 않는다. 정치적 필요성 때문에 자신이 호소하고 의지하는 대상인 바로 그 윤리적 규약이 불신당할 위기에 처하기 때문이다. 문제가 되는 충돌은 사적 가치와 공적 가치 사이의 충돌이 아니라 공식적인 공적 영역과 비공식적인 공적 영역 사이의 충돌이다.

허구와 위장은 이제 정치 생활에 가끔 나타나는 오점이 아니라 그것의 구성 요소다. 모든 권력에는 환각의 혼합물이 포함된다. 물론 마키아벨리 자신은 골수 마키아벨리주의자가 아니다. 통치자들은 행동을 잘하는 것이 가능할 때는 그렇게 해야 한다. 하지만 퀜틴 스키너Quentin Skinner가 말하듯이 "문제는 악하게 행동하는 것을 피할 수 없을 때 어떻게 악하게 보이는 것을 피하느냐."[23]

이런 점에서 사람들이 대부분 쉽게 속는다는 것, 실제로 언제든지 속아 주려는 마음이 간절하다는 것은 다행이다. 동시에 종교는 이데올로기로 활용되어 시민이 공동체의 선을 다른 모든 목적보다 위에 놓도록 고취한다.

가장 헌신적으로 철학적 허구를 지어 낸 사람 가운데 한 명이 데이비드 흄인데, 그는 지식을 단순한 가설로, 믿음을 독특하게 강렬한 감정으로, 도덕성을 순수한 정서로, 인과성을 상상력이 만들어 낸 구축물로, 역사를 무한정 해석 가능한 텍스트로 축소시키겠다고 위협한다. 진리라고 주장되는 관념은 그릇된 관념과 단지 느낌만 다를 뿐이다. 흄은 『인간이란 무엇인가*Treatise of Human Nature*』에서 주장한다. 추론은 관습의 결과로 나타난 정서의 한 형태이고, 믿음은 독특하게 생생한 개념에 불과하다. 지속적 정체성이란 우리가 느끼지만 증명할 수 없는 현상이며, 인과성이란 습관이 상상에서 나온 기대를 양육한 결과다. 사실 상상(흄의 관점에서는 "일관성 없고 그릇된 원리")은 우리의 모든 지식의 원천에 놓여 있을 뿐 아니라 모든 철학 체계의 궁극적 결정권자다. 이 변덕스러운 기능은 또 사적 소유와 정치적 국가의 기초에도 놓여 있고, 마찬가지로 기억과 이해의 기초에도 놓여 있다. 이 대단치 않은 능력이 그렇게 많은 힘든 노동을 하게 된 것은 낭만주의가 도래하고 나서부터다.

이론과 실천은 상충한다. 오직 이런 전복적 사유를 억압함으로써만 사회적 실존의 기초가 튼튼해 보일 수 있기 때문이다. 형이상학적인 정신을 가진 대중은 논란의 여지가 없는 진리가 있다고 가정하는 반면 회의적인 이론가들은 관습, 정서, 직관, 상상보다 견고한 것은 없다는 사실을 우울하게 인식하고 있다. 흄은 발 밑에서 형이상학적 기초가 허물어지자 자기기만에 빠져 커피하우스에 틀어박혀 조심스럽게 허위의식을 구축해 나갔다. 그는 그곳에서 주사위 놀이도 하고 친구들과 즐겁게 놀면서 자신의 의심을 정치적으로 편리한 망각 속에 집어넣을 수 있다. 우리 발 밑에는 단단한 땅이 없지만 우리는 있는 것처럼 행동해야 한다.

플라톤, 마키아벨리, 볼테르를 비롯한 편리한 허구의 조달자 대부분은 거짓말 자체를 정당화하려 하지 않는다. 기만은 안타까운 일이고 정치적으로 불가결할 때만 대중 사이에 퍼뜨려야 한다. 기만은 진리의 일반적 체제 내에서 기능하며, 그 기초를 사보타주하는 행동은 전혀 하지 않는다. 사실 거짓은 진리를 가장함으로써 진리에게 경의를 표한다. 니체에게 거짓은 결코 안타까운 필수품이 아닌데, 그는 진실과 거짓에 일반적으로 할당되는 가치를 역전시키려 하며, 사기를 치는 사람들에 대한 찬가를 부를 만큼 뻔뻔스럽다. 그는 『즐거운 학문*Die fröhliche Wissenschaft*』에서 말한다. "정말이지 인생은 외양을 목표로, 즉 오류·기만·위장·망상·자기기만을 목표로 짜인 것처럼 보인다."[24] 그는 『도덕의 계보*Zur Genealogie der Moral*』에서 거짓말을 하지 않는 사람을 경멸하며, 그들에게 "진짜 거짓말, 진정하고 단호하고 '정직한' 거짓말(그 가치에 관해서는 플라톤을 참조해야 한다)은 그들이 감당하기에는 너무 가혹하고 강력할 것"이라며 비웃는다.[25] "진실은 터무니없이 과대

평가되어 있으며 허위보다 훨씬 무력한 것으로 드러날 수 있다. 우리는 이 진리라는 이상을 열렬히 추구하면서도 그 가치를 묻는 것을 잊는다. 존 그레이John Gray가 니체와 같은 맥락에서 말하듯이, 인간 진화 과정에서 "참은 거짓에 비해 체계적 우위가 전혀 없다"는 주장이 있다.[26] 이 관점에서 인간은 환각 없이는 살 수 없다. 거짓 판단을 포기하는 것은 삶 자체를 버린다는 뜻일 것이다. 니체는 『선악의 저편Jenseits von Gut und Böse』에서 그렇게 주장한다. 거짓은 실존의 조건이며 진실을 정면으로 보겠다고 고집하는 사람은 결국 진실을 없애 버릴 가능성이 크다. 진실이라는 이 위태로운 물건이 단순한 외관 이상의 가치가 있다고 주장하는 것은 오직 자의적 편견일 뿐이다. 쇼펜하우어의 생각처럼 지성은 그 본질 자체가 위장하는 기관이다. 진실을 향한 의지는 파괴적일 수 있으며 진실 자체는 추하고 어떤 대가를 치르든 진실을 요구하는 것은 광기의 한 형태다. 진실은 멸절의 힘이 있는 반면 환상은 소중하게 아끼고 보전할 줄 안다. 진실을 향한 우리의 굶주림은 날조를 향한 우리의 더 근본적인 요구와 충돌하는데, 이 요구는 좋고 아름다운 모든 것의 기초에 놓여 있다. 전에는 특별한 사례였던 것(구원하는 환각)이 이제는 일반적 인식론이 되었다.

허위를 이야기하면 자연스럽게 진리에 관한 어떤 관념을 불러오게 된다. 그러나 니체는 진리 자체가 생산적인 오해에 불과하다고 주장하는 것처럼 보인다. 인간의 진리는, 그는 『도덕의 계보』에서 말한다, "논박 불가능한 오류"에 불과하다—『권력 의지』에서 사용한 표현을 빌리자면 일종의 장치로, 이것이 없으면 어떤 동물 종은 생존할 수 없다. 진리는 우리가 키메라로 알아보지 못하게 된 키메라이며, 문자 그대로 받아들이게 된 은유다. 진리는 그저 스스로 사실을 더는 의식하지 않게 된 환각에 불과하다. 프랭크 커모드 Frank Kermode의 『종말의 감각*The Sense of an Ending*』의 맥락에서 보자면 진리는 허구라기보다는 신화이며, 자신이 만들어진 것임을 의식하고 있다. 하지만 비非진리가 존재를 고양하고 세상을 상대하는 것을 편하게 해 주고 세상의 한 부분을 정복하여 생존하고 번창하게 해 줄 수 있다면, 니체는 엄격히 말해서 실용주의자일 수 없다. 대부분의 실용주의자는 바로 그런 관념들을 진리로 간주하는데, 그런 관념을 거짓이라고 부른다는 것은 어떤 다른 기준에 의해 그 타당성을 평가할 수 있음을 보여 준다. 실용주의에서 관념은 거짓이 아니라 유익하며, 유익하기(이 말의 어떤 적당하게 세련된 의미에서) 때문에 진리다.[27] 이런 관점에서는 유익한 허위가 있을 수 없다.

따라서 니체는 진리란 전혀 없다거나, 진리는 존재하지만 환각보다 열등하다거나, 진리는 그저 유용한 오류에 지나지 않는다고 생각하는 것일까? 하지만 무엇과 비교해서 오류인가? 『차라투스트라는 이렇게 말했다*Also sprach Zarathustra*』에서 '중력의 영'은 모든 진리가 뒤틀려 있다고 주장하지만, 우리는 이것을 어떻게 알 수 있는가? 어떻게 우리의 경험 전체가 엉터리일 수 있는가? 그러나 니체가 진리라는 관념을 간단히 거부하는 것은 아니다. 나머지 인류와 마찬가지로 니체는 진리인 명제가 이따금 가능하다고 인정하는 듯하다. 그러나 그 진리값은 역사적으로 특정한 담론 형태와 관계를 맺고 있다. 미셸 푸코라면 이것을 진리 체제라고 말할 텐데, 이 체제는 우리의 물질적 요구에 따라 다양한 방식으로 현실을 분할한다. 진리는 인간중심적이다. 철갑을 두른 진리는 없지만 그래도 진리에 근접한 것은 있다. 이 경우에도 이런 진리는 결코 절대적일 수 없기 때문에 오류라고 묘사할 수 있다. 이런 진리는 헤아릴 수 없이 복잡한 현실을 고정하려는, 궁극적으로 실패할 수밖에 없는 시도다. 어차피 그 현실은 늘 유동적인 상태이기 때문이다.

게다가 이 진리는 도식화되고 위조되고 정형화되어야만 현실을 고정할 수 있다. 그래야만 계산 가능하고 관리 가능한 세계를 내놓을 수 있기 때문이다. 결국 진리는 드러난다기보다는 만들어지는 것이며, 따라서 일상의 경험은 우리가 상상하는 것보다 예술 작품에 가깝다. 니체의 관점에서 인간은 타고난 거짓말쟁이다―더 자비롭게 말하면, 타고난 예술가란 뜻이다. 진리는 해석학적 사건이며, 해석이라는 일에는 원칙적으로 끝이 없다. 생존하고 번창하기 위해 자신의 실존에 비진리를 통합한 인간 유기체가 이제 이 진리―즉, 진리는 없다는, 적어도 충분한 근거를 확보한 의미에서 진리는 없다는 인식―를 통합할 수 있을지는 두고 봐야 한다. 오직 초인만이 이 난제를 감당하게 될 것이다.

외양의 세계에서 현실성이 놀랄 만큼 결여되어 있기 때문에 눈에 두드러지는 한 가지가 바로 예술이다. 니체는 놀랄 만큼 대담한 태도로 예술과 진리 사이의 유서 깊은 관련을 끊어 버린다. 예술이 디오니소스적인 에너지의 분출로서 우리가 '실재'에 접근할 수 있게 해 주는 것은 사실이다. 그러나 '실재'는 보기에 무섭기 때문에 예술은 아폴론적인 위장으로 그것을 가리는 기능을 한다. 유명한 예술 철학자가 아편이라는 예술의 본질 또는 거짓 위안이라는 문화의 본질에 관해 이렇게 잔인할 만큼 솔직한 경우는 거의 없었다. 프로이트의 경우와 마찬가지로, 무의식(디오니소스적인 것)의 진실이 자신을 드러내는 것은 꿈과 환상(아폴론적인 것) 속이지만, 오직 전치되고 신중하게 완화된 형태로만 드러난다. 예술이 승화시키는 야만성이 없다면 예술도 없을 것이기 때문에 문명의 가장 훌륭한 꽃은 야만에 뿌리를 내리고 있다. 이것은 신정론*의 한 종이다. 역사가 괴테 같은 인물이나 톨스토이 같은 인물을 내놓으려면 잔혹과 착취는 불가피하다는 것이다.

낭만주의자와 이상주의자는 예술을 인지적 힘으로 보는 잘못을 저지른다. 오히려 예술은 거의 정반대다. 니체는 『비극의 탄생』에서 말한다. "인간은 자신이 한때 본 진실을 의식하면서 이제 어디에서나 실존의 잔혹이나 부조리만 본다. (…) 그는 구역질을 느낀다. 여기, 자신의 의지에 닥치는 위험이 가장 큰 곳에서 **예술**은 구원의 마법사, 치유의 전문가로 다가온다. 예술만이 실존의 잔

＊ 神正論. 악의 존재를 신의 섭리로 본다.

혹이나 부조리에 관한 이런 구역질나는 생각들을 감당하며 살 수 있는 관념으로 바꿀 방법을 알고 있다……."**28** 이것은 모더니즘의 클리셰가 될 주장이다. 현실은 본질적으로 혼돈이며 자의적으로 부과한 형식만이 거기에 질서를 부여할 수 있다는 것. 세계는 그렇고 그런 환각일지도 모르지만 예술(특히 비극)은 **구원적** 환각이다 ―자유롭고 활기차게 살아가게 해 주는 치유의 허구다. 우리는 그 형식적 평정을 틈타 현실의 뿌리에 놓인 외면할 수 없는 무의미에서 외설적 즐거움을 거둘 수 있다. 그래서 니체는『비극의 탄생』에서 오직 미적 현상으로만 실존은 정당화될 수 있다고 주장한다.

따라서 예술은 우리에게 겉모습의 수용을 가르치는 "비진리의 숭배"(『즐거운 학문』)를 대변한다. 우리는 기만이 인간 삶의 핵심 조건이라는 사실을 받아들인다. 또 형이상학적인 깊은 곳을 탐사하는 욕망도 치료받는데, 이런 깊은 곳은 단지 허울만 그럴듯한, 표면의 투사일 뿐이다. "진실은 추하다." 니체는『권력 의지』에서 말한다. "우리는 진실로 죽지 않기 위해 예술을 소유하고 있다."**29** 진짜 앎은 행동을 마비시킨다. 사물의 핵심을 들여다보고 거기에 웅크린 참상에 상처받기 때문이다. 우리가 건설적으로 행동할 수 있다면 그것은 오직 자기를 보지 못하는, 그래서 자신에게 유익한 상태에서만 가능할 뿐이다. 흄에게 그랬듯이 니체에게도 이론과 실천은 상호 조화를 이루지 못한다.

예술의 모조적 본질은 세계의 허위에 충실한 것이다. 그러나 예술은 또 이 허위에 충실하지 못하여, 그 영속적인 무질서에 어떤 덧없는 안정성을 새겨 놓기도 한다. 예술은 또 전혀 의미나 목적이 없는 '권력 의지'에 표현을 부여하면서 형식의 창조로 이런 비-의미를 감추기도 하는데, 이제 곧 보겠지만, 이것은 초인도 하는 일이다. 예술은 **결정적인** 환각이다—말하자면 환각의 제곱. 그리고 그러한 것으로서 우주의 무시무시한 (비)진리의 증상인 동시에 그것을 막는 방패이기도 하다. 예술은 이중의 기만을 포함한다. (비)진리를 감추는 동시에 거기에 목소리를 부여하기 때문이다. 예술은 형식을 잘 갖추고 있기 때문에 우주에서 진짜인 유일한 것, 즉 '권력 의지'에 충실하지 않다. '권력 의지'는 그런 통일성을 모르기 때문이다. 이 변덕스러운 힘은 그 자체가 항상적인 해체에 불과하며, 늘 변하는 힘의 비율에 따라 모든 시간과 장소에서 자신을 다르게 규정한다. "삶의 활동성은", 질 들뢰즈는 말한다, "허위의 힘, 속이고 감추고 눈부시게 만들고 유혹하는 힘과 같다. 그러나 이 허위의 힘이 효력을 발휘하기 위해서는 선별되고 배가되고 반복되고, 그래서 더 높은 힘으로 올라가야만 한다."[30] 이 과제를 수행하는 것이 예술이다.

예술은 이런 의미에서 환각이다. 거짓말의 성화聖化다. 그러나 단순히 환각만은 아니다. 이것은 또 변화를 일으키고 삶을 고양하는 힘, 우리가 성장하고 번성할 수 있는 수단이 되는 비옥한 오해이기 때문이다. 이것은 특히 비극에서 진실이다. 소피스트인 고르기아스는 말한다. "비극은 전설과 감정을 수단으로 기만을 창조하는데, 여기에서 속이는 자는 속이지 않는 자보다 정직하고 속는

자는 속지 않는 자보다 지혜롭다."[31] 니체에게 비극적인 것은 공포가 부정되지 않고 연금술에 의해 승리로 바뀔 수 있는 과정이다. 그렇다 해도 예술은 그 자체로 목표라기보다는 인간 번성의 수단이다. 이 점에서 다시 니체는 미학자 가운데는 드문 존재가 되는데, 이번에는 예술 작품을 솔직하게 도구로 보는 태도 때문이다. 그러나 그는 우주 자체를 최고의 허구—아무런 목적telos을 염두에 두지 않고 자기 자신과 의미 없는 즐거운 게임을 하는, 영원히 자기를 낳고 자기를 건설하는 예술 작품—로 간주함으로써 이런 실리주의 기질을 보완한다. 세계는 자신을 낳는 예술 작품이며, 이런 자유로운 자기 생산 과정을 이용하여 우주의 소우주가 됨으로써 초인은 자기 자신에 대한 지배를 이룰 수 있다.

초인은 영웅적으로 자기를 만드는 존재다—자신을 두들겨 맵시 있고 미학적으로 만족스러운 형태로 만들고, 실험적인 방식으로 살아가면서 오직 자신의 존재 법칙에 일치하는 대로 행동하는 자기 정복의 존재. 이 인간—이후 동물은 매 순간 엄청나게 풍부한 힘과 활기로 자신을 재발명하며, 혼란스러운 현실과 제어 불가능한 자신의 욕망에 하나의 형태를 새긴다. 이런 식으로 그는 자신의 혼돈이 형식이 되도록 강요한다. 그는 웅장하게 살아난 예술 작품이며, 예술가·예술품·재료가 하나의 몸 안에 있는 존재다. 다른 모든 미적 창조물과 마찬가지로 그의 실존은 근거가 전혀 없다. 키르케고르의 신앙의 기사와 마찬가지로 그는 가장 위험한 사업—개인화라는 과제—을 시작할 용기가 있는 드문 인간에 속한다.

입센의 『브란*Brand*』에 나오는 한 인물이 말하듯이 인간을 파괴하는 가장 좋은 방법은 그를 개인으로 만드는 것이다.

한때 영향력 있었던 한스 바이힝거Hans Vaihinger의 연구 『'마치'의 철학*Die Philosophie des Als Ob*』은 살고자 하는 의지에 봉사하는 도구로 관념을 다루면서 니체를 본보기로 삼는다.[32] 바이힝거의 관점에서 그런 관념들의 본질은 허구적이고 기원은 생물적이다. 그런 관념은 객관적 진리를 제공하는 것이 아니라 우리가 세상을 더 효과적으로 타개하는 데 필요한 장비를 제공한다. 따라서 그것은 조르주 소렐Georges Sorel의 『폭력에 대한 성찰*Réflexions sur la Violence*』(1908)에서 신화라고 부르는 것과 관계가 있는데 신화는 일군의 이미지로, 그것이 말 그대로 참이냐 거짓이냐는 중요하지 않다. 이것은 상징적 형식으로서 한 집단의 집단적 경험을 표현하며, 이는 그들이 유익한 행동을 하도록 이끌기 위해서다. 그러나 소렐이 보기에는 진리가 참을성 있게 대기하며 상징적 표현이 나타나 주기를 기다리거나 하는 것은 아니다. 오히려 상징적 표현이 진리를 낳는다. 오스카 와일드와 W. B. 예이츠에게 우리가 우리 자신이 될 수 있는 것은 오직 가면을 쓸 때뿐인 것과 마찬가지다. 소렐에게 그런 허구 가운데 일차적인 것이 정치적 봉기와 '총파업'이라는 관념으로, 이것은 상상의 우화이며 "오직 **직관에 의해서만**, 또 신중한 분석이 전혀 이루어지기 전에, 사회주의가 근대사회에 대항하여 수행하는 전쟁의 다양한 표현에 상응하는 정서들의 덩어리를 하나의 개별적 전체로서 환기할 수 있다."[33] 소렐은 주장한다. "이런 신화는 사물의 묘사가 아니라 행동하겠다는 결심의 표현"이며 그러한 것으로서 모든 반박에 닫혀 있다.[34]

비슷한 맥락에서 비평가 I. A. 리처즈I. A. Richards는 『맹자의 정신론Mencius on the Mind』(1932)에서 우리는 "섬세하게 질서가 잡힌 사회와 낭비하지 않는 합리적 생활을 위하여 과학적 심리학을 인간 본성에 대한 허구적 이야기로 보완"하도록 강요받을 수도 있다고 주장한다.[35] 그는 다른 곳에서 "신화가 없다면 인간은 영혼 없는 잔인한 동물에 불과하다"[36]고 말한다. 리처즈의 제자 윌리엄 엠프슨은 현대의 문제는 "진짜 믿음이 올바른 행동을 불가능하게 만들 수도 있고, 우리가 말로 이루어진 허구 없이는 생각할 수도 없고, 그 허구를 진짜 믿음으로 받아들이지는 말아야 하지만 진지하게 받아들이기는 해야 한다"는 것이라고 말한다.[37] 윌리스 스티븐스Wallace Stevens는 말한다. "최종적 믿음은 허구를 믿는 것인데, 우리는 그것이 허구라는 것, 다른 것은 없음을 알고 있다. 그것이 허구이며, 그럼에도 그것을 기꺼이 믿는다는 사실을 아는 것이야말로 절묘한 진실이다."[38] 후기 하이데거는 이 주장을 한두 걸음 더 밀고 나간다. 비진리는 진리보다 원초적이다. 진리를 폭로나 계시로 볼 수 있다면 그 전에 폐쇄와 감춤이 있어야 하기 때문이다. 그 불투명하고 뚫고 들어갈 수 없는 "땅"은 "세계"라는 이해 가능성을 열어젖히는 근거가 된다. 관습적인 관점—우리가 허위를 분간할 수 있는 것은 진리 덕분이기 때문에 진리가 허위보다 앞선 다는 것—은 즉시 일축된다. 그러나 여전히 우리는 애초에 진리에 대한 어떤 생각을 가져오지 않고 감춤을 어떻게 분간할 수 있는지 물을 필요가 있다.[39]

예이츠, 와일드, 소렐과 그들의 동료들은 일치라는 진리로부터 진정성이라는 진리로 이동한다. 사실에 대한 충실성이 자아에 대한 충실성에 자리를 내준다. 그러나 만일 자아가 니체주의적 와일드에게 그런 것처럼 휘발성이 강하고 불안정하다면 자신이 무엇에 충실한 것인지 정확히 알기 힘들다. 오늘의 진리는 어제의 진리가 아니다. 나중에 포스트모던 사상이 도래하면 진정한 것이야말로 가장 가짜로 보이게 된다. 그러나 한편으로 우리에게는 아서 밀러의 『다리 위에서 바라본 풍경』 같은 작품이 있는데, 이것은 주인공에 관해 그가 "순수하게 선"하지는 않지만(어떤 의미에서는 객관적이라고 할 수 있는 기준으로 측정할 때) "순수하게 그 자신"이라고 주장한다, 마치 자기 자신이 되는 것이 명백히 덕인 것처럼. 도덕적으로 상대적인 세계에서 중요한 것은 다짐의 본질보다는 그 다짐을 지키는 항상성이다. 욕망에 의해 죽음의 극한까지 내몰린다 해도 자신의 욕망으로부터 물러서기를 거부하는 것이 절대적 가치의 새로운 형태가 된다. 중요한 것은 여행하는 방향이 아니라 끝까지 가는 것이다. 그것은 형식주의적 주장이며,[40] 우리가 보았듯이 우리 자신의 시대에는 '실재계'의 라캉적 윤리에서 두각을 나타냈다. 이것의 악마적 형태는 허먼 멜빌의 에이허브 선장*에게서 발견할 수 있다. 이것은 민주주의 시대에 어울리는 전망이다. 굴복하지 않기 위해 반신반인이나 대공이 될 필요는 없다. 게다가 민주주의 정치에 중요한 것은 결국 참담한 결과를 낳을 수도 있는 결정의 내용이 아니라, 결정을 하는 게 우리라는 사실이다. 똑같은 정신이 칸트의 윤리에도 영향을 준다.

전통적인 도덕률은 아직 권위를 가지고 있지만 이제 더 실존적인 유형의 윤리와 충돌한다. 객관적 선이 당신에게 선하지 않다면 어쩔 것인가? 자기 자신이 될 필요 때문에 어쩔 수 없이 도덕적 정통성을 어겨야 한다면? 로버트 볼트Robert Bolt의 희곡 『사계절의 사나이A Man for All Seasons』의 토머스 모어는 역사적인 모어와는 달리 하느님의 율법이나 정치적 의무에 순응하는 것이 아니라 자신의 존재 법칙에 따라 유사 실존주의적 방식으로 행동한다. 장 아누이의 안티고네는 신들에 대한 존중이나 친족의 요구 때문이 아니라 순수하게 자신을 위하여 오빠를 묻을 수도 있다고 생각한다. 이제 비극의 주인공은 거리에서 뽑혀 나와 한계까지 내몰린 누구라도 될 수 있다. 원칙적으로 레온테스 같은 인간이나 메데이아 같은 인간이 될 수 없는 사람은 없다. 이 배후에는 일상적 실존은 돌이킬 수 없이 훼손되어 있으며, 오직 어떤 광기나 폭력의 행동 —정신이 멍한 어떤 현현이나 부조리한 행동이나 충격적인 계시, 그러나 이 또한 결국은 일상의 영혼 없는 논리에 흡수될 것이다—

---

*   허먼 멜빌의 『모비딕Moby Dick』에 나오는 주인공

만이 죽음을 가져오는 그 판에 박힌 일상에 균열을 일으킬 수 있다는 모더니즘의 편견이 웅크리고 있다. 오직 상황을 극단으로 몰고 가야만 어쩔 수 없이 진정한 본성이 드러나는데, 이 본성은 일반적으로 무시무시하다는 것이 드러난다. 신중과 제약도 그 나름으로 어떤 도덕적 힘을 요구할 수 있다는 사실은 고려되지 않는다.

헤겔의 『미학』에 따르면 근대 비극의 분명한 표시는 자신의 자아에 대한 불굴의 충실성에 휘둘리는 주인공이다. 이런 일방성은 사회적 전체와 화해가 불가능하기 때문에 파멸을 낳을 수밖에 없다. 이와 비슷한 맥락에서 라캉주의 정신분석가 자크 알랭 밀러Jacques-Alain Miller는 실존의 비극적 양식을 삶에 의미와 일관성을 부여하는 주인 기표에 대한 흔들림 없는 충성의 문제로 본다.⁴¹ 이것은 조지프 콘래드의 픽션이 잘 보여 주듯이, 전형적인 모더니즘 이데올로기의 한 조각이다. 여기에서는 순수한 자기 현존이라는 이상—자신의 자아를 온전하고 완전하게 실현할 수 있는 어떤 행동에 대한 비전—에 대한 로드 짐의 충성을 존중하도록 권유한다. 이것은 실제로 시간·우연·위기의 노예로 살아가는 우리 자신과 같은 피조물에게는 환영이라 해도, 그래도 이것은 고상한 환영이며, 나아가서 제국을 구축하는 재료의 일부이기도 하다. 맑은 눈으로 진부한 것보다는 미망에 빠져 영웅이 되는 것이 아마 나을 것이다.

진실 자체에 환각이 가득한 것과 마찬가지로 환각은 대체로 진실의 어떤 면을 드러낼 수 있다. 『로드 짐Lord Jim』의 서술자는 말한다. "나는 모든 진실 안에 웅크린 관습을 보고 거짓의 기본적 진실성을 지켜볼 수 있게 생겨 먹었다." 사실 문학적 허구 자체가 진정성 있는 거짓말—짐의 이력에 관해 이야기하는 서술자가 말하듯이 "환각의 순간에 드러나는 진실"—의 한 예다. 형이상학적 정신을 가진 상인 스타인*은 말한다. "태어나는 사람은 바다에 떨어지는 사람처럼 꿈으로 떨어진다. 미숙한 사람들이 그러듯이 공기 중으로 기어 나오려고 노력하면 익사한다. (…) 아니, 내가 분명히 말한다! 방법은 파괴적 원소에 굴복하는 것인데, 물속에서 손과 발을 움직이면 깊고 깊은 바다가 떠 있게 해 준다." 오직 실재의 키메라 같은 성질을 끌어안음으로써만 생존할 수 있다. 진정한 앎이라는 상층의 공기 속으로 기어올라 탈출하려고 하는 것은 죽는 것이다. 따라서 스타인은 좀 더 진부한 방식으로, 할리우드식 표현으로 자신의 조언을 다시 정리한다. "꿈을 좇는 것, 다시 꿈을 좇는 것……"

이 주장을 기성 미국의 이데올로기와 구분해 주는 것은 꿈 자체의 모호한 성격으로, 이것은 영감을 줄 뿐 아니라 완전히 파괴하기도 한다. 『위대한 개츠비The Great Gatsby』에 대해서도 똑같은 이야기를 할 수 있다. 스타인은 말한다. "[짐]은 낭만적이다—낭만적이다. 그런데 그건 아주 나쁘다—아주 나쁘다. (…) 또 아주 좋다." 흠 없는 이상이나 논란의 여지없는 진리는 없지만 사실을 고백하는 순간 우리는 시들기 마련이다. 콘래드 자신의 글처럼 꿈은 생생한

---

*   조지프 콘래드의 『로드 짐』 속 등장인물

동시에 덧없고 흐릿한 동시에 뚜렷하다. 환각에서 자유로워지는 것은,『로드 짐』의 서술자는 말한다, 체면을 차리고 안전해지고 무디어지는 것이다. 『어둠의 심연Heart of Darkness』의 형언하기 어려운 커츠는 디오니소스적인 심연을 그렇게 대담하게 들여다본 것만으로도 어느 정도 존중을 받아야 한다고 여겨지는데, 그는 교외 중간계급 거주지에 사는 눈이 촉촉한 사회개혁가나 속이 텅 빈 사람들과 대조를 이룬다. 이 중편은 서술자가 커츠의 약혼녀에게 여생 동안 위로를 얻을 수도 있는 허구를 제공하는 것으로 끝난다.

콘래드가 비극적 저자라면 그것은 무엇보다도 삶의 거짓이 파괴적인 동시에 본질적이기 때문이다. 그의 가장 훌륭한 작품 『노스트로모』에서는 거의 모든 명예로운 이상이 승화된 이기심의 이런저런 표현, 물질적 이해관계의 박약한 위장일 뿐이다. 공적 이타주의는 사적인 자기중심주의에 은밀하게 봉사한다. 만성적으로 자신을 이상화하는 노스트로모 자신이 핵심이 텅 비어 있으며, 이름이 암시하듯이 동료들의 지지하는 눈길 속에서만 존재하는 허구의 화신이다. 하지만 이상을 포기하는 사람은 믿음 없는 물질주의자이며, 자신이 반대하는 공상주의자들과 함께 실패하고 만다. 마르틴 데쿠드는 애국주의, 자유, 사회질서라는 구호를 물질적 착취를 가리는 가면으로 보는데, 이것은 소설 자체의 관점에서 보자면 충분히 건전한 판단이다. 그럼에도 이 파리의 딜레탕트는 자기 나름의 불신 때문에 죽게 된다. 그는 딱 한 가지 망상을 품는데, 그것은 안토니아에 대한 사랑이다. 하지만 그 어리석음을 의식하며 이것은 이 맥락에서는 그래도 가장 명료한 판단에 속한다. 닥터 모니컴은 인간에 대한 모든 경건한 오해를 벗어 버린 인간 혐오자다. 하지만 이것은 단지 개인적 실패를 합리화하는 것에 불과할 수도 있다. 그는 그 전에 고문으로 망가졌기 때문이다. 고결한 굴드는 "자유, 민주주의, 애국, 통치, 이 모든 것에서 살인과 어리석음의 맛이 난다"고 선언한다. 그러나 사회적 질서는 존재론적으로는 근거가 없을지 몰라도 정치적으로는 불가결하다. 회의주의자와 이상주의자 모두 땅에 발을 딛고 있지 못하다는 점에서 흠잡을 데 없이 공평하다. 정치적 해방의 신화에 사로잡힌 베테랑 이탈리아 공화주의자 조르조 비올라 같은 사람들은 오직 권력으로만 살아가는 잔혹한 기회주의자(소틸로, 몬테로)와 똑같이 맹목적이다.

콘래드의 『비밀요원 The Secret Agent』에도 비슷한 모호성이 작동한다. 일상의 세계는 더럽고 부패했지만 이상의 이름으로 그것을 바꾸고자 하는 무정부주의자들은 미쳤거나 악의를 품고 있다. 이것은 지저분하지만 안정된 잉글랜드의 정상성과 매혹적이지만 역겨운 대륙의 허무주의 사이의 선택이다. 독자가 다른 것을 택하는 것은 허락되지 않는다. 진실은 파괴적이지만 허위의식은 그것에 맞서 박약한 방어막을 제공할 뿐이다. 아동 살해범의 배우자로 오랫동안 고통을 겪어 온 위니 벌록은 첩보·테러·음모·포르노그래피에 둘러싸인 여자로, 삶은 너무 자세히 살피면 감당이 되지 않는다고 생각한다. "눈을 반쯤 감은 채, 귀가 잘 들리지 않은 채, 생각이 잠든 채로 삶을 겪어 나가는 것은 특별한 일이다." 콘래드의 『로드 짐』에서 말로는 그렇게 생각한다. "어쩌면 그게 차라리 다행일 것이다. 또 어쩌면 이런 무딘 상태 때문에 헤아릴 수 없이 많은 사람이 삶을 그렇게 지탱할 수 있고 또 그렇게 환영할 수 있는지도 모른다." 이것은 물론 콘래드의 『태풍 *Typhoon*』의 맥훠에게도 해당하는데, 그는 소처럼 상상력이 없기 때문에 안전하게 폭풍을 헤쳐 나갈 수 있다.

위니는 앎과 행복이 서로 양립할 수 없는 사람들로 구성된 큰 무리에 속한 사람이다. 의식은 자기 인식보다는 자기 보호의 문제다. 그녀가 소설에서 하는 유일하게 진정한 행동(남편의 가슴을 칼로 찌르는 것)은 일상 경험 밑의 어떤 깊은 곳으로부터 '실재계'의 발산처럼 솟아나는 듯하다. 이것이 로드 짐이 파트나호에서 뛰어내린 악명 높은 사건과 비슷하게, 서사가 그것을 직접적으로 제시하는 것이 불가능한 것처럼 보이는 이유다. 순수한 자유 또는 결정의 순간은 재현의 틀 바깥에 자리 잡는다.

소포클레스의 오이디푸스는 프로이트주의자들이 에피스테모필리아epistemophilia, 즉 지식에 대한 열렬한 욕구라고 부를 만한 것에 사로잡혀 있다. 그의 몰락 원인은 자신의 불법적 기원을 탐사하는 일로부터 물러서기를 거부하는 것이다. 그와 대조적으로 그의 부인 이오카스테는 그런 불편한 열정이 없다. 반대로 그녀는 남편의 고집이 상징적 질서의 기초를 허물 위험이 있다고 믿는다. 알고자 하는 욕망이 있다면 또 망각을 향한 의지도 있는 것이다.

> 우리가 할 수 있을 만큼 최선을 다해 살아, 매일매일.
> 또 어머니와 이렇게 결혼하는 것에 겁먹을 필요 없어.
> 많은 남자가 그런 꿈을 꾸었어. 그런 것은
> 잊어야만 해, 삶을 견디려면.

근친상간적 생각은 지천으로 널려 있으며, 세심하게 계발된 기억 상실은 우리가 가라앉지 않게 해 준다. 우리가 보았듯이 똑같은 것이 정치적 국가에도 해당한다. 이오카스테는 의도적으로 거짓을 사는 것, 적어도 진실을 고집스럽게 누르는 것을 믿는다. 이런 점에서 그녀는 위니 벌록의 고대판이다. 이오카스테가 한 남자의 아내이자 어머니인 것처럼 위니는 남동생에게 어머니 역할을 연기하는데 남동생은 테러리스트의 폭탄에 박살이 난다. 혁명적 폭력과 마찬가지로 혈연관계가 뒤죽박죽되는 것은 상징적 질서에 대한 공격이고 거기에서는 죽음의 맛이 난다.

드라마의 인물은 그 자체로 허구적 사건이며, 연극 자체는 허위에서 가장 유익한 것으로 손꼽힌다. 셰익스피어의 드라마에는 종종 자신의 연극성을 사유하곤 하는데, 현실—그 자체에 환상이 짜여 들어가 있다—에 환각을 맞서게 하고, 아찔한 격자형 구조mise-en-abîme로 한 가상의 세계 안에 또 하나의 가상 세계를 쌓는다. 희곡은 자신을 꿈, 이야기, 희극이라고 선언하면서 자신의 희극적 결말을 예상할 수도 있고(『끝이 좋으면 다 좋아*All's Well That Ends Well*』), 예술의 무익한 본질을 암시할 수도 있다(『십이야 혹은 그대의 바람*Twelfth Night, or What You Will*』, 『좋으실 대로*As You Like It*』, 『헛소동*Much Ado About Nothing*』). 햄릿은 연극에 대한 관심에도 불구하고, 앞서 보았듯이, 배우에게 무관심하며, 자신의 각본을 고수하지 못하고, 자신에게 맡겨진 복수자 역과 자신을 동일시하기에는 너무 자의식이 강해 안달한다. 오셀로와 코리올라누스는 이와 대조적으로 너무나 기량이 뛰어난 연기자라서 자신이 꼼꼼하게 각본을 쓴 역에서 벗어나 아이러니 섞인 자기 성찰의 지점을 찾지 못한다. 특히 무대 옆쪽에서 열심히 리허설을 한 것처럼 장황한 담론을 전달하는(그래서 꾸밈없이 말하는 이아고의 역겨움을 자아낸다) 오셀로는 섬세하게 갈고닦은 구절과 연극적 몸짓을 찾아내는 배우의 눈을 갖고 있다. F. R. 리비스F. R. Leavis는 그의 자살을 "최고의 극적 사건coup de théâtre"이라고 묘사한다.[42]

미친 리어는 오직 가면, 수수께끼, 그림자극, 말장난, 역할극을 통해서만 정신이 심하게 산란해진 글로스터와 더불어 간혹 정신을 차릴 수 있다. 진리 자체가 사기가 될 때는 오직 광대와 광인의 공모로 제조되는 환각의 동종요법적 혼합물로만 진리의 회복을 바랄 수 있다. 루이지 피란델로Luigi Pirandello의 희곡 『엔리코 4세*Enrico IV*』에서 주인공이 광인을 가장하는 것은 자신의 눈에 보이는 일상생활의 광기에 대한 비판이다. 『템페스트*The Tempest*』는 약간 사기다. 희곡이 시작되면서 우리가 목격하는 폭풍은 곧 '자연'의 작용이라기보다는 예술 작품으로 드러나기 때문이다. 푸로스퍼로의 마법의 섬은 모든 진짜 예술 작품과 마찬가지로 자신의 기반 결여를 인식하는 환각이며, 희곡은 관객이 박수를 쳐 이 사실을 인정할 때만 끝날 것이다. 『맥베스』가 존재론적 공허의 이미지를 찾을 때 이 작품이 향하는 곳은 연극이다. 그러나 연극은 환각제곱, 자신이 어떻게 보이는지 의식하는 겉모습이기 때문에, 그냥 허위의식의 예를 하나 더 제공하기보다는 그 본질에 관해 사유할 수 있다. 예술은 기반 없는 인간 실존의 본질이 자기 자신과 대면할 수 있는 장소. 이런 의미에서 예술은 자신이 놓인 세계—자기 발 밑에 굳은 땅terra firma이 있다고 가정하는 세계—보다 더, 또 동시에 덜 현실적이다.

아마도 환각의 가장 순수한 형태는 권력일 것이다. 폭군은 마법사로, 그의 세계는 그의 가장 단순한 변덕에 마법적으로 순응한다. 이것이 칼데론의 『인생은 꿈입니다La Vida es Sueño』의 주제인데, 이 희곡의 주인공 세히스문도는 환상과 현실 사이를 오가다가 마침내 진정성 있게 사는 것은 아이러니와 더불어 사는 것임을 인정하게 된다. 인간사(특히 정치적 통치권)의 덧없고 무게 없는 본성을 인식하고, 이런 연약한 것에 충성하는 사람은 속일 수 없다는 사실을 확고하게 알았기 때문이다. 진짜로 환멸을 느끼는 것은 자신의 삶이 환상에 의해 짜여 있다는 것을 알 때인데, 이런 통찰의 영향으로 오만을 누그러뜨리고 동정심을 어느 정도 발휘할 수도 있다. 이런 식으로 인식은 윤리가 된다. 일단 우리가 귀중하게 여기는 것이 소멸 가능한 것이며 (세히스문도의 말로 하자면) 오직 외상으로 얻은 것에 불과하다는 사실을 고백하면 우리는 불안과 물욕으로부터 벗어나 더 유익하게 살 수 있다. 풍요롭게 사는 것은 죽음의 그림자 속에서 사는 것이다. 이런 명료한 비전을 프리드리히 실러의 발렌슈타인의 신비화된 정신 상태와 비교해 볼 수도 있는데, 발렌슈타인은 오셀로와 마찬가지로 끝까지 자기기만에 매달린다.

또 헨리크 입센의 비전에 사로잡힌 이상주의자들을 생각해 볼 수도 있다. 그들은 자유, 진리, 기쁨의 이름으로 삶을 부정하는 다양한 교조에 등을 돌린다. 그러나 우리가 보았듯이, 입센의 이상에는 늘 오점이 있다. 그것을 선언하는 사람들 가운데에는 일부의 오만, 추상, 순진함, 영적 엘리트주의, 고집스러움, 성급, 복음주의적 독선으로 더럽혀져 있다. 브랜드와 토마스 스토크만으로부터 헤다 가블레르와 힐데 방엘에 이르기까지 입센의 주인공 다수는 안티고네 이후 자신의 핵에서 나오는 굽힐 줄 모르는 요구 때문에 극한까지 내몰리는 사람들의 전통에 참여하고 있다. 이 요구란 타나토스, 즉 죽음 충동과 깊은 곳에서 서로 얽힌 삶을 향한 굶주림이다. 이런 소읍의 초인들의 행동에는 미적 활력과 위풍당당함이 있지만 비전을 가진 사람을 늘 맹위를 떨치는 자기중심주의자와 구분하고, 창조적 위반자를 범죄적 위반자와 구분하는 것이 늘 쉬운 일은 아니다. 『민중의 적』의 스토크만은 **여론에 맞서** 용감하게 진실을 방어할 각오가 되어 있지만, 그렇게 하기 위해 자신의 공동체라는 썩은 건물 전체를 무너뜨릴 태세다. 그의 관점에서 보통 사람은 동물이며 여론은 본디 가치가 없다. 입센에게는 사회적 질병에 대한 공동 대응이라는 개념이 거의 없다. 대신 경멸만 느낄 수도 있는 공동체의 영혼을 위해 싸워야만 한다. 많은 모더니즘 예술가에게 정치는 해법이라기보다는 문제의 일부다.

추상적 이상주의와 냉정한 현실주의의 결합은 중간계급 사회의 익숙한 특징이다. 마르크스는 중간계급 이상은 대부분 그만하면 명예롭다고 보고, 거기에 이의를 제기한다기보다는 그런 이상이 그것을 실현할 수 없게 만드는 조건 속에 존재한다는 사실에 문제를 제기한다. 이상은 저항하는 현실과 바싹 붙어 앉아 있어야 하는 운명이다. 이상과 현실 사이의 간극은 우연적인 것이 아니라 구조적인 것이다. 낭만주의와 공리주의는, 마르크스는 말한다, 동전의 양면이다. 우리가 입센의 극에서 발견하는 것이 바로 이런 모순의 공존이다. 『들오리*Vildanden*』의 융통성 없고 참견하기 좋아하는 개혁가 그레게르스 베를레는 진실을 고집스럽게 추구하다 가족을 찢어 놓는다. 그러나 베를레가 이상이라고 부르는 것을 더 실용적인 정신의 닥터 렐링은 거짓이라 부른다. 진실은 인간의 살과 피를 압제적으로 지배하는 물신이다. "나는 환상을 위해 살다 인생을 망쳤다." 『욘 가브리엘 보르크만』(2막)에서 빌헬름 포달은 탄식한다. 그러나 렐링 자신은 삶을 보존하는 것이기만 하다면 환각을 팔러 다니는 것을 결코 마다하지 않는다. 그는 베를레가 영적으로 평범한 사람들이 난관을 타개하는 것을 돕기보다는 동정심 없는 요구로 그들을 파괴할 가능성이 큰 허구를 광고하는 것에 반대한다. 그래서 흐잘마르 에크달이 위대한 발명가 자질을 갖고 있다고 믿도록 부추기는 동시에 방종한 동료 몰비크가 자신이 술꾼이라기보다는 귀신에 들린 것이라고 확신하게 만든다.

그러자 렐링은 베를레의 죽음을 초래하는 환상에 맞서 지극히 평범한 삶의 거짓을 내세운다. 그의 관점에서 그레게르스의 격앙된 양심은 자신이 치료하겠다고 나선 병의 더 까다로운 변형에 불과하며, 따라서 햄릿과 약간 비슷하게 자신이 전반적인 불안감에 대한 해결책을 대변하는 것인지 아니면 그 증상을 대변하는 것인지 알기 어려워진다. 아마 다른 사람에게서 아편을 빼앗아야 한다는 그레게르스의 사명은 그 나름의 삶의 거짓일 것이다. 비진실은 진실을 향한 정열 속에 내재되어 있다. "꾸며 내는 능력이 (…) 끝나는 순간이 온다." 아우구스트 스트린드베리의 『죽음의 춤 *Dödsdansen*』에서 대위는 말한다. "그러면 현실이 완전히 벌거벗겨진 채 드러난다"(3막). 그러나 그런 벌거벗은 상태 또한 만들어 낸 것에 불과하다면? 베를레의 단호함은 어느 정도 존경을 받지만, 이상주의자는 자신의 목적을 달성하기 위해 열성적으로 타인을 이용할 수도 있다. 입센의 법률가와 제조업자들은 자신의 이익이라는 제단에서 다른 시민을 태워 죽일 용의가 있다. 비전을 가진 사람과 회의주의자 또한 보통 사람의 진실을 받아들이는 능력을 경시한다는 점에서는 똑같다. 얄궂게도 렐링은 대중을 경멸한다는 점에서 베를레를 닮았다. 두 사람 모두 전반적인 계몽의 가능성을 믿는 욘 로스메르나 카르스텐 베르니크 같은 예언자와는 다르다. 진실은 니체의 경우처럼 죽음을 초래하는 것일 수도 있지만 동시에 해방할 수도 있는데, 니체는 이 사실을 인정할 마음이 거의 없을 것이다.

진실이 양가적인 것이라면 무엇보다도 너무 많은 불쾌한 비밀이 드러나기를 기다리고 있기 때문인데, 특히 허위의식의 조종석이라고 할 수 있는 가족이 문제될 때 그런 상황이 벌어진다. 『오이디푸스 왕』에서 『세일즈맨의 죽음』에 이르기까지 가정의 노爐는 진실이 일상적으로 억눌리는 곳이다. 비극적 예술의 전통적인 현장—전장, 귀족의 집, 왕궁—에 대응하여 그와 똑같이 갈등·배신·폭정·반역이 넘쳐나는 근대의 등가물이 있는데, 그것은 부르주아 가족이라고 알려진 현장이다. 중간계급 사회의 근본 단위인 가족은 정신적으로 고통받고 죄책감이 곪아 가는 자리이지만, 공적 영역에서는 가정의 조화와 결혼의 행복에 대한 찬가가 계속 울려 퍼진다. 『인형의 집』의 병든 가정이 적절한 예다. "이 집에서는 10분도 진실을 이야기하지 않아!" 아서 밀러의 『세일즈맨의 죽음』에서 환멸에 빠진 진실 발언자 비프 로먼은 불평한다. 영웅 이후 시대에 비극이 번창하는 데는 악마나 반신半神이 필요 없다. 반대로 매우 숭배받는 제도 가운데 하나의 핵심에서 형언할 수 없는 것이 발견된다. 이것이 신화의 종말, 또는 공적 영역의 붕괴에도 비극이 죽지 않는 한 가지 이유다.

진리와 자유라는 이상은 그 어느 때보다 끈질기다. 그러나 그것이 폭로하려는 기만만큼이나 부식성이 있다는 것이 드러날 수도 있다. "만일 진리가 당신에게 절대적인 것이라면 당신은 죽을 것"이라고 세라 케인Sarah Kane의 『페드라의 사랑Phaedra's Love』에서 한 인물은 말한다. 비밀성과 자기 이익은 허위로 이어지지만 그것에 대한 원칙에 입각한 저항도 마찬가지일 수 있다. 어쨌든 토마스 스토크만 같은 인물의 수사修辭를 자본주의 체제의 일상생활에서 개인주의의 승화된 버전으로 보는 것은 어려운 일이 아니다. 이것은 영적 기업가 정신의 한 형태로, 자신이 비난하는 바로 그 사회적 질서를 반영한다. 중간계급 사회는 이런 고집스러운 도덕주의자를 내세워 그 사회 자체의 자유 추구가 낳은 입맛에 덜 맞는 결과 가운데 일부에 이의를 제기한다. 어쨌든 급진적 이상과 타락한 현실 사이에 단순한 대립은 있을 수 없다. 특히 입센의 노르웨이에서 자본주의는 혁명적인 힘으로 보일 만큼 여전히 새롭고 힘차기 때문이다. 사실 이 자본주의 때문에 그 옹호자 가운데 더 열렬한 사람은 평화와 번영이 담긴 시적 백일몽을 꾼다. 그래서 『사회의 기둥들』의 운송 재벌 카르스텐 베르니크와 전직 은행가 욘 가브리엘 보르크만은 선지자의 고양된 어조로 자신들의 산업 발전 계획을 이야기한다—땅의 깊은 곳에 묻힌 금속의 광맥이 "구부러지고 가지를 뻗고 손짓하는 팔을 내미는"(4막) 동안 방대한 숲을 개간하고 풍부한 광물을 채굴할 계획. 이것은 디킨스의 머들이나 졸라의 광산 소유자가 아니라, 괴테의 파우스트가 후반 기업가 시절에 보여 준 세상을 바꾸는 영웅적 정신이다.

비옥한 허위의 문제에서 입센의 드라마는 특히 다층적이다. 중간계급 사회의 사기와 속임수라는 의미에서 일상생활에는 거짓이 있지만 동시에 이런 삶을 대체로 견딜 만하게 해 주는 삶의 거짓이 있다. 또 이상이 있는데, 이것은 치명적일 수도 있고 해방적일 수도 있고 양쪽 다라는 것이 드러날 수도 있다. 인간 삶을 바닥부터 재건하는 데 필요한 정직성이 그 자체로 인간 행복에 치명적이라면? 이상은 유독한 환상이라는 것이 드러낼 수도 있고, 그렇게 삶의 거짓의 더 숭고한 형태 역할을 할 수도 있다. 만일 I. A. 리처즈의 말이 옳다면 이 가운데 어느 것도 사실이 아닐 것이다. 리처즈는 비극에서 "정신은 어떤 것으로부터도 물러서지 않고, 어떤 환각으로도 자신을 보호하지 않고, 아무런 위로도 받지 않고, 아무런 위협도 느끼지 않고, 홀로 자립하고 있다"[43]고 말한다. 삶의 거짓과 이상은 공존할 수도 있는데 보르크만의 경우가 그렇다. 보르크만은 찬란한 미래를 꿈꾸지만 자신이 망하게 한 사람들이 자신을 회복시킬 것이라는 거짓 믿음을 갖고 있다. 아니면 이상은 부분적으로는 진실, 부분적으로는 허위일 수 있다. 진실일 수는 있지만 압제적이고, 독선적이지만 기쁨이 없을 수 있으며, 이것이 레베카 베스트가 시민을 계몽하겠다는 로스메르의 계획을 바라보는 방식이다.

입센의 작품이 제기하는 일련의 문제는 근대 드라마 전체에 되풀이해 나타난다. 당신의 대의가 환각이라 해도 정말 중요한 것은 당신이 거기에 매달리는 완강함 아닌가? 당신의 요구가 너무 부담스럽다고 생각하는 사람들을 위하여 그것을 수정해야 하는

가, 아니면 극단적인 허위는 그에 상응하는 온건하지 않은 치료책을 요구하는가? 다른 사람의 발 밑에 진실의 기초를 깔아 주는 유일한 방법이라면 그들을 위로하는 꿈을 박살내는 것도 허락되는가, 아니면 이것이야말로 가장 사악한 환상인가? 맬릴린 로빈슨 Marilynne Robinson의 『하우스키핑Housekeeping』의 화자는 이 딜레마를 직설적으로 진술한다. "어쩌면 속지 않는 게 나을 것이다. 물론 반대일 수도 있지만." 스트린드베리의 『아버지』에서 대위는 항의한다. "당신과 나와 다른 모두는 공상, 이상, 환각으로 가득한 삶을 마치 아이처럼 무의식적으로 경험했다. (…) 그러다가 우리는 깨어났다. 그래, 어쩌면. 하지만 우리 발은 베개를 밟고 있고, 우리를 깨운 사람이 몽유병자일지도 모른다"(2막 5장). 대위의 말은 일반적으로 입센을 가리키는 것으로 생각된다.

입센과 같은 시대를 살았던 안톤 체호프의 인물들은 종종 영적으로 버려진 인물들, 과거와 미래 사이에서 표류하다 감상적 환각에 빠져 버린 인물들로 보인다. 레이먼드 윌리엄스는 『드라마, 입센부터 브레히트까지Drama from Ibsen to Brecht』에서 그들이 생산적인 소통이라고 부를 수 있는 것보다는 환각이 서로 맞물리는 관계를 맺고 있다고 말한다. 그러나 이 판단에는 단서가 필요하다. 바냐 삼촌은 "사람들이 진짜 삶이 없을 때 환각에 의존하여 산다"고 말하는데, 체호프의 희곡에는 실제로 그런 인물들이 있다. 「세 자매Три Сестры」의 투젠바흐가 그런 예인데, 지역 벽돌공장에서 일하기로 계약하여 의미 없는 삶에 의미를 부여하고자 하는 그의 시도는 해럴드 핀터Harold Pinter의 『관리인The Caretaker』에서 시드 컵에게서 신분증명서를 얻으려는 데이비스의 계획과 같은 파토스를 갖고 있다. 「세 자매」는 군데군데 자기기만이 많이 나온다. 그러나 이미 보았듯이 체호프의 인물 몇 명은 삐뚫어진 방식으로 자신의 조건을 의식하며, 그들 가운데는 입센의 환상을 파는 사람처럼 자기 위주의 허구에 의지해 사는 사람은 많지 않다. 이 게으름뱅이와 기인들은 소망적 사고의 희한한 분출에 탐닉할지는 몰라도 삶의 거짓의 포로인 경우는 거의 없다. 어쨌든 체호프의 세계는 브랜드나 보르크만의 강렬할 빛을 담기에는 너무 어스름한 곳이다. 비극은 이런 어둑어둑하고 비뚤어진 영역에 들어가기에는 너무 선연한 형식이다. 그런 영역의 전형적인 기조는 자기기만이라기보다는 자기 징계다.

이바노프는 자기혐오가 가득한 반면 「갈매기Чайка」의 트레플레프는 자신이 꿈의 세계에서 표류하고 있다고 자책한다. 「바냐 삼촌Дядя Ваня」의 아스트로프는 자신과 동료들의 상황에 가망이 없으며 지방의 삶이 썩어 가는 증기로 자신들의 피에 독을 주입했다고 선언한다. 「세 자매」의 베르쉬닌은 행복이 손에 닿을 수 없는 곳에 있다고 보고 자신과 동료들이 모두 잊힐 것이라고 생각하는 반면, 체부티킨은 애초에 그들 가운데 누가 실제로 존재하는 것인지 의문을 품는다. 「벚나무 동산Вишнёвый Сад」의 류보피 안드레예브나는 자신의 파멸적 사치를 잘 아는 지주다. 이들은 자신이 쇠퇴하는 자리에 참석한 사회계급이다. 사실 이들은 자신의 도덕적 파산에 대하여 놀라운 수준의 통찰을 보여 준다, 이런 음울한 자의식 또한 그들의 병의 일부라고 해도. 「벚나무 동산」의 트로피모프의 경우와 마찬가지로 가장 일반적인 체호프의 허구는 일을 하라고 다그치는 훈계다. 하지만 그 모든 그럴듯한 수사에도 불구하고 트로피모프는 문명화된 존재가 단지 노동만이 아니라 착취에 기초한다는 것을 잘 알고 있으며, 이 희곡들에서 노역의 미덕을 열정적으로 찬양하는 사람들 가운데 실제로 삽을 손에 들고 있는 모습이 눈에 띌 가능성이 큰 사람은 많지 않다.

『서양 세계의 플레이보이The Playboy of the Western World』는 J. M. 싱의 희곡이 다 그렇듯이 언어의 특별한 화려함을 과시한다. 그러나 그의 다른 극장용 작품 일부와는 달리 이것은 말에 **관한** 드라마이기도 하다―말의 힘만이 아니라 무능, 환각을 기르는 능력만이 아니라 현실을 변형하는 능력, 재현적 기능보다는 수행적 기능에 관한 드라마. 궁핍한 나라에서 말은 아무 비용이 들지 않으며, 크리스티가 피진 마이크에게 구애할 때 사용하는 감언이설은 아일랜드의 글에서 자주 그렇듯이 일상생활의 권태와 황량에 미약한 보상이 되기도 한다. 싱의 희곡들에서 말의 충일함은 그 내용의 가혹함과 상충한다. 시대를 막론하고 가장 유명한 아일랜드 희곡인 『고도를 기다리며En attendant Godot』의 주인공들은 구원자가 가까이에 있다―그의 출현은 만에 하나 실제로 일어난다 해도 재앙이 될 수도 있다—는 삶의 거짓 덕분에 이 황량한 상태에서 위로를 얻는다. 그보다 뒤에 나온 아일랜드 희곡인 브라이언 프리엘Brian Friel의 『번역Translations』에서 도네갈의 아일랜드어 공동체의 한 구성원은 가난과 식민지적 억압에서 고전주의적 고대의 꿈으로 탈출하여 곧 팔라스 아테네와 결혼할 것이라고 자랑스럽게 발표한다. 숀 오케이시Sean O'Casey의 『주노와 공작Juno and the Paycock』이 보여 주듯이 이런 환상은 아일랜드 드라마에서 되풀이되는 주제다.

싱의 희곡에 등장하는 마을 사람들은 겁 많은 크리스티가 자기 아버지를 죽였다고 확신하고, 자신들의 환상을 이 부친 살해에 투사한다. 그러나 주인공이 이 거짓 정체성을 진지하게 떠맡아 시인처럼 말하고 운동선수 같은 놀라운 능력을 몇 가지 과시하면서 허구는 생산적인 것이 된다. 따라서 이것은 단지 용감한(명예로운) 이야기와 더러운 행위 사이의 갈등 문제(피진 마이크가 표현하듯이)가 아니라 신화가 자신의 형상대로 현실을 재구성하여 둘 사이의 간극을 메우는 방식의 문제다. 또는 크리스티의 말대로, "당신들은 오늘 거짓의 힘으로 나를 힘센 남자로 만들려 하고 있다." 그는 사실 아버지를 죽이지 않았기 때문에(이 점은 오이디푸스에게도 해당할 수 있다) 있지도 않은 사건의 피조물이다. 그러나 드라마가 전개되면서 이 환각은 어느 정도 진실성을 띠며, 그 결과 작품의 마지막에서 크리스티는 자식의 반항 행위로 가장을 상징적으로 무덤에 밀어 넣어, 아버지가 친구이자 동지로 다시 태어나는 것을 허락한다. 동시에 자신이 피난처로 찾았던 미망에 빠진 한 무리의 몽상가들—처음에 자신들의 형상대로 그를 다시 만들다가 그가 그 이상 치료에 쓸모없다는 것을 알고 그를 버린다—을 떠난다.

그러나 아이러니는 마을 사람들이, 그에게 그 자신의 거짓 형태를 뒤집어씌우는 방식은 아니었지만, 정말로 크리스티를 영웅으로 만들었다는 것이다. 이 신화를 있는 그대로 보고, 이런 겁쟁이·아첨꾼·깡패·조작자 무리의 인정을 받을 가치가 없다는 사실을 인식할 때 그는 비로소 자기 자신에게서만 자신의 의미를 찾을 수 있고, 그렇게 하는 가운데 아버지를 더 평등한 조건에서 만날 수 있다. 크리스티는 자신의 행위를 영웅의 행위로 만드는 것에 등을 돌림으로써 진정한 영웅이 된다. 이제 정말로 그에게는 여생 내내 할 이야기가 생기지만 그게 자기 아버지를 죽였다는 믿기 힘든 이야기는 아닐 것이다. 그것은 오히려 그의 아버지 표현대로 "메이요와 여기 있는 바보들의 악행"에 관한 바로 이 우화—이 희곡 자체가 전하는 서사, 이 욕심 많고 줏대 없고 폭력적이고 성적으로 억눌린 남녀들 사이에서 그가 모험하는 이야기—가 될 것이며, 그런 것으로서 사회적 현실에 건실한 기초를 둔 전설이 될 것이다. 환각은 삶을 낳는 허구로 전환되었으며, 그 과정에서 마을 사람들의 데데한 행동은 크리스티를 처음 술집에 비틀거리며 들어가던 때보다 훨씬 존경할 만한 젊은이로 탈바꿈시켜 놓았다.

싱의 『성자들의 우물』에 나오는 눈먼 거지 부부 마틴과 메리 둘은 기적에 의해 시력을 회복한다. 하지만 주위의 추함과 악행의 일부를 잠깐 보게 되자, 특히 서로의 역겨운 외모를 보자 다시 시력을 버리겠다고 결심한다. 핵심적 차이는 억지로 환각 속에 사느냐 아니면 그렇게 하기로 적극적으로 선택하느냐다. 눈먼 상태에서 벗어나는 사람들은 원래 시력이 있던 사람보다 분명하게 볼 수 있다. "그것 외에 아무것도 보지 못하는 사람은 잠시 눈이 머는 것이다." 마틴은 그렇게 말한다. 이제 이 부부는 다른 사람들이 그들을 속이려 하는 방식을 더 잘 볼 수 있다. 이것을 인식하는 것만으로도 그들은 다시 어둠을 갈망하게 된다. "시력은 사람을 묘하게 뒤집어 놓는다." 마틴 둘은 그렇게 혼잣말을 한다. 그렇다 해도 이 부부는 이제 자신들이 선택한 무지에 지식을 어느 정도 통합할 수 있다. 그들은 주위 사람들로부터 거짓을 얻어먹었다는 것을 알고 크리스티 마혼과 같은 방식으로 기만의 세계를 박차고 떠나지만 자신들이 포기하는 것이 무엇인지 맑은 눈으로 인식한다. 그들은 오이디푸스와 마찬가지로 너무 잘 보았기 때문에 눈이 먼 상태를 선택한다.

유진 오닐의 『밤으로의 긴 여로Long Day's Journey into Night』에서 마약 중독자인 아내이자 어머니 메리 타이론 또한 자기기만에 빠져 있지만 둘 부부처럼 의도적인 방식은 아니다. 그녀는 자신의 중독이나 아들 에드먼드의 병과 대면하기를 거부한다. 남편 제임스 타이론은 자신이 주정뱅이라는 것을 부정한다―그 점에서 알코올중독자인 아들 에드먼드와는 다른데, 아들은 왜 사람들은 인생을 실제 그대로 보는 것을 피할 수 있는데도 보고 싶어 하는지 모르겠다고 중얼거린다. 사람들은, 아들은 말한다, 진실이 진실이 아닌 세상에 살고 있다. 타이론의 주거를 둘러싸고 있는 안개는 은폐와 거짓 외양과 개인적 환상으로 떠나는 도피를 나타내는 다소 뻔한 상징이다.

오닐의 짜임새 없고 장황한 드라마 『아이스맨이 온다*The Iceman Cometh*』는 훨씬 떨어지는 작품으로, 이 작품의 얼마 안 되는 문학적 장점의 하나는 제목 자체다. 영업사원 시어도어 히키는 진실 말하기의 열성적 옹호자로 새롭게 전향한 사람으로, 거짓 욕망에서 자유로워지면 평화가 올 것이라는 믿음으로 주위의 부랑자와 술꾼들에게서 비현실적 몽상을 빼앗기 시작한다. 심지어 혁명가 출신으로 지금은 환멸에 빠져 진실이라는 관념을 경멸하고 그저 죽음이 자신을 채갈 때까지 기다리다 지친 래리 슬레이드도 히키의 구원 프로젝트의 테두리 안에 들어와 있다. 그의 허무주의는 히키의 관점에서 볼 때 그저 또 하나의 삶의 거짓에 불과하기 때문이다. 이 "큰 잠을 찾아 짖어 대는 자"는 삶을 경멸하면서도 자신의 생명을 끝내는 것은 머뭇거린 채 자신의 공포와 실패를 합리화하고 있을 뿐이다. "마침내 자신을 내려놓을 수 있어." 히키는 술친구들에게 훈계한다. "바다 바닥으로 가라앉도록 내버려 두는 거야. 평화롭게 안식하는 거지. 더 갈 데가 없어. 우리를 귀찮게 할 염병할 희망이나 꿈은 하나도 남아 있지 않아." 그러나 친구 한둘은 여전히 납득하지 못한다. 그 가운데 한 명이 말한다. "나는 거의 치명적인 완전 금주 사례를 많이 봤지만 이제는 다 완전히 치료되어서 다시 평소처럼 취해 있어."

따라서 히키는 만성적으로 자기기만에 빠진 사람들에게 살아 있지만 죽은 상태를 유일한 치료책으로 처방하는 아이스맨이다. 오직 죽은 자들이나 초탈한 자만이 환상에서 자유롭다. 그러나 이런 희망 또한 모래 위에 서 있는 것임이 드러난다. 히키는 아내 이블린이 남편에 관해 품고 있는 환각에 죄책감을 느낀 나머지 그녀가 이런 허위의식에서 자유로워질 수 있도록 그녀를 죽였다. 그녀를 그 자신으로부터 구하기 위해, 그리고 그 과정에서 자신의 도덕적 불결을 보상하기 위해 그는 그녀의 머리를 쏜다. 이런 상황의 설득력 부족은 희곡 전체의 범상한 느낌과 결합해 있다. 히키의 부인은 살아 있는 동안 꿈에서 깨지 못했을 것이기 때문에 앞으로도 꿈에서 전혀 깰 일이 없게 해 주는 것이 최선이다. 또 히키는 그녀의 망상을 끝까지 보존해 줄 뿐 아니라 흩어트리기 위해 그녀의 삶을 끝내므로 이중의 승리를 기록한 셈이다.

따라서 히키가 동료들에게 약속한 영적 죽음은 진짜 살인에 원천이 있음이 드러난다. 그러나 범죄가 드러나는 순간 그의 술꾼 친구들은 그것을 기회로 히키가 제정신이 아니라고 믿고 자신들의 사적인 신화로 다시 물러난다. 그들의 몽상에 종지부를 찍고자 하는 그의 활동은 그저 그가 제정신이 아닌 것을 보여 주는 한 예가 된다. 따라서 그는 그들을 환상으로부터 자유롭게 해 주기보다는 결국 환상을 강화하게 된다. 그들은 그가 파는 진실을 사는 것을 거부하므로, 그는 아서 밀러의 윌리 로먼과 마찬가지로 성공하지 못한 세일즈맨이다. 아이스맨도 결국 필사적으로 가짜 위안을 찾게 된다. 그것은 실제로 아내에게 총을 쏘고도 자신이 절대 그녀를 해치지 않았을 거라는 거짓말이다. 래리 슬레이드와 마찬가지로, 자기기만에 맞서는 그의 십자군전쟁은 단지 그 자신의 상황을 합리화해 줄 뿐이다. 탈신비화 또한 초탈에 이를 수 있을지 모르지만, 이 희곡은 그 가능성을 고려하지 않는다. 스스로 자신을 기만으로 치지 않는 기만은 해체할 방법이 없는 듯하다.

『아이스맨이 온다』가 관객에게 제공하는 유일한 대안은 허무주의와 도피주의이며, 그것은 주로 인물들의 이상이 무가치하기 때문이다. 하나의 이상이 노예로 만드는 동시에 해방하는 역할도 할 수 있는 입센의 변증법적 비전은 그의 미국인 계승자의 영역 너머에 놓여 있다. 오닐에게는 비전이 이제 단순한 백일몽이 되어 버렸다. 입센의 흠 많은 선지자들은 진실과 기쁨의 기초를 놓기 위해 환각을 부수러 나서는 반면 히키에게 환상의 감옥 너머에 놓인 것은 삶이 아니라 죽음이다. 오닐의 주인공과 거의 같은 시기에 미국 무대에 등장한 또 한 사람의 잔혹한 진실 발설자는 테너시 윌리엄스Tennessee Williams의 『욕망이라는 이름의 전차A Streetcar Named Desire』에서 스탠리 코왈스키로, 그는 훌륭하게 묘사된 블랑슈 뒤 보아의 가짜 상류층 허세를 파괴하겠다고 결심한다. 낮의 날빛 속에서 자신의 모습이 드러나는 것을 견딜 수 없는 블랑슈는 마법의 조달자이자 리얼리즘의 숙적이다. "그래, 그래, 마법!" 그녀는 소리친다. "나는 사람들에게 그걸 주려 해. 나는 사람들에게 사물을 그릇되게 보여 주려 해. 나는 진실을 말하지 않아. 나는 진실**이어야 하는** 것을 말해." 윌리엄스의 『뜨거운 양철 지붕 위의 고양이*Cat On A Hot Tin Roof*』 또한 그런 백일몽으로 가득하다. 폴릿 가족의 고딕호러 쇼 때문에 그들은 폴릿 할아버지의 말기 병을 보지 못하고, 할아버지 자신은 40년 동안 자신을 단단히 둘러싸고 있는 기만에 신물이 난다. "허위가 우리가 살고 있는 체제"라고 주장하는 그의 알코올중독자 아들 브릭은 자신의 동성애를 뜨겁게 부인하는 반면, 그가 사랑하는 남자 스키퍼는 브릭에 대한 욕망을 인정하지만 자기 파괴라는 대가를 치를 수밖에 없다.

비극적 영웅은 주인 기표에 충성하는 반면 희극의 주체는 라캉의 오브제 프티 아objet petit a—쓰레기 한 조각, 쓸모없는 부정성, '실재'의 초라한 조각으로 모든 안정된 상징적 역할을 뒤집는다—와 동일하다고 여기는 자크 알랭 밀러의 주장을 우리는 이미 보았다.[44] 비극적 연극의 궤도는 종종 전자에서 후자로 옮겨가는 경우가 꽤 많다. 오이디푸스, 리어, 오셀로가 거지나 광대로 전락하고 격조 높은 비극적 비전은 소극적이고 그로테스크한 것들 때문에 김이 빠진다. 아서 밀러의 『세일즈맨의 죽음』에서 윌리 로먼과 그의 아들 비프 사이의 대면은 희극적인 것과 비극적인 것 사이의 바로 그런 교착 상태를 표현한다. "아빠! 나는 흔해 빠진 인간이고 아빠도 마찬가지예요! (…) 나는 아무것도 아니에요!" 비프는 화가 나서 아버지에게 소리치고, 아버지는 계속 미국의 꿈을 기준으로 자신을 잰다. "나는 흔해 빠진 인간이 아니야!" 윌리는 대단히 감동적으로 위엄을 보이며 플래시백에 들어간다. "나는 윌리 로먼이고 너는 비프 로먼이야!" 두 인물 모두 옳다. 노동시장의 관점에서 보면 두 사람은 진정으로 쓰레기이고 무시해도 좋은 존재이며 동전이나 다름없이 교환 가능하다. 따라서 자크 알랭 밀러의 의미에서 희극적이다. 그러나 윌리는 이데올로기의 영역에 호소하여 아들을 배격하는데, 그 이데올로기에서 개인의 유일무이함은 신성불가침이며, 그러한 존재로서 그는 주인 기표에 여전히 비극적으로 충성하고 있다. 그의 실패, 동시에 그의 위엄은 그가 이 고상한 거짓말(비프는 "가짜 꿈"이라고 신랄하게 표현한다)로부터, 그것이 그 자신의 둘레에서 무너지고 있는 순간에도, 물러설 수 없다는 사실에 있다. 이것이 아서 밀러 자신이 "스스로 생각해 낸 역할에 대한 광적인 고집"이라고 부르는 것이다.[45] 스콧 피츠제럴드의 『위대한 개츠비』도 마찬가지로 개츠비의 환각이 보여 주는 거대한 활력에 관해 말한다, 비록 그 결과는 치명적인 것으로 드러난다 해도.

　로먼의 곤경은 폴로니어스가 햄릿에게 한 충고에 대한 살아 있는 반박이라고 볼 수 있다. 윌리가 다스리기 힘든 아들들에게 그러는 것처럼, 자신에게 진실하겠다는 것이 결국은 가짜 이상을 지지하고 그것을 타인에게 강요하려고 하는 것이라면? 정체성에 대한 탐구가 자신이 누구인지 모르는 채 죽는다는 뜻이라면? 그 자체로는 가상한, 존중받고자 하는 욕망을 도덕적으로 가치 없는 맥락에 집어넣을 수밖에 없다면? 그러면 비프처럼 '타자'의 무관심에 만족하고 포기해야 할까? 윌리의 둘째 아들 해피처럼 이 문제를 완전히 피해야 할까? 아니면 윌리처럼 이것이 자신을 망상으로, 마침내 죽음으로 밀어 넣을 때도 계속 떠들썩하게 인정을 요구해야 할까? 이 희곡의 아이러니는 로먼이 그냥 떠나 버릴 수 없는 자신의 상태를 통하여 자신을 승인해 달라고 요구하는 대상인 바로 그 문명에 대한 파괴적 비판을 표현한다는 것이다. 그 문명은 분명히 그의 헌신에 값하지 않는다. 사실 밀러도 이 주인공을 스스로 그렇게 깊이 헌신하는 이데올로기의 공허에 시달리는 사람으로 보며, 따라서 완전히 자기기만에 빠진 사람으로는 보지 않는다. 이런 의미에서 이 희곡은 허위의식의 비극이라기보다는 환각과 현실 사이에서 갈등하는 사람, 자신의 에고 이상이 무효라는 것을 점점 인식하면서도 여전히 그것에 매달리는 사람의 비극이다. 이 작품의 또 하나의 아이러니는 미국의 꿈이 엉터리라는 것을 폭로하면서도 거기에 속하는 어떤 가치들, 특히 그 주인공의 고집스러운 자기 신뢰에 감탄한다는 점이다. 밀러의 『다리 위에서 바라본 풍경』의 에디 카본도 거짓된 요구에 사로잡혀 죽음으로 돌진하지만, 『세일즈맨의 죽음』이 꿈을 좇으려는 로먼의 실패할 수밖에 없는 시도를 칭찬하듯이(비판할 뿐 아니라) 이 희곡도 카본이 반쪽으로 만족하기를 거부하는 태도에 감동한다. 자신에게 진실한 것은 중요하지만 그 자아가 성공이라는 부패한 윤리나 (카본의 경우처럼) 거의 존중받을 자격이 없는 낡은 명예 규약의 규정을 받는다면?

『성당 살인*Murder in the Cathedral*』은 T. S. 엘리엇의 희곡 가운데 영적 진실이 보통 사람들과 연결될 수 있는 유일한 작품이다. 사실 이 둘 사이의 관련은 드라마의 전례 형식 안에 짜여 들어가 있는데, 이것은 사제·복사·성가대·평신도가 미사의 제의 안에서 통일되는 것과 대체로 비슷하다. 작품의 끝에 이르면 소심하고 관습적인 '합창단'조차 토머스 베켓Thomas Becket의 순교에서 어떤 의미를 느끼게 된다. 이 순교는 그들 자신의 눈에 두드러지지 않는 삶 속에서 열매를 맺을 수도 있는 사건이다. 『가족 재회』와 『칵테일파티The Cocktail Party』에서는 이와 대조적으로 형이상학적으로 정통한 사람들과 외적인 어둠에 처한 사람들 사이에 그런 교류가 전혀 있을 수 없다. 대신 의식 수준의 위계가 우리 앞에 제시된다. 즉, 정점에 오른 영적 전문가, 그 기반에 있는 수많은 멍청한 상류사회 인물들, 그리고 그 둘 사이에 뭔가 중요한 일이 자연스럽게 이루어지고 있다는 것을 희미하게 의식하기는 하지만 그것이 무엇일지 확실하게 이해하지 못하는 한 줌의 인물들이다. 희곡 안의 이런 서열은 관객 안의 서열을 반영한다. 엘리엇의 관점에서 볼 때 객석에는 희곡의 더 깊은 의미에 대한 어렴풋한 통찰을 얻는 선택된 소수와 더불어 인물들이 무운시를 말한다는 사실조차 인식하지 못하는 정신적으로 저급한 관객이 있기 마련이다.

　　드라마의 목적은 결코 이 간극을 건너는 것이 아니다. 반대로 엘리엇의 극은 행동과 의미—우리가 무대에서 보는 것과 그것이 암시하는 종교적 서브텍스트—가 대놓고 만나지 않는 공간을 구성한다. 사실 이 희곡들은 이런 단절에서 비뚤어진 즐거움을 느낀다. 입센이나 체호프와 마찬가지로 핵심 사건들은 대부분 무대 밖에서 일어난다. 자연주의적인 응접실 설정은 그것을 직접 재현할수 없기 때문이다. 이런 의미에서 드라마 형식은 보일 수 있는 것과 없는 것에 대한 비평 역할을 하며, 일상생활과 그것을 초월하는 것 사이에 선을 긋는다. 이 희곡들은 자연주의의 한계를 벗어나지 않음으로써 자신의 한계로 아이러니가 섞인 관심을 끌어모으고, 저자가 만들어 내고 싶어 할 수도 있는 종류의 영적 드라마는후기 근대의 영혼 없는 상황에서는 더는 가능하지 않다는 것을 보여 준다. 『칵테일파티』에서 형이상학적 독백은 전화 때문에 중단되는데, 이것은 양쪽 영역을 풍자적으로 문제시한다. 일상생활은나쁜 농담이지만 그것을 넘어서려는 행동도 마찬가지다. 성자 같은 실리아의 순교는 의도적으로 천박하게 만들어 놓은 블랙코미디comedié noire 작품이다. 『가족 재회』에서 응접실 창문으로 '분노의여신들'이 나타나는 것은 엘리엇의 또 하나의 교활한 농담으로, 극작가는 상류사회의 이차원적 세계에 죄·죄책감·벌·속죄 같은 중요한 문제를 집어넣는다는 계획에 뒤틀린 절망감을 드러내며 두손을 들어 올린다. 『칵테일파티』에서 영적 자문 대신 내놓을 수 있는 최선은 정신과 의사 라일리인데, 이 세속적 성직자에 대한 엘리엇의 경멸은 상상하기 어렵지 않다. 이런 희곡들 가운데 많은 부분과 마찬가지로 라일리는 저자를 깎아 내리는 농담이다.

그러나 이 모든 것이 상류사회에 너무 불리하게 작용하는 것은 허락되지 않는다. 일상의 의식은 허위의식일 수밖에 없으며, 거기에 더 많은 것을 기대하면 무익하게 유토피아적이 될 것이다. 작은 규모의 남녀가 잡담과 칵테일을 통하여 구원과 저주의 영역을 보는 것으로 충분하다. 영적 가치는, 특히 그것이 속화되지 않으려면, 일반적 경험으로부터 차단되어야 한다. 이는 그것이 힘을 발휘해야 하는 곳이라 해도 마찬가지다. 형이상학의 영역과 마티니의 세계 모두 상호 분리에 의해 공허해진다—하나는 절대 손에 잡힐 수 없는 영원에 대한 몇 번의 발작적 암시로 전락하고, 또 하나는 일군의 불안정한 사교적 회합으로 전락한다. 엘리엇의 기독교 신앙은 그가 형식적으로 뭐라고 고백하든 구체화된 종류가 아니며, 그의 드라마 형식들이 그 사실을 반영한다. 그러나 사교적 예의는 특별한 역할이 없을 수도 있지만 보존되어야 한다. 그것이 첼시와 켄싱턴의 '속이 빈 사람들'*을 핵심부터 박살 낼 수도 있는 진실로부터 그들을 보호해 주기 때문이다. 인류는 많은 영적 현실을 감당할 수 없고, 영적 현실은 인류를 별로 좋아하지 않는다. 진실이 이 세계의 에드워드들이나 라비니아들**에게 분명해진다면 칵테일은 더 유통되지 않을 것이고 응접실의 수다는 더듬거리다 멈추고 말 것이다. 메이페어에서는 입센식의 진실을 말하는 자가 필요하지 않다. 신성과 세속 각 영역은 그 나름으로 필요하다. 다만 그것을 섞는다면 둘 다에게 치명적이라는 것이 드러날 뿐이다. 따라서 엘리엇은 상류사회를 조롱하는 동시에 계속 지지한다. 선지자

---

*   The Hollow Men, T. S. 엘리엇의 시 제목
* *   에드워드와 라비니아 체임벌린은 『칵테일파티』에 나오는 주인공 부부

몇 명은 그 세계를 포기하지만 우리 나머지는 아이러니 섞인 패배주의 정신에도 불구하고 그 의례에 신중하게 고개를 숙여야 한다. 진실과 환각은 공존하지만 서로 잘 섞이지 않는다. 이것은 에드워드 올비Edward Albee의 『누가 버지니아를 두려워하랴*Who's Afraid of Virginia Woolf?*』와 반대 상황이다. "진실과 환각, 조지, 당신은 그 차이를 몰라." 마사는 남편을 비난하고, 남편은 거기에 답한다. "몰라, 하지만 우리는 계속 아는 것처럼 살아야 해."

5. 위로할 수 없는 자

자유주의적 정신은 노골적으로 맞서는 것을 경계하고, 대신 대립하는 힘들의 균형을 상상하는 쪽을 좋아한다. "진실은 삶의 커다란 실용적인 관심사 속에서 대립물의 화해와 결합의 문제이기 십상이며, 따라서 올바름에 다가가려는 접근법으로 이런 조정을 할 만큼 능력 있고 공정한 정신을 가진 사람은 거의 없다."[1] 존 스튜어트 밀은 『자유론On Liberty』에서 그렇게 말하는데 이것이 근대 자유주의의 고전적 기조다. 진실은 다면적이며, 당파성은 그것을 왜곡할 뿐이다. 중간지대가 가장 신중한 입지다. 차이는 환영해야 하지만 갈등은 일반적으로 바람직하지 않다. 이와 대조적으로 급진파가 보기에는 어떤 적대가 불가피하며 차이를 인정하는 것은 그 자체가 갈등을 내포할 수 있다. 상황의 진실은 일면적일 수도 있다. 인종주의와 반인종주의 사이의 중간지대는 무엇이며, 유대인과 반유대주의자 사이에 신중한 균형은 어디에서 이루어질까? 파시스트와 어떤 공통점을 찾아 화해하는 것이 나은가, 그들을 물리치려고 노력하는 것이 나은가? 역사 전체에 걸쳐 여성이 억압당했다는 주장이 당파적이라 해도, 이것은 동시에 진실 아닌가? 달래는 것은 한쪽 당사자보다 다른 당사자에게 맞는 방식으로 갈등을 진정시키는 것일 수도 있다. 정의 없이는 적대의 완화도 없을지 모르고, 정의를 구하는 것은 그것을 얻기 위해 싸워야 한다는 뜻일 수도 있다. 게다가 통일이 그 자체로 좋은 것은 아니다. 나치 독일이 훌륭한 예를 제공했다. 또 해결의 조건을 누가 설정하느냐 하는 문제도 있다.

"애초부터 비극에 관한 모든 논의에서는", 헬렌 가드너Helen Gardner는 말한다, "한 가지 주장이 계속 이어지고 있다. 비극은 반대되는 것들을 포함하거나 화해시키거나 긴장 속에 보존한다는 것."[2] 화해는, 미겔 데 베이스테구이Miguel de Beistegui와 사이먼 스파크스Simon Sparks는 주장한다, "[비극적] 사고의 근본적 요구"이다.[3] 비극을 "문학에서 가장 위대하고 가장 진귀한 것"이라고 보는 I. A. 리처즈는 비극이 동정과 공포가 섬세한 평형을 달성하는 가운데 나타나는 대립물의 균형과 화해라고 본다. 비극적 경험의 핵심에 있는 기쁨은, 리처즈의 생각으로는, 세상과 모든 게 잘 되었다거나 어딘가에 정의가 존재한다는 표시가 아니라 "모든 게 지금 바로 여기 신경계 안에 있다"는 표시다.[4] 이때 비극 작품은 불협화 상태인 우리의 충동들 사이에서 만족스러운 균형에 이른다. 비극적인 것에 대한 이런 관점의 아이러니는 엄청나다. 사람들은 사실주의 소설이 우호적 타결로 끝날 것이라고 기대할 수 있을지도 모른다. 이 형식이 세상과 점점 편안해지는 중간계급의 높은 문화적 성취 가운데 하나를 대변하는 형식이기 때문이다. 그러나 다른 무엇보다도 상실과 파괴로 우리와 맞서는, 그것도 진통제나 거짓 희망 없이 그렇게 할 것이라고 여겨지는 예술 형식에서 그런 조화를 기대하는 것은 이상한 일이다.

비극의 본질은, 리처즈는 주장한다, 우리가 잠시 평소에 애용하던 수단인 억압과 승화 없이 살도록 강요한다는 것이다. 그러나 이것이 사실이라 해도 그것이 평형이라는 장치에 의해 성취된다는 것은 의심스럽다. 『오이디푸스 왕』,『리어 왕』,『페드르』『로스메르홀름』의 기조가 균형이나 화해라고 설득력있게 주장할 수 있는 사람이 어디 있겠는가? 에우리피데스의 펜테우스가 세상과 화해를 하는가? 라신의 『안드로마케』의 결말에서 화합이 지배적인가? 결국 해결 상태는 매혹적인 극으로 바꾸기가 쉽지 않다. 우리는 통일보다 불화가 더 매혹적이라고 생각하는 경향이 있는데, 그것이 비극적 드라마가 불화를 무대 중앙에 올려놓는 이유 가운데 하나다. 이런 통일 강박 밑에는 심리적 충동만이 아니라 이데올로기적 충동도 깔려 있는 게 틀림없다. 정신은 일군의 파편과 마주했을 때 그것을 하나로 모으고자 하는 충동에 저항하기 힘들다는 것을 알게 된다. 마치 클라인의 복구 환상에 사로잡힌 것과 같다. 혹시 그냥 있는 그대로 내버려 두는 것이 낫지 않을까 하고 잠시 물어볼 생각도 하지 않는다.

많은 비극이 잠정적 갱신의 어조로 끝을 맺는 것은 사실이다. 포틴브라스는 무대에서 의기양양하게 으스대며 걸어 다니고, 리어는 자비롭게도 눕혀져 안식에 들고, 캐서린과 히스클리프는 무덤에서 역사의 태풍을 피할 피난처를 찾는다.* 그러나 덜 비참한 실존 형태가 이렇게 잠깐씩 눈에 띈다고 해서 그것이 비극적 사건 자체로 인한 상심을 가리는 것이 허락될 수는 없다. 화해가 이루어진다 해도, 애초에 그런 화해가 필요한 사건이 아예 일어나지 않았다면 아마 더 좋았을 것이다. 비극의 가치는 "어떤 위로, 믿음, 기쁨이 우리 귀를 막아 우리 형제의 고통스러운 외침을 듣지 못하는 상황을 거부"하는 데 있다고 주장할 때, 발터 카우프만Walter Kaufmann은 이 예술 형식에 전혀 위로가 없다고 말하려는 것이 아니다.[5] 오히려 이아고가 마땅한 벌을 받는다고 해서 데스데모나의 죽음이 보상받지는 못한다고 말한다. 아리스토텔레스가 에우리피데스를 고대 그리스 극작가 가운데 가장 비극적이라고 보는 것은 그가 화해가 이루어지지 않은 결말에서 움츠러들지 않기 때문이다.

실러에서 하이데거에 이르는 비극 이론의 흐름 속에서 우리는 상처는 나을 수 있고 적대는 극복할 수 있고 치명적인 힘들은 달랠 수 있다고 믿게 된다. 상승하는 중간계급의 변론자들은 진보에 대한 자신들의 감상적인 비전 내에 비극을 수용할 수 있다. 사실 수용할 수 있을 뿐 아니라 니체와 바그너처럼 자신의 시대에 비

---

*   포틴브라스는 『햄릿』, 캐서린과 히스클리프는 『워더링 하이츠』 속 등장인물

극의 재탄생을 큰 소리로 요구할 수도 있다. 루트비히 비트겐슈타인은 이렇게 보는 방식에 공감할 수 없다고 언급한다. 그의 세계에서는, 비트겐슈타인은 『문화와 가치Vermischte Bemerkungen』에서 말한다, "곤경과 갈등이 광채가 나는 것이 아니라 **결함**이 된다."[6] 말을 바꾸면 그는 광채가 비극적인 것의 특질이라고 가정하며, 그런 근거에서 비극적인 것을 거부한다. 하지만 애초에 그런 가정은 필요 없을 수도 있다.

비트겐슈타인이 거부하는 비극 이론은 특히 18세기 말과 그 뒤에 이어지는 세기에 영향을 준다. 그렇다고 비극이 무대에서 서재로 옮겨갔다는 것은 아니다—물론 많은 부분에서 공연이라기보다는 시라고 할 수 있는 낭만적 비극이 문제되면 이보다 더 탁월한 저자 집단이 이보다 더 질 낮은 작품을 생산한 적은 거의 없다는 조지 스타이너의 신랄한 말을 기억하게 되지만.[7] 그보다는 이 형식이 성취해야 할 어떤 중대한 이론적 작업이 있으며, 그러한 것으로서 연극에 속박되기에는 너무 활력이 넘쳤다고 보아야 한다. "비극에 관해 일반화를 하면서 비극은 문학적 장르의 영역에서 옮겨져 정치적·심리적·종교적 주체로서 자아를 파악하는 수단으로 자리 잡는다." 사이먼 골드힐은 이 작품군을 두고 말한다. "비극은 근대성의 자기규정으로 가는 통로다."[8] 비극적인 것이라고 알려진 새로운 개념—그런데 이것은 아리스토텔레스에게는 매우 이질적인 것으로, 그는 시학에 대한 건조하고 형식적인 작은 논문에서 비극을 예술 장르로 다루지 세계관으로는 다루지 않으며, 그의 윤리와 정치 관련 글로 판단해 보건대, 비극적 비전이라는 관념을 받아들일 수 없었을 것이다―을 만들어 낸 이 사람들이 가장 관심을 가지는 것은 자유와 필연 사이의 충돌이다. 비극이 운명과 자유 사이의 갈등을 풀 수 있다는 점이 넓은 범위의 철학자 전체가 비극에서 가장 귀중하다고 생각하는 것이며, 이렇게 비극 드라마는 미학적인 일일 뿐 아니라 윤리-정치적인 일이 된다.

한 가지 문제는 자유롭게 한 행동이 통제 불가능한 결과를 낳을 수밖에 없으며, 따라서 이것이 운명의 한 형태로 행위자 자신과 맞설 수도 있다는 것이다. 나의 자유로운 행동은 당신의 행동을 막는 결과를 낳을 뿐 아니라, 나 자신이 그 희생자가 될 수도 있다. 따라서 자유는 노예 상태를 낳을 수도 있는데, 이것은 오직 변증법적 사고 형식으로만 파악할 수 있는 역설이다. 소포클레스의 오이디푸스에서 입센의 카르스텐 베르니크에 이르기까지, 아이스킬로스의 오레스테스에서 뷔히너의 당통에 이르기까지 행동은 이질적인 가면을 쓰고 돌아와 행위자를 괴롭힐 수 있다. 우리는 우리를 속박할 사슬을 만들며, 아이스킬로스의 아가멤논과 마찬가지로 기꺼이 필연성이라는 굴레를 쓴다. 자유는 자유 자신의 가장 치명적인 적이다. 시장 사회에서는, 적어도 마르크스의 판단에 따르면, 이런 모순이 당연하다.

이런 문제와 나란히 놓인 또 하나의 문제가 있다. 중간계급 문명은 세계를 자신의 목적대로 형성하고자 하는 가운데 과학과 테크놀로지라는 대단히 막강한 도구를 진화시켰다. 그러나 과학은 우리에게 모든 물질적 현상이 어떤 엄격한 법칙의 지배를 받는 다는 말을 해 줄 수밖에 없는데, 인간 자신이 이런 결정론에서 어떻게 면제될 수 있는지는 알기 힘들다. 그 결과 인간이 자연을 지배하게 해 주는 수단이 인간의 자유를 몰수하겠다고 위협한다. 자유는 자신의 목표를 이루려면 예측과 계산에 의지해야 하는데, 이것은 자유를 파괴하는 결과를 낳을 수도 있는 기획이다. 자유롭게 행동한다는 것은 역사의 결말이 열려 있다고 가정하는 것이다. 그러나 그런 행동은 동시에 어느 정도의 결정된 지식을 요구하며, 이런 종류의 지식은 예측 불가능한 세계에서는 얻기 힘들다. 철학자 존 맥머리John Macmurray는 이런 칸트적인 딜레마를 이렇게 정리한다. "우리는 결정된 세계만 알 수 있을 뿐이고, 결정되지 않은 세계에서만 행동할 수 있을 뿐이다."[9] 자유로워진다는 것은 자기 결정적이 되고 자신이 자신에게 주는 법에만 복종한다는 것인데, 이런 종류의 법은 물리학의 규칙성으로 환원될 수 없다. 그러나 정신적인 것과 물질적인 것이 나뉘어 있는 두 영역이라면 인류는 자신을 넘어서는 어떤 것에도 뿌리를 내리지 않았고, 그 결과 우리는 우리의 고향 없는 상태를 대가로 자유를 사는 듯하다. 그런 자유에는 물질적 이미지가 있을 수 없다. 인간에게서 가장 결정적이라고 주장되는 것(프리드리히 셸링은 "자유는 모든 것을 지탱하는 하나의 원칙이다"라고 말한다)[10]은 언어의 그물을 빠져나가며, 재현에 문제를 일으키고, 오직 말 없는 현현이나 웅변적 침묵으로만—시야 구석으로만 흘끗 볼 수 있고 똑바로 보려고 하면 사라져 버리는 변덕스

럽고 유동적인 것으로만—나타난다. 이런 유사 신적인 능력을 포
착해 새겨 놓은 이미지는 있을 수 없다.

　　따라서 중간계급 사회의 기초—자유로운 주체—는 암반이
라기보다는 심연인 듯하다. 순수한 자기 결정은 그 자신의 사타구
니에서 영원히 뿜어져 나오지만, 그 지점은 사물이 전혀 아니고 순
전한 부정성이며, 이것은 어떤 결정된 대상도 무한히 넘어서 버린
상태다. 이것은 우리의 행동의 기원이지만 어떤 행동 안에도 완전
히 현존할 수 없다. 철학은 이런 비실체에서 확실하게 닻을 내릴
곳을 찾지 못하고, 결국 그것을 포착하려고 할 때마다 텅 빈 허공
을 움켜쥐고 마는 듯하다. 따라서 그것은 자체의 기획을 가능하게
해 주는 조건을 생각할 수 없다. 사고는 절대적 근거를 요구한다.
그러나 그런 근거가 주체성만큼 불안정한 것이라면 그것은 믿음의
대상에 불과할 수도 있다. 반면 주체가 결정되어 버리면 그 본질은
박탈당하게 된다. 자기를 아는 것은 그것을 약화시키는 것인 반면,
자기를 알지 못하는 것은 영素, 즉 근대성의 중심에 있는 블랙홀로
만족한다는 뜻이다. '부르주아 인간'은 힘의 정점에서 스스로 눈이
먼 것처럼 보일 것이다. 주위의 세계를 인간화하는 행동 속에서 자
신을 망치는 오만한 피조물.

　　따라서 칸트학파에게는 인류의 일상적 상태에 약간의 비극
이 있는 것처럼 보일 것이다. 그 상태가 현상적 실존과 개념적으로
잘 포착되지 않는 자유나 이성 사이에 실제로 나뉘어져 있기 때문
이다. 주체는 어디에서나 자유롭지만 어디에서나 사슬에 묶여 있

으며, 나뉘고 구별된 세계들 속에 살고 있다. '자연'의 영역에서는 법칙에 묶인 노예이지만 정신의 영역에서는 그런 법칙을 면제받는다. 이것은 고대 그리스 비극의 관점으로부터 완전히 멀어진 것이 아니다. 그리스 비극에서 사람들은 한정된 수준의 자율성을 부여받아 어슴푸레한 곳에서 주권을 행사할 수 없는 힘들과 씨름하며, 행동을 할 수밖에 없지만 늘 부분적이고 위태로운 앎 이상으로는 나아갈 수 없는 운명이다. "비극에서 사람들은", 데니스 슈미트 Dennis Schmidt는 말한다, "윤리적인 것의 지배가 인간적인 것의 지평과 어울리지 않는다는 것을 알게 된다."[11] 진실에 대한 굶주림으로 마침내 눈멀고 마는 오이디푸스가 독일 철학에 자주 등장한 시기는 바로 칸트가 앎을 향한 주제넘은 욕망을 경계하면서 인간 지성에 형이상학적 한계를 설정하고 난 다음이다. 『오이디푸스 왕』은 그 나름의 '순수 이성 비판'이다.

그렇다 해도 칸트의 사유에서는 어떤 위안을 얻을 수 있다. 현상학자 막스 셸러Max Scheler는 1915년의 에세이에서 체념이 비극의 가장 좋은 열매라고 주장한다. 이보다 나은 세계가 가능하지 않다는 생각에서 평화를 찾을 수 있기 때문이다. 물리적 인과관계의 영역은 사실 가치의 왕국과는 구별된다. 그러나 셸러의 관점에서 보자면, 그 덕분에 우리는 세계가 도덕적으로 칭찬받을 만한 방식으로 움직일 것이라는 헛된 기대에서 자유로워질 수 있다.[12] 칸트 자신은 '자연'과 정신 사이의 간극을 미적인 것으로 건널 수 있을지도 모른다는 믿음에서 약간의 위안을 얻는다. 예술 작품은 물질적인 것이며 그러한 것으로서 이론적 인식의 대상이지만, 통일성과 자율성을 갖고 마치 인간 주체처럼 행동한다. 게다가 예술 작품은 경험적인 동시에 합리적이고 감각적인 동시에 이해 가능해서, 이런 식으로도 '자연'과 정신을 통일한다. 무엇보다도 예술에서는 초감각적인 것이 감각적인 것 안에 나타난다. 따라서 칸트의 『판단력비판Kritik der Urteilskraft』은 지식의 대상인 세계(『순수이성비판Kritik der reinen Vernunft』의 주제)와 『실천이성비판Kritik der praktischen Vernunft』의 영역인 도덕적 또는 합리적 영역 사이의 연결 고리를 예술 작품에서 찾을 수 있다.

따라서 칸트 자신에게서는 사고 실험이나 사변적 가설에 불과한 것이 그의 후계자들 일부의 작업에서는 만개한 철학적 미학이 된다. 오래지 않아 예술 작품은 자유와 필연이 자연스럽게 하나가 되는 장소로 찬양받는다. 스스로 조직하는 전체로서 예술품은 법칙이나 총체성의 지배를 받으며, 따라서 필연성의 지배를 받는다. 그러나 더 가까이서 살피면 문제의 이 법칙은 작품 각 부분의 상호 연결에 불과하다는 것이 드러나며, 그 각각은 자유롭지만(스스로 결정한다는 의미에서) 그 자유의 기초는 다른 것들과 맺는 상호 관계다. 작품의 각 측면은 나머지와 상호작용하여 풍부해지고, 전체의 법칙을 따름으로써 자유롭게 번창할 수 있다. 시적인 기호들은 책임 있는 시민과 마찬가지로 함께 모여 공동의 선을 이룬다. 따라서 예술 작품은 아름다운 물건일 뿐 아니라, 국사國事에 늘 초연하기는 하지만 정치적 알레고리이기도 하다. "시는", 프리드리히 슐레겔Friedrich Schlegel은 선언한다, "공화주의적인 말이다. 그 자체가 법이고 그 자체가 목적인 말이며, 이 말에서 모든 부분은 자유로운 시민이고 투표권을 갖는다."[13] 예술은 우리에게 통일된 정치적 질서에 대한 비전을 제공하지만, 이 통일성은 포악하게 개별적 특징들을 짓밟기보다는 그 특징들을 통하여 작용한다. 예술은 무정부주의와 독재 양쪽의 적이다.

따라서 혁명의 시대에 예술은 법칙을 무시하기보다는 거기에 순응하는 자유의 한 형태의 본보기가 된다. 그람시의 표현을 빌리자면 예술의 권위는 강압적이기보다는 헤게모니적이다. 예술은 감각적 특수성 각각에 자유로운 표현을 허락하고 그것이 어떤 경직된 구도에 종속되는 것을 거부하지만 동시에 유기적 통일성의 기적이기도 하다. 독일 관념론의 딜레마가 주체의 자유와 그것이 충분한 근거를 가질 필요성이 조화를 이루게 할 방법을 찾는 것이라면, 예술 작품은 자유와 근거가 협력할 수도 있는 방식에 대한 놀라울 만큼 편리한 교훈을 제공한다.

예술 작품은 하나의 전체로서 구체적 특수성 안에서 또 그 특수성을 통하여 작용하기 때문에 감각적 합리성의 모범—감각되는 것과 이해되는 것, 유한한 것과 무한한 것, 필연과 자유, '자연'과 정신을 통일하겠다고 약속하는 이성의 한 형태의 모범—이다. 예술은 감각을 끌어들이며, 그래서 어떤 추상적 교의보다도 사람을 깊이 변화시킬 수 있다. 그러나 감각된 것들이 모여 제멋대로인 군중, 바스티유를 급습한 폭도canaille를 이루는 것은 아니다. 예술의 감각적 내용은 일관된 기획에 의해 안으로부터 모양이 잡혀 있기 때문이다. 이성 자체가 감각화되는 것이며, 따라서 어떤 피도 눈물도 없는 합리주의로 방향을 틀기보다는 인간적 욕구나 감정과 접촉하는 상태를 유지할 수 있다. 자유는 객관화되어 손에 잡히는 형태를 띠게 된다. 거의 모든 미학적 담론이 그렇듯이 예술 작품의 이런 모범 밑에는 신학적 개념이 잠복해 있다. '육화Incarnation', 즉 육肉이 된 '말Word'이라는 개념이다.

자유와 필연, 감각되는 것과 이해되는 것 등의 조화는 아름다움이 가진 의미의 일부다. 숭고한 것의 문제도 있는데, 이것은 감각과 정신의 조화보다는 정신의 감각에 대한 승리를 표현한다. 숭고한 대상이나 사건과 마주할 때는 감각을 넘어서면서 그 한계를 드러내는 힘을 의식하게 된다. 다른 무엇보다도 여기에서 미학의 문제와 비극적인 것이라는 관념이 수렴한다. 칸트는 『판단력비판』에서 미학적 중심지를 철학적 중심지로 이동하여 숭고한 것을 다루는 위대한 이론가가 된다. 그는 비극에 관해 분명한 언급을 하지 않지만, 실러·셸링·횔덜린·니체를 비롯하여 그들보다 재능이 못한 사람들은 서둘러 그 둘을 연결한다. 칸트의 눈으로 볼 때 숭고한 것은 ─무엇보다도─이성적 또는 초감각적 자아가 자연적 또는 경험적 자아에 거두는 승리를 표현한다. 바다의 폭풍이라든가 아찔하게 높은 산 같은 상투적인 시나리오에서 소멸의 가능성과 마주할 때 우리는 내부에서 우리의 실존에 대한 그런 공격을 차분하게 넘어서는 힘, 자유롭고 신비하고 초월적인 자아가 될─우리는 그렇게 알고 있다—힘을 발견한다. 따라서 주체는 한편으로는 일상적 경험, 다른 한편으로는 무한히 높거나 깊을 뿐 아니라 칸트의 더 이단적인 제자들 일부에게는 실제로 경험의 대상이 될 수도 있는 자아로 나뉘게 된다. 그의 지지자 일부에게는 스승이 인식론적으로 한계 너머에 둔 것이 시야 안으로 희미하게 헤엄쳐 들어온다.

숭고한 것의 감각은 비극과 마찬가지로 유쾌한 공포의 감각이다. 무서운 것과 즐거운 것을 혼합한다는 점에서 이 두 가지 형식 모두 프랑스혁명에 의해 또렷하게 드러난다—더 정확하게 말하자면, 혁명이 환기하는 중간계급의 양가적 반응에서. 어떤 사상가들에게는 이 사건이 주는 공포가 난파의 장관과 비슷하게 신중하게 거리를 두고 볼 때만 만족스러울 수 있다. 숭고미라는 관념이 새로운 삶을 얻듯이 비극적인 것에 대해서도 새로운 비전이 나타나며, 이 둘 다 정치적 격동의 시기에 등장한다. 혁명 자체와 마찬가지로 비극적인 것과 숭고한 것은 둘 다 박살을 내면서도 교훈적이며, 훈계하면서 정화하며, 늘리면서 줄인다. 가혹하게 크기가 줄어드는 행위에서 우리의 연약함과 필멸성을 어쩔 수 없이 상기하게 되지만 동시에 고양의 감각을 즐길 수 있다. 인간 정신은 영원하며 해를 입는 것에서 벗어나 있다고 확신하기 때문이다. 두 양식 모두 우리의 유한성을 떠올리게 하며, 무한한 진보라는 부르주아의 꿈에 등을 돌린다. 그러나 아무리 두렵고 압도당하더라도 우리가 여전히 살아 있다는 사실은 우리의 진정한 고향이 무한이 있는 곳임을 일깨워 준다.

덜 거창한 표현을 사용하자면, 우리는 허구적 형식으로 죽음 충동을 마음껏 충족시킬 수 있다. 우리를 죽을 때까지 쫓아오는 힘들에게 마음껏 어떤 가상의 복수를 해도 우리가 실제로는 죽지 않을 거라는 믿음 속에서 이루어지는 일이다. 진정한 행복은, 루트비히 비트겐슈타인은 말한다, "나는 안전하다, **무슨 일**이 있어도 아무것도 나를 해칠 수 없다"고 말할 수 있는 데 있다.[14] 오직 바다 같은 고난에 맞서 무기를 들 때에만 비극적인 것이나 숭고한 것은 우리가 그런 괴로움으로부터 차단되어 있다는 것을 가르쳐줄 수 있다. 또 아무리 무익하다는 것이 드러난다 해도 정신은 자연 세계에 맞서 싸울 때에만 번창할 수 있다. 두 경우 모두 고난과 영웅적 저항을 통해서만 어떤 인정사정 봐주지 않는 힘들의 물러서지 않는 현존을 느끼면서, 동시에 우리 자신이 그것과 정신적으로 동등하거나 심지어 우위에 있다는 것을 알게 된다. 이런 의미에서, 예술 작품의 형식적 구조에서도 그렇듯이, 속박이나 필연은 자유의 근거이지 그 반대가 아니다.

비극적 예술에 특이한 점은 자유와 필연의 융합이 아니다. 그것은 이 이론에서는 예술 일반에 해당한다. 그 특징은 비극 예술이 이 통일을 제재의 일부로 삼아 주제화하는 방식에 놓여 있다고 할 수 있다. 이런 의미에서 비극은 자신을 반영하는 예술의 한 예다. 프리드리히 실러는 에세이 「숭고한 것에 관하여Über das Erhabene」에서 개인 내부의 정신과 감각, 또는 정신적인 것과 신체적인 것의 갈등을 찾아낸다. 따라서 이 개인이 비극적 영웅이라고 판단하기는 어렵지 않다.[15] 그의 스승 칸트의 이론적 주장들은 이렇게 존재 조건으로 전환되며, 이 조건은 『순수이성비판』과는 달리 연극 공연에 적합하다. 비극적 주인공은 압도하는 역경과 싸우면서 그것을 견디는 자신의 힘을 의식하게 된다. 따라서 그는 자신의 자유를 알게 된다—즉, 합리적 자아는 '자연'과 필연의 제한을 실제로 벗어났기 때문에 자신이 물질적 세계로부터 자율성을 누린다는 것을 알게 된다. 실러는 「비극적 예술에 관하여Über die Tragische Kunst」라는 에세이에서 말한다. 가장 높은 수준의 도덕적 의식은 갈등 속에만 존재할 수 있으며, 가장 깊은 도덕적 쾌감에는 늘 고통이 얼룩져 있다. 비극과 숭고한 것은 둘 다 마조히즘적 형식이다. 아무것도 남겨지는 것 없이 빼앗기는 것에서 기쁨을 느끼기 때문이다. 오직 이것을 배경으로만 우리의 진정한 정신적 위엄이 나타날 수 있다. 특히 무無가 되는 것은 무한과 하나가 되는 것이다. 두 상태 모두 정의가 불가능하기 때문이다. 무와 무한은 둘 다 언어의 그물을 빠져나간다. 그러나 우리는 이해하기 힘든 일이지만, 이것들은 '자연'에 대한 주권을 가진 이성의 우월한 기능에 관하여 부정적인 앎을 제공한다. 우리는 이런 숭고한 시점視點에서 파멸을 당하고 외로워진 모든 사람과 함께 고통을 겪으면서도 우리 자신은 재앙으로부터 안전하다는 것, 올림포스의 존재들 사이에 앉아 그 재앙을 내려다보고 있다는 것을 안다. 비극적 숭고함에는 고난과 고난의 초월 두 가지가 모두 포함된다.

두 양식 사이에는 또 하나의 친화성이 있다. 둘 다 정신적이고 신체적으로 무질서해 보이는 세계가 사실은 질서가 있고 이해 가능한 영역이라고 주장한다. 헤겔과 횔덜린 양쪽 모두 비극은 의미와 합리적 필연성을 어기는 것처럼 보이는 사건들에서 그것을 찾을 수 있게 해 준다. 이것이 비극이 위로의 원천이 되는 몇 가지 방식 가운데 하나다. 우주의 작용 방식을 완전히 투명하게 만들지는 말아야 한다. 그렇게 하면 그 신비를 쫓아내고 무미건조한 합리주의에 자리를 내주게 된다. 그렇다 해도 그 작용은, 만일 우리가 반대 방향으로 밀려나 무정부주의자·무신론자·감각주의자·경험주의자가 되지만 않는다면, 질서와 섭리에 대한 어떤 암시를 제공할 수밖에 없다. 게다가 세상에 내재하는 의미가 없다고 보는 사람들은 쉽게 정치적 불만의 먹이가 될 수 있다. 인간 실존의 무익성에 대한 사변을 펼치는 이상한 철학자는 아무런 해가 되지 않지만 대중이 그렇게 하는 것은 경솔한 짓이다. 따라서 우주가 이해 가능하다는 믿음은 이성이 '존재'를 뚫고 들어갈 수 없다는 주장과 연결되어야 한다. 고대 그리스인이 신들의 돈키호테적 행동에서 정의와 논리를 찾으려고 노력하는 동시에 그들은 다르다는 느낌을 의무적으로 보존하려고 했던 것과 마찬가지다. 신비에 대한 숭배나 혐오를 추방하는, 또 알 수 없고 계산할 수 없는 것을 경계하는 계몽주의 합리주의는 바로 그런 정서를 다루는 예술적 양식의 도전과 마주할 수밖에 없다. 혁명적 흥분의 시대에 숭배와 겸손을 없애는 것은 지혜롭지 못하다.

따라서 비극은 의미와 신비의 균형을 잡는다. 또 비극은 충일과 속박의 균형도 찾으려 한다. 비극적 기쁨과 숭고한 고양은 지금 적극적으로 자신의 역사를 만들고 있는 사회 계급의 자신감에 찬 분위기 가운데 어떤 면을 포착한다. 그러나 이 계급은 진취적 기상이 너무 무모하게 흘러넘치는 것을 주의해야 할 이유가 있다. 이것은 한창때 정치적 파괴를 일으켰던 기상이기 때문이다. 따라서 철학, 특히 비극 이론은 인간 이해의 한계와 도덕적 법칙의 침해 불가능한 본성을 주장하여 이런 열광을 다스려야 한다.

비극적인 것이라는 관념은 정치적 위기만이 아니라 철학적 위기에서도 태어난다. 칸트는 철학이 말할 수 있는 것과 없는 것을 선포하고 지식의 경계를 순찰하며 그 영역에서 형이상학적인 것을 밀어낸다. '전능한 존재', 영혼, '절대적인 것', 사물의 본질에 관한 철학적 이야기는 이제 있을 수 없다. 그러나 정치적 격변의 충격파에 움츠러든 시대는, 설사 헤겔의 작업에서처럼 역사적 형식 안에 넣는다 해도, 여전히 그런 의심의 여지가 없는 근거를 요구하고 있다. 따라서 철학은 예술 같은 열등한 활동에 대한 우위를 유지한다. 사실 헤겔의 눈으로 보자면 단지 열등할 뿐 아니라 분명히 시대에 뒤진dépassé 것이다. 파편화하고 한없이 복잡한 근대 문명에서 예술 작품은 이제 사회적 총체성을 제시하는 과제를 감당할 수 없기 때문이다. 고대 그리스에서는, 헤겔의 생각으로는, 예술이 바로 그런 기능을 했다. 게다가 근대의 주체적 자유의 성장은 고전적인 미적 형식 안에 담아두기가 쉽지 않다. 예술은 이제 점점 전통적인 사회·정치·종교적 역할을 상실하고 철학에 의존하여 자격을 갖추려 하는데, 이것이 미학이 발흥한 이유다.[16] 따라서 헤겔 자신의 철학이 그 변증법적 성격 때문에 이미 비극의 정신에 뭔가 빚지고 있다는 것은 편리한 일이었다.

비극적인 것이라는 관념은 철학으로부터 예술로 더 일반적인 방향 전환이 이루어지는 가운데 등장하는데, 칸트의 『판단력비판』만이 아니라 무엇보다도 그의 철학의 오만한 야망에 대한 질책에서 영감을 얻는다. 따라서 셸링, 횔덜린, 쇼펜하우어로부터 니체, 하이데거와 초기 죄르지 루카치에 이르는 계보에서 시인은 철학자로부터 가장 주목받는 자리를 빼앗는다. 플라톤에게서 대체로 냉대를 당하고 칸트 이전 사상으로부터 무시당하던 미학은 이제 자신을 쫓아낸 담론을 몰아내러 나선다. "비극적인 것은", 사이먼 크리칠리는 말한다, "칸트 이후 철학의 완성이다."[17] 만일 철학이 자유와 필연의 문제로 쩔쩔맨다면 비극적인 것이나 미적인 것이 지원에 나설 수도 있다. '절대적인 것'이 이제 생각으로는 접근할 수 없는 것이라 해도 프리드리히 셸링이나 아르투어 쇼펜하우어의 경우처럼 늘 미적 직관의 주제일 수는 있다.

여기에서 묘한 역전이 쟁점이 된다. 철학은, 니체는 선언한다, '이론적 인간'이라는 냉혈 생물의 도래를 예고하는 소크라테스나 에우리피데스 같은 황폐한 합리주의자들의 손에 비극이 죽으면서 태어났다. 니체 자신의 작업에서 삶의 비극적 개념은 이런 치명적 유산에 대한 복수에 나선다. 앨런 메길Allan Megill은 『비극의 탄생』이 뒤집힌 헤겔의 『미학』으로서, 예술을 철학 위에 올려놓는다고 지적한다.[18] 철학은 비극에 치명타를 날렸다고 여겨지고 나서 수백 년 뒤에 범행 현장뿐 아니라 미학 일반으로도 돌아온다. 철학은 이제 비극적 정신으로부터 배울 준비가 되었을 뿐 아니라 니체, 하이데거, 초기 루카치, 자크 데리다 등의 시대에 예술은 철학에 대한 우위를 인정받고 있다. 그게 아니라 해도, 어떤 스타일의 철학은 시와 구별이 어려워진다. 기억할지 모르지만 아리스토텔레스는 이 두 담론에서 아무런 차이를 보지 못했다.

따라서 미적인 것은 철학적 사변의 중심으로 슬금슬금 다가가고 있다. 비극의 철학은 비극적 철학이 되려는 참이다. 이 과정은 니체의 작업에서 절정에 이른다. 이것은 또 칸트가 호되게 비난했던 종류의 형이상학적 탐구를 복원하는 방식도 된다. 니체의 『비극의 탄생』에서는 이 탐구가 신화와 시의 맥락에서 이루어진다. 니체의 비극적 비전에서는 철학이라는 개념 자체를 문제 삼기 때문에 철학의 손에 비극이 죽은 사건이 마침내 비극의 손에 의한 철학의 죽음이라는 결과를 낳게 된 것처럼 보인다. 우리는 예술과 철학 사이의 플라톤적 투쟁으로 돌아가지만 둘의 가치가 이제는 역전되었다. 그러나 예술의 승리는 여전히 위태롭다. 테오도어 아도르노Theodor Adorno에게 아우슈비츠 이후 시인은 철학적 동료와 마찬가지로 말문이 닫힌다.

자유와 필연 사이의 갈등이 합리적으로 정리될 수 없다 해도 존재론적으로는 늘 해소될 수 있을지 모른다. 이것이 철학이 예술과 연극으로 방향을 트는 한 가지 이유다. 설사 인류 전체에 공통되는 문제를 다루면서 무대 비극 같은 사소한 행위에 호소하는 것이 좀 이상하다 해도. 프리드리히 실러는 미학 관련 글에서 비극은 운명에 대한 자유의 반역을 무대에 올리지만 결국 둘 사이의 본질적 통일을 보여 준다고 주장하며 자신의 드라마를 화해의 비극이라고 묘사한다.[19] 『도적 떼』의 범죄자 카를 무어는 희곡의 끝에서 자발적으로 법에 자수하며, 그 과정에서 자신이 도전한 권위에 경의를 표한다. 『돈 카를로스』의 포사 후작은 비슷하게 자기희생적인 죽음을 맞이하면서 자신의 정치적 자유에 대한 비전의 정당성이 미래에는 입증될 것이라고 믿는다. 『메리 스튜어트』에서 메리는 당당하게 최후를 맞이하여 왕족의 위엄이라는 면에서 자신을 죽이는 엘리자베스를 능가한다. 그녀는 또 자신의 범죄에 대한 속죄로 처형을 거리낌 없이 받아들인다. 정치적 파멸의 위험 없이 자유를 실현하는 것이 힘들다 해도 자유는 적어도 내적 강인함의 형태로는 살아남을 수 있다. 그러나 실러의 발렌슈타인이 보여 주듯이 수상쩍은 형태의 내적 자유도 있다. 그는 너무 늦기 전에 행동하는 것을 거부함으로써 선택의 자유를 보존하지만 귀중한 정신의 독립은 주위 사람들에게 내주고 만다. 행동하는 것이 필연에 굴복하는 것이라고 두려워하는 칸트의 초월적 주체가 자유를 행사하지 않음으로써 자유를 약화하는 것과 비슷하다.

  프리드리히 셸링이 보기에 이성만으로는 자유와 필연의 통일을 성취할 수 없다. 따라서 그것을 해결하는 과제는 대신 미적 직관에 맡겨질 수밖에 없는데, 직관은 매개 없이 '절대적인 것'에 다가갈 수 있다.[20] A. W. 슐레겔A. W. Schlegel의 『철학적 미학 강의 *Vorlesungen über Philosophische Kunstlehre*』에서도 비슷한 주장을 발견할 수 있다. 만일 드라마가 이런 해결이 택할 수 있는 가장 만족스러운 형식이라면 그것은 우리가 이미 보았듯이 자유와 필연의 일치, 또는 실천적 이성과 이론적 이성의 일치를 존재론적으로 가장 잘 보여 줄 수 있고, 다른 무엇보다도 비극 속에서 이런 통일이 드러나기 때문이다. 비극적 주인공은 자유롭게 자신의 운명을 끌어안고 운명의 굴레에 허리를 굽힘으로써 자신이 거역하는 힘들에게 패배를 인정한다. 그러나 그가 그렇게 하도록 허용하는 정신은 그의 실패라는 사실을 초월하여 자유의 불멸적 본질을 증언한다. 비극은 거역의 행동을 존중하지만 동시에 자신을 도발하는 권력에 경의를 표하기도 한다. 이런 의미에서 비극은 정치적 도박의 빈틈 없는 회피를 표현한다, 그렇게 주장할 수도 있다.

셸링의 관점에서 오이디푸스가 실제로는 죄가 없음에도 불구하고 자신의 불법적 행동에 대한 책임을 받아들인 것은 필연에 허리를 굽히는 동시에 필연에 숭고한 승리를 거두는 것이다. 부당한 권위에 맞서 헛된 싸움을 벌이는 것은 자신이 자신을 낮추려는 힘들의 훌륭한 맞수임을 증명하는 것이다. 니체의 표현으로 하자면 이것은 승리를 거두는 패배의 문제다. 죽음에 순응하는 것은 적어도 자신을 파괴하려 하는 힘의 의지만큼 확고한 의지를 요구한다. 영웅은 몰락을 받아들이면서 자기 내부의 무한함을 드러내는 데, 이런 면에서는 자신이 투쟁하는 힘들과 하나다. 이 힘들은 또 근엄한 필연성에도 불구하고 자유와 이성에 근거를 두고 있으며, 영웅의 힘의 근원에도 놓여 있다. 오직 주인공의 생물적 실존 너머에서 나오는 힘만이 그가 그런 실존을 포기하도록 허락할 수 있을 것이다. 따라서 영웅은 자유를 포기하고 필연성의 굴레를 뒤집어 씀으로써 자신의 행동이 자신의 것임을 인정하는 바로 그 행동으로 자유를 증언한다. 죽음의 제단에 자발적으로 몸을 뉨으로써 '절대적인 것'과 하나가 되어 마침내 모든 울음과 탄식을 초월하는 존재를 증언한다. 비극적 체념은 자신을 굴복시키는 것처럼 보이는 바로 그 힘 위로 솟아오른다. '절대적인 것'은 직접적으로 표현될 수 없지만 유한한 것의 부정에서 잠깐 엿볼 수 있는데, 비극에서 유한한 것의 부정이란 주인공의 죽음을 뜻한다.

따라서 교훈은 신들이 할당한 몫을 피할 수는 없지만 그것을 적극적으로 전유하여 자신의 운명을 자신의 결정으로 만들 수 있고, 그렇게 하는 과정에서 자신에게 정해진 운명이 최종적인 것이 아님을 보여 줄 수 있다는 것이다. 그래서 셰익스피어의 앤터니는 자신이 "죽음의 신랑"이 되어 "연인의 침대에 뛰어들 듯이 / 죽음에 뛰어들" 것이라고 선언한다(『앤터니와 클레오파트라*Antony and Cleopatra*』 4막 14장). 『자에는 자로*Measure for Measure*』에서 클로디오는 이런 정서를 거의 그대로 예고한다. "죽어야 한다면 / 신부로서 그 어둠과 만나리 / 그 어둠을 끌어안으리"(3막 1장). 그런 운명애amor fati의 예들에서 에로스와 타나토스, 에로틱한 사랑과 죽음 충동의 외설적 쾌락은 구별이 힘들다. 무적의 힘과 맞서고 있다는 것을 알면서도 그것과 전쟁을 벌이는 것에서는 달콤씁쓸한, 유사 실존주의적 쾌락을 얻을 수 있다. 결과에 대범한 그런 무상 행위acte gratuit, 無償行爲는 어디 한번 해보라고 죽음을 조롱하며, 순교자와 마찬가지로 자신의 무無를 신랑 같은 애정으로 끌어안을 때만 무한 속에서 자신의 고향을 찾을 수 있을지도 모른다고 믿는다. 그 둘 사이의 통로를 제공하는 것은 죽음이다. 자신의 생명이 '절대적인 것'의 가슴에 깊이 자리 잡고 있다는 것을 안다 해도, 자신의 마지막을 전유하는 행동에는 무모하고 앞일을 걱정하지 않는 도전이 있으며, 그래서 최종적으로는 질 수가 없다.

이렇게 최고의 자유는 자유를 포기하는 것이며, 따라서 비극은 손해와 이익을 동시에 표현한다. 자유와 필연은, 셸링은 『예술철학Philosophie der Kunst』에서 말한다, "[비극적 형식에 의해] 완벽하게 무심한 상태로 승리를 거두는 동시에 패배하는 것으로 표현된다"[21] 자유는 자유의 부정을 통해서만 얻을 수 있고, 자기완성은 자기 버리기에 의해서만 얻을 수 있다. 이런 의미에서 비극은 익숙한 조건—실제로 폴리스의 기초 자체에 포함되어 있는 조건—의 예외적 사례다. 개인은 『사회계약론Du Contrat Social ou Principes du Droit Politique』의 루소가 주장하듯이 공동체 전체에 자유를 내줌으로써만 자신을 돌려받을 수 있으며 이 교환을 통해 풍요로워진다. 생명을 구하기 위해 버리는 것은 단지 비극적 예술의 한 측면이 아니라 정치적 질서를 유지하는 문제다.

우리는 프랑스 봉기라는 맥락에서 근대의 비극 개념이 나타나는 것을 보았다. 이런 관점에서 그것은 진보적 관념인 동시에 반혁명적 관념이기도 하다. 그것은 자유를 소중히 여기지만 동시에 권위에 대한 굴복도 찬양한다. 자유는 실현되어야 하지만 오직 상실, 속박, 충성, 또 자기 버리기를 통해서만 피어난다. 셸링은 그가 "그리스 이성"이라고 부르는 것, 즉 법이나 조화나 필연을 존중하는 이성과 정치적으로 혼란스러운 자기 시대의 오만한 이성을 대비시킨다. 그는 자유가 필연에 의해 정복당한다는 전망에 혐오를 느꼈을지 모르지만 동시에 필연이 자유에 완전히 잠식당하는 무정부주의적 비전에서도 기쁨을 찾지 못한다.[22] 따라서 수많은 독일 관념론 사고의 배경을 이루는 정치적 지진이 문제될 때는 "비극적"이라는 말이 가진 세 가지 의미가 쟁점이 된다. 사형수 호송차가 단두대를 향해 굴러가는 것처럼 "끔찍하다", "무시무시하다"라는 일상적 의미가 있고, 어느 경우든 폭력적 파괴 없이는 영광스러운 탄생도 있을 수 없다는 점을 고려하는 혁명의 은유로서 비극도 있고, 또 이 말의 철학적 의미도 있는데 여기에서 자유는 권위에 대한 자발적 경의로서 최고의 형태에 이른다. 자유와 필연은 예술작품의 형식에서처럼 동일한 것으로 나타난다.

물론 다른 의미에서 자유와 필연의 대립이 극복될 수도 있다. 만일 자유가 자아의 핵심으로부터 솟아나는 욕망에 따라 행동하는 것이라면 (자아란 전적으로 선택의 문제는 아니기 때문에) 이런 열정 가운데 일부는 불가피하다는 느낌이 있을 것이다. 또 우리의 가장 깊이 자리 잡은 헌신은 선택하는 것이 아니라는 느낌도 있는데, 그러면 이것이 운명의 모든 완고함으로 우리와 맞서게 될 수 있다. 안티고네는 오빠를 묻으려고 할 수밖에 없었고, 에디 카본은 자신의 명성을 보전할 수밖에 없었다. 그들이 자유로운 행위자이기를 그만둔다는 뜻이 아니다. 오히려 니체가 예술가의 행위에 관해 주장하듯이 자유와 필연의 대비가 무너지는 지점에 이르는 것이다. 운명만큼이나 다루기 힘든 자유 또는 완성을 향한 의지를 중심에 놓는 비극은 얼마든지 있다. 만일 자유가 필연의 강압적 힘을 가질 수 있다면 그 반대도 똑같이 진실이 될 수 있다. 운명처럼 보이는 것이 단지 익숙하지 않은 가면을 쓴 자유일 수도 있다. 만일 자유가 '정신'의 형태로 세계를 지배한다면 그것은 비극적 영웅이 무릎을 꿇는 법칙의 내적 진실일 수밖에 없다. 따라서 운명과 자유의 충돌은 사실 자유의 두 형태 사이의 충돌로 보이며, 운명과 자유 사이의 불화로 보이는 것은 결국 근거가 없다는 것이 드러난다. 적대는 해소된다—그러나 오직 영웅의 주검 위에서만. 알베르 카뮈의 글처럼 훗날에 나온 글에서도 이런 주장이 반복된다. 카뮈는 「비극의 미래에 관하여Sur L'avenir de la Tragédie」라는 에세이에서 비극적 예술이 정당화된 반역 행위와 불가피한 질서의 틀 사이의 충돌을 무대에 올리는 것으로 본다.[23] 카뮈에게 오만은 인류의 큰 악이다. 그러나 우리는 저항의 행동에서만 우리 힘의 한계와 대면하며, 거기에서 우리가 넘을 수 없는 경계가 드러난다. 이렇게 반역은 은밀히 권위를 돕는다.

영웅은 죽으면서 자신을 죽게 만든 힘들이 은밀히 자신의 편임을 보여 준다. 비극의 이런 모델 뒤에는 십자가 처형의 신학이 놓여 있는데, 셸링을 비롯한 여러 사람이 이 처형을 고대 그리스 비극에 투사한다. (셸링·헤겔·휠덜린이 모두 신학생으로, 사실 같은 방을 쓰던 친구로 출발했다는 사실은 기억해 둘 가치가 있다.) 예수를 죽이는 '아버지'의 법은 잔인하고 야만적으로 보일지 모르지만 '아버지'의 법은 자선의 법이기 때문에 법과 사랑 사이, 또는 주권과 자유 사이에 진짜 대립은 없다. 예수를 '신의 아들'이라고 부르는 것은 그의 정체성의 핵심에 '아버지'의 사랑이 있다고 주장하는 것이며, 이 말은 예수가 사랑하는 마음으로 신의 명령을 충실하게 따르는 것 자체가 '아버지'의 자비의 표현이라는 뜻이다. 예수가 실패, 고문, 죽음을 받아들일 수 있게 해 주는 존재가 '아버지' 자신이다. 똑같은 것이 자유와 필연 사이의 대비라는 갈보리에도 해당한다. 예수가 십자가에서 죽는 것은 불가피하다─그의 결말이 예정되었다는 의미에서가 아니라, 부패한 세계에서 정의와 유대를 외치는 사람들의 논리적 운명이 법률적 살해이기 때문이다. 하지만 고대 로마제국에서 정치적 반역자가 당하는 사형 방식에 해당하는 예수의 죽음은, 복음서에서는 그가 자유롭게(결코 즐거운 것은 아니지만) 순응하는 것으로 제시된다. 많은 비극적 주인공과 마찬가지로 그가 운명을 자신의 선택으로 만든다. 겟세마네에서 그가 괴로워한 것을 볼 때 그가 죽고 싶지 않은 것이 분명하지만, 죽지 않는다면 아무런 정치적·신학적 의미가 없을 것이다.

독일 관념론의 역사에서 가장 정교한, 또 가장 난해한 비극 이론을 생산하는 사람은 프리드리히 횔덜린이다.[24] 전체는, 횔덜린은 주장한다, 오직 부정적으로만, 다양한 부분의 상호 갈등을 통해서만—인간의 맥락에서 말하자면 개인의 고통이라는 현실을 통해서만—직관할 수 있다. 투쟁과 대립은 총체성에 대한 감각을 흐리기보다는 고양한다—이런 경향이 워낙 강하기 때문에 전체의 원시적 완결성은 다양한 측면이 가장 고립되고 개별화되어 있을 때 가장 날카롭게 느낄 수 있다. 이런 상황이 그 각각에 독특한 강렬함을 주기 때문이다. 총체성은 개별적인 부분이 서로 양립할 수 없는 목적을 추구할 때만 자신을 느끼게 되며, 그런 개별화를 통해서만 자신의 힘을 펼칠 수 있다. '정신'이 승리를 거두어 자신과 하나가 되려면 고통과 분열이라는 대가를 치러야 한다. "화해는", 횔덜린은 말한다, "갈등 가운데 존재하며 분리된 전체는 다시 자신을 찾는다."[25]

따라서 비극은 불협화가 최대인 지점에서 일어난다. 잃어버린 통일성에 대한 직관도 마찬가지인데, 결국 여기에서 새로운 해결이 생겨난다. 적대를 극복하려면 극단까지 밀어붙여야 한다. 횔덜린의 에세이 「『엠페도클레스』의 기초Grund zum *Empedokles*」는 개인과 보편의 다툼이 비극적 주인공이라는 인물 안에 집중되어 있다고 보는데, 이 주인공은 엠페도클레스와 마찬가지로 갈등에서 둘로 찢긴다. 그러나 죽음과 해체는 재탄생의 필수적 서곡이다.

절대적 상실이 없으면 "더 높은" 해결도 없다. 숭고한 총체성은 그 자체로 나타날 수 없으며, 나타나려면 지상의 기호가 필요하다. 이 기호는 다름 아닌 불운한 운명의 영웅으로, 그가 야만적으로 난도 질당하고 죽음에 이르고 무로 환원되어야 전체의 광채가 방해 없이 빛을 발산하는 것이 허용된다.[26] 따라서 어떤 것도 모든 것의 기표가 될 수는 없다. 유한한 것이 자신을 지우는 행위에서 무한을 목격하는 것과 마찬가지다. 오직 자신의 몸을 죽음에 바칠 때만 사람은 '절대적인 것'의 순수한 매체가 될 수 있다.

독일의 미학자 프리드리히 피셔Friedrich Vischer도 『미학Aesthetik, oder, Wissenschaft des Schönen』에서 비슷한 주장을 한다. 비극적 주체는 '절대적인 것'에 자신의 위엄을 빚지고 있지만, 영광이라는 면에서는 비교가 되지 않을 만큼 약하다. 그러나 바로 이렇게 인간적인 것을 하찮게 만드는 것에서 신적인 것의 숭고함이 더욱 찬란하게 빛나며 신적인 것의 흠 많은 그릇에 불과한 사람도 변한다.[27] 비슷한 맥락에서 카를 졸거Karl Solger는 '절대적인 것' 또는 '이데아'는 그 자체로 출현할 수 없고 어떤 자연적 또는 물질적 형태를 띨 수밖에 없다고 미학에 관한 논문에서 주장한다. 그러나 이런 식으로 '자연'의 속박에 굴복하는 것은 또 부정의 계기이기도 하다.[28] 따라서 '이데아'는 부정적인 맥락에서만, 특히 그것에 미치지 못하는 인물(비극의 주인공)의 파멸에서만 포착될 수 있다. 그러나 졸거는 실제적인 것과 이상적인 것 사이의 이런 괴리에서 약간의 위로를 거둘 수 있다고 본다. 죽음은 우리의 세속적 삶이 장차 우리의 운명이 될 영생의 적당한 매체가 아니라는 사실을 드러낸다. 비극의 메시지는 애처롭기도 하지만 희망적이기도 하다.

"삶이 가장 약한 상태로 나타나는 형식인 비극은", 횔덜린은 말한다, "동시에 삶이 가장 충만하게 나타나는 형식이기도 하다."[29] 신은 숨은 신deus absconditus으로서 갈보리에서처럼 오직 인간의 약점으로만 나타나며, 이런 목적을 위해 하나의 기호(예수)를 전유하고 그것을 무로 만들어 의미를 비워 버린다. 우리가 신의 보물을 땅의 그릇에 담고 다니는 것은 그 광채가 신에게서 나온 것임을 더 웅변적으로 증언하기 위해서라는 성 바울의 말이 떠오른다.[30] 우리가 힘을 잃을수록 우리의 도덕적 승리는 '전능한 존재'가 한 일이 될 수밖에 없고, 그렇게 '전능한 존재'는 우리의 약점에서 영광을 얻는다. 그러나 횔덜린의 엠페도클레스는 유한, 자기 상실, 일면성이라는 부정의 길via negativa에 굴복하기를 거부하는데, 그런 길이 아니면 진정으로 '절대적인 것'에 다가갈 수 없다. 그는 시간과 물질적 한계에 고개 숙이기를 주저하여 대신 전체와 직접 통합되기를 갈망한다. 그러나 이 목적을 달성하려면 자기 살해 행위로 자신의 특수성을 초월해야 한다. 그는 '자연'과 하나가 되고자 하는 욕망 때문에 자신을 에트나산에 던져 세상과 때 이른 화해를 이루려 한다.

횔덜린에게 인간과 '자연'의 관계는 비극적이라고 묘사해도 문제가 없을 것이다. '자연' 자체는 침묵하며 소통을 위해서는 창조적 말이 필요하다—즉, 예술이라는 대필자 없이는 자연이 풍부하게 나타날 수 없다는 것이다. 그러나 '자연'과 인간 사이에 끼어드는 매체는 무엇이든 또 그 둘을 나누어, 인간의 의식을 그것이 일체가 되고자 하는 영역으로부터 추방할 수밖에 없다. 따라서 시적인 말은 합치는 동시에 나누어, 창조와 파괴가 동시에 일어나는 현장이 된다. 시인은 자신의 주체성을 버리고 환경과 합쳐짐으로써만 '자연'에 혀를 빌려주는 과제를 진정으로 이룰 수 있는데, 그렇게 하면 자신이 목소리를 주고자 하는 산과 바다처럼 침묵하게 될 것이다.

이런 아이러니에도 불구하고 달래는 것이 횔덜린의 변함없는 본능이었다. 분립과 반역의 시대는 적대를 녹여 하나로 만드는 디오니소스의 정신을 다시 포착할 필요가 있다―횔덜린은 이런 해소가 프랑스혁명의 평등과 우애에서 정치적 절정에 이르렀다고 한동안 믿었다. 훗날의 니체와 마찬가지로 횔덜린에게 디오니소스적인 것은 살아 있는 모든 것과 원시적 통일을 이루는 감각을 의미한다. 이런 '절대적인 것'은 계속 개별적 재난의 형태를 띠지만 자신이 일으키는 불행을 초월한다. 이런 비극 이론은 대부분의 독일 관념론 이론과 마찬가지로 사실은 일종의 신정론이다. 고난, 자기 버리기, 무자비한 개인주의는 도덕적 승리의 필수적 서곡이다. 겉으로 보기에는 무정부 상태인 영적 시장에서도 정신Geist의 안내하는 손을 언뜻 볼 수 있다. 우리는 지금 에우리피데스, 존 웹스터 John Webster, 유진 오닐의 세계에서 아주 멀리 있다. 사실 이 시기 독일의 비극 이론이 에우리피데스의 연극에 상대적으로 관심이 적고, 나아가서 세네카의 유혈이 낭자한 드라마에도 관심이 없다는 것은 의미심장하다. 두 작가 모두 교화라는 면에서 관객에게 별로 주는 것이 없기 때문이다.[31]

 "우리에게는", 헤겔은 말한다, "단순한 공포와 비극적 공감에 덧붙여 (…) 화해의 감정도 있다."[32] 그가 실러의 『발렌슈타인』의 결말에 고통을 느낀 것도 놀랄 일은 아니다. 신의 정의와 시적 정의 양쪽을 다 무시하는 것처럼 보이기 때문이다. "무시무시하다!" 헤겔은 소리친다. "죽음이 생명에 승리를 거두다니! 이것은 비극적인 게 아니라 끔찍하다!"[33] 이와 대조적으로 헤겔 자신의 비극에 대한 교의에서 불화와 분열은 마침내 그가 윤리적 내용이라고 부르는 통일에 포괄된다는 쪽이다. 역사 일반과 마찬가지로 비극적 예술에서도 '절대적인 것'은 그 자체와 분리되면서 자기 대립으로 들어가 그리스도와 마찬가지로 상실, 무익, 고통이라는 지옥의 영역으로 하강한다. 그러나 그것은 단지 더 높은 지위로 올라서기 위한 핵심적 조건일 뿐이다. 드라마는 특히 이런 변증법에 어울리는 매체다. 서사시는 대체로 객관적 사건을 다루고 서정시는 정신의 주관적 상태를 다루는 반면, 연극은 의식과 역사적 현실 사이의 충돌(일치뿐 아니라)을 보여 주기 좋은 자리에 있기 때문이다. 헤겔의 관점에서 고대 그리스인은 '세계정신' 진화의 초기 단계에서 그런 일치에 이를 수 있었는데, 이 정신은 지금 훨씬 야심 찬 규모로 그 일치를 재발명하는 중이다.

 따라서 비극의 리듬은 철학의 내적 구조와 일치하는데, 이 구조는 헤겔의 관점에서 변증법적이다. "철학은", 미겔 데 베이스테구이는 말한다, "비극적인 것이 표현되는 현장이다."[34] 페테르 손디Peter Szondi가 지적하듯이 헤겔의 『정신현상학』은 비극적인 것을 사고의 핵심에 둔다[35]—물론 철학은 비극이 더 실존주의적 방식으로 실행에 옮기는 것에 대한 사유로서 그것을 자기의식으로 높인다는 면에서는 예술 형식보다 유리한 점이 있다고 주장할 수도 있겠지만. 비슷한 방식으로 '세계정신'은 헤겔 자신의 사고가 정점에 이를 것을 요구한다. 정신Geist의 진화는 비극적 형식을 띠는데, 이것은 정신이 끈적거리는 결말과 만난다는 뜻이 아니다. 변증법은 반대와 통일, 상실과 상실 극복 양쪽의 문제다. "역사에서 '정신'의 위대함은", 헤겔은 말한다, "일차적으로 분리와 죽음, 희생과 투쟁에서 드러난다."[36] "모순·부정·희생·죽음은", 데니스 슈미트는 말한다, "정신의 생명에 아주 철저하게 스며들어 있고 그 생명에 아주 자연스러운 것이기 때문에 정신의 진실 자체를 규정한다……."[37] '세계정신'은 일탈과 오인의 과정을 거치며 목적인目的因, telos을 향한 여행을 계속한다.[38] 비극 예술에서 이런 실수와 막다른 골목의 역사는 마침내 우리에게 영원한 정의의 비전을 내놓을 것이다. 또 우리 안에서 충격·공포·공감보다는 교화적인 감정, 즉 도덕적 우주의 균형이 재조정되었다는 느낌으로부터 흘러나오는 고요를 키워 나갈 것이다. 헤겔의 눈으로 볼 때 이것은 갈등과 모순만큼이나 비극에 핵심적이다. 숭고한 것의 경우와 마찬가지로 우리에게는 불멸이라는 환상이 주어진다. 개인의 삶은 조각조각 찢겨나갈지 모르지만 '존재' 자체는 다행스럽게도 피해를 굳게 막아 낸 상태로 남아 있다. 우리는 프리드리히 니체의 글에서 이와 비슷하게 타나 토스에 승리를 거두고 환희에 젖는 광경을 보게 될 것이다. 비극과 숭고는 둘 다 야누스의 얼굴을 가진 형식으로, 우리가 죽음 충동에 빠져드는 동시에 그것을 넘어서게 해 준다.

횔덜린과 니체의 경우와 마찬가지로 헤겔의 경우에도 무한 한 것은 오직 부정의 외피를 쓰고, 개인적 삶의 한정적이고 일면적 인 본성과 대조를 이루는 것으로서 나타난다. 프리드리히 피셔의 『미학』은 이런 믿음을 한 단계 더 밀고 나간다. 그냥 한 개인으로 존재하는 것은 전체의 통일을 깨는 것이며, 따라서 익명의 죄를 짓 는 것이다.[39] 프리드리히 헤벨Friedrich Hebbel도 비슷한 의견을 개 진한다. 개체화는 '절대적인 것' 자체의 작업이지만, 개인으로 존 재하는 것은 전체의 자기 정체성을 침해하는 것이다.[40] 헤겔의 관 점에서 고대 그리스 비극의 인물들은 실체를 가진 윤리적 힘을 표 현하며, 우연이나 개인적 특이성에 무심한 세계 안에서 움직인다. 이런 인물들이 충돌하면서 드라마의 진정한 주인공, 즉 '정신' 또 는 윤리적 내용 자체에 순간적인 균열이 생긴다. 크레온과 안티고 네의 경우 두 쪽 모두 정당화될 만한 요구를 하지만 상대의 주장을 무효로 만들 경우에만 정통성을 확립할 수 있으며, 따라서 둘 다 죄가 있고 유효하지 않고 부당하다. 특정한 이해관계의 본성이 아 니라 타자의 이해관계를 침범한다는 사실이 문제다. 희곡 자체는 이런 갈등하는 힘들의 균형을 이룰 필요가 없고, 『안티고네』는 그런 점에서 특히 눈에 띈다. 그러나 우리는 그 힘을 표현하는 인물들의 파멸에서 새로 확인되는 '절대적인 것'을 인식하는데, 이는 부분적 지식에서 진실이 태어나는 것과 마찬가지다. 이제 우리는 영혼의 어떤 평정에 이를 수 있으며, 정신Geist이 상승하는 길에 투쟁과 역경이 필수적임을 인식한다. 역사는 목적이 텅 비어 있는 것처럼 보일 수도 있지만 은밀한 합리성이 역사를 인도하고 있다.

"비극에서는", 헤겔은 말한다, "영원한 실체를 가진 것이 화해의 양식 아래에서 승리를 거두며 정당성을 얻는다."[41] 크레온과 안티고네가 둘 다 몰락하는 것은 정의롭고 합리적이다. 이것으로 '정신'에 생긴 파열이 사라지기 때문이다. 힘들의 충돌로 영원한 정의에 순간적으로 금이 가지만 안정을 방해하는 개별적 권세들의 몰락으로 정의는 재확립된다. 이것이 브레히트의 『억척 어멈과 그의 자식들Mutter Courage und ihre Kinder』나 존 아든John Arden의 『머스그레이브 하사의 춤Sergeant Musgrave's Dance』은 말할 것도 없고 세네카의 『메데이아Medea』나 미들턴Thomas Middleton의 『복수자의 비극The Revenger's Tragedy』에 대한 설득력 있는 설명이라고 보기는 힘들다. 헤겔은 대부분의 비극 철학자와 마찬가지로 한정된 범위의 작품에서 일반 이론을 뽑아낸다. 조화가 복원될 수 있다면 그것은 부분적으로는—헤겔의 판단으로는—비극에 해결 불가능한 딜레마가 없기 때문인데, 현실의 삶에는 분명히 있다.[42] 피에르 코르네유Pierre Corneille의 드라마는 이 주장을 확인해 주는 예가 될 수도 있다. 『시나Cinna』에서 제목이 된 인물은 아우구스투스를 암살하면 반역자가 되지만 암살하지 않으면 에밀리아의 사랑을 잃게 된다. 그럼에도 희곡은 황제의 자비로운 용서로 즐거운 결말에 이른다. 『르 시드Le Cid』의 돈 로드리고는 아버지의 죽음에 대한 복수와 키메나에 대한 사랑 사이에서 선택을 할 수밖에 없고, 키메나 자신은 돈 로드리고에 대한 사랑과 로드리고가 죽인 아버지 돈 고메스에 대한 자식의 의무 사이에서 갈등한다. 결국 두 연인은 화해한다. 그러나 이런 경우에 완전히 다른 결말을 상상하거나, 어느 쪽으로 움직이든 타인에게 잠재적으로 치명적인 피해를 줄 가능성이 큰 상황을 예술에서 찾는 것(토머스 하디가 떠오른다)은 어려운 일이 아니다. 아르투어 쇼펜하우어는 "둘 다 완전히 잘못하는 것은 아닌데, 서로 얽힌 상황 속에서 자신의 처지 때문에 뻔히 알면서 눈을 뜬 채로 서로 가장 큰 피해를 주는" 극중 인물들에 관해 쓰고 있다.[43] 그러나 그들의 눈은 뜨여 있지 않을 수도 있고, 그들이 준 피해는 의도하지 않은 것일 수도 있다. 이와 대조적으로 헤겔은 문제가 있는 곳에는 반드시 해법도 있다는 대중적 오류에 걸려들었다.

　헤겔의 눈으로 볼 때 화해라는 면에서는 비극과 희극 사이에는 큰 차이가 없다. 오히려 희극은 비극이 끝날 때의 분위기, 즉 명랑한 분위기를 기조로 가져간다. 그렇다 해도 그는 역사의 도살장에서 눈길을 돌리지는 않는다. 반대로 인간 서사—아주 이따금씩만 행복의 페이지가 나오고, 그것도 대체로 사적 영역에 한정되는 도덕적으로 흉물스러운 책 한 권—에 대한 그의 관점은 분명하게 암울하다. 비극은 오직 수리가 가능한 한계까지만 '절대적인 것'의 통일성에 균열을 일으키는 것이 사실이지만 그 과정에서 상당한 혼란을 일으킬 수도 있다. '정신'은 편안한 길로 부정성을 통과하는 것이 아니라, 『정신현상학』 서문에 따르면, 부정성과 함께 "지체"하고, 즉각적 부활을 위해 노력하기보다는 지옥까지 내려갈 수밖에 없다. 헤겔은 우리에게 충고한다. 우리는 온 힘을 다해 죽음(모든 것 가운데도 가장 두려운)을 꽉 붙들어야 한다.

　　카이사르, 알렉산드로스, 나폴레옹 같은 이른바 세계사적 인물은 지나가는 길에 참화를 남기고 무고한 자들을 짓밟았다. 그러나 이 또한 자기실현을 향해 행군하는 '정신'의 작업이다. 어쨌든 우리는 역사의 피해자를 두고 너무 마음이 약해지지 말아야 한다. 비극은 지극히 평범한 공감에 한눈을 팔기에는 너무 고상한 일이다. "당신의 촌스러운 사촌은", 헤겔은 코웃음 친다, "언제든 이런 종류의 동정심을 느낄 준비가 되어 있다."[44] 적어도 여기에서 그와 프리드리히 니체는 생각이 똑같다. 이제 곧 보겠지만 니체는 무대에서 도륙당하는 사람들에게 조금도 동료애를 느끼지 않았으며, 헤겔도 대체로 마찬가지다. A. C. 브래들리는 『시 강의Lectures on Poetry』에서 헤겔이 인간의 괴로움에 관해서 한 말은 놀랄 만큼 적다고 논평한다. 여기에서 두 사상가는 아리스토텔레스와 똑같다고 덧붙일 수도 있을 것 같다. 그들에게는 화해의 기쁨이 동정이나 공포의 불편보다 앞선다. 동정심을 느낀다 해도 그 대상은 인물 자체가 아니라 그들이 표현하는 윤리적 주장일 뿐이다. 이 고양된 비전에는 소박한 불행이 들어설 자리가 거의 없으며, 순전한 우연의 자리는 당연히 전혀 없다. 비극은 우연성의 문제일 수 없다. W. B. 예이츠는 자동차 사고에서 비극적인 것을 전혀 볼 수 없었다.

헤겔이 특히 관심을 갖는 것은 개별적인 것과 보편적인 것 사이의 갈등이다. 이 갈등은 새로운 형태의 인간 공동체에서 해소될 필요가 있으며, 그런 공동체의 건설에는 비극이 해야 할 부수적 역할이 있다. 유럽의 부르주아지가 공동의 계급, 진정으로 보편적인 계급이 되고자 도전에 나선 것은 관념론과 낭만주의 시기이지만, 이런 요구를 그들의 개인주의와 화해시키기는 힘들다. 마르크스는 국가의 지나치게 추상적인 시민과 시민사회의 지나치게 개별화된 주체 사이의 갈등을 본다. 헤겔이 보기에 근대성은 윤리적 삶의 절대적 형식과 상대적 형식, 다시 말해서 정치적 국가의 보편적 영역과 개인적 요구나 권리의 영역—가족, 여성적인 것, 몸, 시민사회, 구체적이고 특수한 것의 영역—을 화해시켜야 한다. 『오레스테이아』는, 헤겔이 믿는 바로는, 친족의 가정적 권리와 분노의 여신들이 옹호하는 피의 동맹이 아테네 국가로 마침내 통합되면서 바로 그런 화해에 이른다. 그러나 헤겔이 보기에 그 주제를 완전하게 표현한 것은 모든 예술 작품 가운데 가장 훌륭한 『안티고네』인데, 헤겔은 이것이 피, 몸, 가족, 여성성, 개별성, 신성한 법에 대한 여주인공의 옹호와 크레온의 남성적이고 보편적인 국가 사이의 세계사적 충돌을 무대에 올린 것이라고 본다. 국가는 가정적 또는 사적 영역보다 정신적으로 진보한 구성체이며, 그 권위를 보존하는 것이 개인의 삶에 우선한다. 한 민족은 오직 국가를 방어하면서 기꺼이 죽는 것을 통해서만 진정으로 자신의 자유를 표현할 수 있다. 그러나 국가는 시민사회의 가정적 영역을 함부로 다룰 수 없으며, 이런 면에서는 안티고네가 옳다. 그렇다 해도 그녀의 입장은 당파적인 것이며, 따라서 크레온의 입장과 마찬가지로 완전히 지지받을 수 없다. 진리는, 헤겔은 주장한다, 전체에 있다. 그러나 아이러니는 이 또한 당파적 입장이라는 것이며, 늘 부정이 가능하다. 진리는 일면적이라고 주장하는 마르크스가 나중에 바로 그 일을 한다.

　화해라는 관념은 비극적 감수성에 이질적이라고 보는 괴테는 헤겔의 비극 이론을 미리부터 반대하고 있는 것처럼 보일 것이다. 괴테는 말한다, 모든 비극적인 것은 처리할 수 없는 대립에 있으며 해결이 가능해지는 순간 사라져 버린다.[45] 그 자신의 드라마는 비극적 정신에 저항하는 것으로 유명하다. 파우스트는 영혼에서 자신이 목격한 극악무도한 일들이 기적적으로 씻겨 나가면서 마침내 신의 은총으로 변형을 이룬다. 그가 구원을 받는다면 (라캉이 애용하는 표현대로) 욕망이라는 면에서 양보를 거부하기 때문인데, 그 욕망이란 무한한 성장과 무한한 운동을 향한 것이다. 그러나 그런 욕망과 연결되는 치명적인 결핍이 이 기획을 망치는 것은 허락되지 않는다. 『타우리스의 이피게니에』는 친절과 환대를 긍정하는 것으로 끝난다. 괴테의 『에그몬트』의 결말에서 죽음의 그림자는 주인공의 삶에 대한 열정을 증폭하는 데 기여할 뿐이다. 이 고요한 고전적 휴머니즘에는 궁극적 상실이나 패배가 있을 수 없다. 이 휴머니즘은 너무 무르익었고 충만하기 때문에 그 안정은 진짜로 흔들 수는 없다. 그러나 괴테가 근본적으로 헤겔이나 그의 동료들과 충돌하는 것은 아니다. 두 쪽 모두 화해적 분위기로 끝나는 종류의 드라마를 찬양한다. 단지 그것을 비극이라고 부를 준비가 되어 있느냐 아니냐의 문제일 뿐이다.

헤겔의 중요한 경쟁자 아르투어 쇼펜하우어에게 역사는 물론 합리적 설계를 드러내지 않는다. 쇼펜하우어는 역사를 오히려 지저분한 익살극으로 본다. 역사는 악의를 가진 '의지'의 작품인데, '의지'란 근대라면 욕망이라고 부르는 쪽을 선호할 수도 있는 맹목적 충동이다. 역사는 그러한 것으로서, "한동안 계속 그저 서로 삼키기만 하고, 불안과 결핍 속에서 생존해 가고, 종종 끔찍한 고통을 견디다 마침내 죽음의 품에 안기는 늘 궁핍한 피조물"이 우글거린다.[46] 이런 욕망, 치솟는 야망, 내분의 지저분한 서사는 비극의 지위에 오를 꿈조차 꿀 수 없다. 만일 이것이 그런 고상한 드라마를 준비한다 해도 우리는 그것이 우리에게 제시하는 영적 고귀함에 이를 기회를 망쳐 버리고 만다. "우리의 삶은 비극의 모든 비애를 포함할 수밖에 없지만", 쇼펜하우어는 말한다, "우리는 심지어 비극적 인물의 위엄을 내세우기는커녕 삶의 다양하고 세밀한 국면에서 불가피하게 희극의 어리석은 인물들일 수밖에 없다."[47] 역사는 아테네의 위엄이라기보다는 천박한 벌레스크burlesque다. "희비극 자체가 존재하는 이유를 조금이라도 아는 사람은 없다." 쇼펜하우어는 말한다. "관객은 없고 배우들 자신이 끝없이 걱정을 하며 얼마 안 되는, 그나마 부정적인 즐거움만 느끼기 때문이다."[48] 반소경의 채워지지 않는 욕망이 인간 희비극의 추동력이며, 사람들은 단지 그 욕망의 운반자나 하수인, 욕망의 무의미한 자기 재생산의 매개일 뿐이다.

쇼펜하우어는 말한다. "모든 **의지**는 결여로부터, 결핍으로부터, 따라서 고난으로부터 생겨난다."[49] '의지'는 존재의 핵심에 자리 잡고 있으며, 따라서 우리 몸 내부에서 우리가 다른 어떤 것을 아는 것과는 비교도 할 수 없을 만큼 직접적으로 느낄 수 있다. 그러나 그것은 또 파도를 흔드는 힘과 마찬가지로 이질적이고 익명이며, 우리의 행복에 전혀 관심이 없다. 우리의 욕망은 절대 우리의 것이라고 부를 수 없는 것이다. 우리는 의미 없음이 갖는 비활성의 견딜 수 없는 무게를 우리 존재의 원칙으로서 우리 내부에 지니고 다니는 셈이다. 늘 괴물을 잉태하고 있는 몸과 같다. 주체성의 어떤 왜곡이나 분열이나 소외가 문제가 아니라, 주체성이라는 범주 자체에 지금 치명적 결함이 있다. 이 의미 없는 기획 전체를 취소하는 것이 훨씬 낫다는 것은 쇼펜하우어에게는 더할 나위 없이 분명한 사실이며, 그것이 분명한 것은 절대 어떤 병적인 기질의 기벽 탓으로 돌릴 수 없는 이유들 때문이다. 그는 말한다. "다섯 살에 면사 방적 공장이나 다른 공장에 들어가 그때부터 매일 처음에는 열, 그다음에는 열둘, 마지막에는 열네 시간씩 앉아 똑같은 기계적인 일을 하는 것은 살아 숨 쉬는 기쁨을 너무 비싸게 구입하는 것이다."[50] 우리를 주관성이라는 감옥에서 구해 주는 것은 미적인 것이다. 이 최고로 공평무사한 조건에서는 모든 욕망이 우리에게서 떨어져 나가고 우리는 사물의 핵심을 들여다보게 된다. 마치 칸트의 물자체物自體, Ding-an-sich의 현존 속으로 안내되는 것과 같다. 귀중한 한 순간 우리는 순수하고 의지 없는 앎의 주체로 용해되면서 '의지'의 노예 상태에서 벗어나 욕망을 따돌리고 완전한 객관성의 상태에 이를 수 있다. 그럴 때는 라이너 마리아 릴케의 시 「레퀴엠Requiem」의 몇 줄을 떠올리게 된다.

> 당신의 눈길은 호기심에서 완전히 벗어나
> 소유욕이 완전히 사라지고, 매우 진실한
> 가난이 담기고, 심지어 당신 자신을 위한
> 어떤 욕망도 없었다, 아무것도 원치 않았다, 거룩하여라.

가장 축복받은 상태는 우리가 바라보는 것과 하나가 되는 것이다. 세상은 미적으로 바뀜으로써만 '의지'에서 해방될 수 있다. 이것은 욕망하는 주체가, 웅장한 그림이나 뛰어난 조각 작품 앞에서 환희에 젖는 사람처럼, 순수하고 자기 망각적인 통찰의 소실점으로 줄어드는 과정이다. 유일하게 덕이 있는 인간은 자신을 완전히 버리는 인간이며, 따라서 욕구와 광적인 자기 이익에 대한 이런 일시적인 승리가 누구에게 귀속될 수 있는지 말하기는 힘들다. 마치 칸트의 미적 무심 상태가 이제 필사적인 생존 전략이 된 것 같다. 그러나 그것은 또 죽음을 기분 좋게 미리 맛보는 것이기도 하다. 우리 자신에게서 일상적 삶을 벗겨 내는 과정, 우리 자신을 벗어 버려 완전한 부정성의 상태에 이르는 과정에서 우리에게 죽음으로부터 해를 입을 것이 전혀 남지 않았음을 깨달으면서 죽음 충동이 주는 즐거움을 경험할 수 있는 것과 마찬가지다.

따라서 미적인 것은 불멸을 미리 맛보는 것이다. 셰익스피어의 『자에는 자로』의 정신병에 걸린 바나딘처럼 죽음이 건드리기 전에 정신적 자살을 감행하여 죽음에게 선수를 치는 것이다. 주체는 오직 자기희생을 통해서만 구원을 얻을 수 있다. 우리는 마치 우리 자신이 세상을 인식하지 않으며 살아가는 것처럼 세상을 바라보아야 한다. 존재의 이런 경계 공간적 상태, 우리가 살아 있는 동시에 죽고, 감동하는 동시에 감동하지 않는 상태에서 우리는 숭고한 것이 가지는 지고의 무심함으로 역사의 정신병원을 굽어볼 수 있고, 인간적 장면을 연극의 그림자극으로 대할 수 있다. 이 그림자극에서는 고통받는 인간들의 비명과 울부짖음이 무대의 한가한 잡담으로 가라앉는다. 동시에 우리는 에고의 허구적 지위를 인식하게 되어, 그것을 불멸의 '의지'의 부차적 장치로 보게 된다.

그러면서 개인들 사이의 차이는 사라진다. 개성 원리 principium individuationis는 가면이 벗겨져 사기라는 실체가 드러난다. 당신의 정체성 중심에 있는 이질적인 것은 동시에 나의 정체성의 중심에도 있는 것이며, 따라서 자아들은 감정 이입적으로 교환

될 수 있다. 그 결과 자기중심주의가 상호 동정에 자리를 내주면서 미적인 것은 우리에게 인식론만이 아니라 윤리학도 제공한다. 아이러니지만 주체가 만물이나 만인과 자유롭게 감정이입을 할 수 있는 것은 그런 식으로 거리를 두고 있기 때문, 인간 역사의 피 묻은 난장판 위에 높이 자리 잡고 있기 때문이다. 주체의 감정이입은 말하자면 무관심의 문제다. 이제 곧 보게 되겠지만, 프리드리히 니체도 개인의 삶을 환각으로 간주한다. 그러나 그는 쇼펜하우어와는 달리 그것을 말 그대로 파괴하는 데 기쁨을 느끼며, 그렇게 하면서 윤리적인 영역을 넘어 약간 잔혹한 형태의 형이상학으로 밀고 들어간다. 그러나 개인의 실존이 근거가 없기는 하지만, 니체의 관점에서 볼 때 그것은 세상의 무익함에 베일을 드리우는 웅장한 신기루를 만들 수 있고, 그렇게 하여 실존을 견딜 만하게 바꾼다. 그가 아폴론적이라고 부르는 것이 이런 미적인 광경이다. 이와 대조적으로 쇼펜하우어에게는 이런 외적 꾸밈이 완전히 멍청한 짓이다. 미적인 것이 니체에게 실존의 참상을 정당화한다면 쇼펜하우어에게는 참상으로부터 빠져나가는 환영할 만한 탈출로를 제공한다. 니체에게 '존재'—디오니소스적인 것—의 본질은 긍정을 얻는 것이다. 쇼펜하우어에게 '존재'의 본질은 탐욕스러운 '의지'이며 이것은 물리칠 수 있다—그렇게 하는 행동이 단지 또 하나의 '의지'의 행사에 불과한지 아닌지는 분명치 않지만.

　　인간 존재의 희비극에 대한 쇼펜하우어의 반응은 체념의 형태를 띤다. 우리는 오직 실존하려는 맹목적 충동을 포기함으로써만 마땅히 살아야 하는 대로 살 수 있다. 겸손하게 탐욕 없이, 우리와 같은 피조물의 곤경에 대한 무한한 동정심에 사로잡혀. 만일 비극이 속죄를 포함한다면 그것은 주인공의 죄에 대한 것이 아니라 원죄에 대한 것인데, 원죄란 실존하는 죄를 말한다. 우리는 오직 '의지'를 거부함으로써만 그것을 극복할 수 있다. 그러나 이런 큰 희생을 치르는 승리의 대가는 놀랄 만큼 크다. 다름 아닌 주체성 자체의 소멸이다. 우리는 비극적 긍정과 초월로부터 멀리 떠나 있다. 물론 고양의 감정은 있지만 그것은 이제 평화로운 공존의 비전에서 나오는 것이 아니고, 물론 우주의 본질적 합리성에 대한 통찰에서 나오는 것도 아니다. 그것은 오히려 어떤 것도 결국은 중요하지 않다는 확신에서 태어난다. 비극은 일상의 삶을 넘어 어떤 영원한 영광의 영역으로 나아가기를 갈망하는 것이 아니라 모든 무익한 일을 경멸하며 등을 돌린다. 이제 자유와 필연 사이의 적대를 해소하려는 노력은 없다. 자유란 가짜에 불과하기 때문이다. 또 정의를 향한 아우성도 없다. 그 또한 사기이기 때문이다. 영웅적 자기희생도 똑같이 의미 없다. 자아와 세계는 우리의 존중을 받을 자격이 없으니, 애초에 귀중하게 여기지 않는 것은 희생할 수도 없기 때문이다. 또 여기에는 자기실현의 윤리가 들어갈 여지도 없다. 자기는 '의지'의 파도 위 포말에 불과하기 때문이다.

따라서 비극적 예술은 '의지'가 자기 의식으로 올라와 자신의 무목적성과 대면하는 한 가지 방식이다. 우리는 이 막강한 힘을 자기 분열 상태로 제시하여 그 무가치함을 인식할 수 있고, 그렇게 하는 과정에서 의지의 무관심과 비슷한 무관심 상태에 이를 수 있다. 무대에서 벌어지는 지저분한 일보다 우월한 것은 우리, 관객이지, 우리 열등한 인간을 그늘에 밀어 넣는 드라마의 굳센 인물들이 아니다. 비극은 실러, 셸링, 횔덜린, 헤겔이나 그들의 동료들의 글에서 진실, 정의, 자유의 최고 계시로 기려지자마자 쇼펜하우어의 압력을 받아 허무주의를 섬기게 된다. 그 영웅적 덕목을 되찾는 일은 프리드리히 니체에게 맡겨진다.

그러나 그에 앞서 쇠렌 키르케고르의 비극적인 것의 개념에 대한 사유가 있다. 키르케고르에게 비극은 마지막 진술이 아니다. 그것은 윤리적 영역에 속하며, 그의 판단으로는 실존의 숭고한 상태라는 면에서 종교적 신앙보다 낮은 수준이다. 따라서 『공포와 전율Frygt og Bæven』의 키르케고르는 아가멤논보다 아브라함을 높게 친다.[51] 결국 오직 신앙만이 비극이 풀고자 하는 모순과 함께 사는 길을 찾을 수 있다. 이 둘은 지적으로는 조화를 이루지 못한다 해도 실존적으로는 함께 묶어 놓을 수 있다. 갈등이 진정되거나 해소되지 않은 채로 남겨질 수밖에 없다고 가정하는 것은 잘못이다. 세 번째 가능성, 키르케고르가 붙드는 가능성이 있다—즉, 이론에서는 화해가 될 수 없는 대립이 일상적 삶의 실천에서는 임시로 용접될 수도 있다는 것.

쇼펜하우어가 삶을 부정하는 것으로서 비극을 찬양한다면, 니체는 비극이 디오니소스의 극이며 고대 그리스인의 예술 일반과 더불어 그들이 그런 허무주의적 비전 위로 올라서게 해 주었다고 주장한다. 그의 관점에서 비극적 비전이 예술 일반과 마찬가지로 삶을 고양하는 동시에 삶을 보존한다는 것은 우리가 이미 보았다. 그가 『우상의 황혼Götzen-Dämmerung』에서 말하듯이 예술은 비관주의의 질문이 아니라 비관주의에 대한 답이다. 고대 그리스인에게 그것은 우리를 인간 실존의 야만성으로부터 보호해 주는 예방약, 우리의 생존을 가능하게 해 주는 고상한 기만이다. 그것은 삶의 헛됨으로 인한 우리의 쇼펜하우어적 구토를, 마음을 사로잡는 일군의 이미지들로 전환해 주는 매개다. 우리는 지금 예술 작품이 형체 없는 현실에 어느 정도 질서를 부여해 준다는 모더니즘의 진부한 이야기로 가는 중이다. 니체에게 예술은 불가결한 형태의 허위의식이다. 그것은 이제 현실의 드러냄이 아니라 현실을 막는 보루다.

그러나 미적인 것은 단순히 환각이 아니다. 그것이 우리를 의식의 더 높은 상태로 데려다주기도 하기 때문이다. 그것은 아편제인 동시에 강장제이기도 하다. 니체가 『권력 의지』에서 주장하듯이 미적인 것은 삶으로 이끄는 위대한 유혹인 동시에 삶의 위대한 자극제로서 우리의 실존을 가능하게 하는 주요한 수단을 제공한다. 그것이 없으면 우리는 진리 때문에 소멸할지도 모른다—진리는 무엇보다도 진리가 없다는 것, 적어도 형이상학자들이 생각하던 진리는 없다는 것이기 때문이다. 비극은 카타르시스라기보다는 영적 치료다. 그것은 니체가 보기에 일상의 삶에 만연한 천박한 환각의 월등하게 우월한 버전으로, 근대는 거기에 이데올로기라는 이름을 부여할 수도 있다. 그러나 예술이 우월할지는 몰라도 니체는 대담하게 그것을 순전히 겉모습에 불과한 것으로 축소해 놓았으며, 그럼으로써 자신의 문명이 가장 소중히 여기는 가치 가운데 하나를 평가절하했다. 이런 의미에서 그는 관념론 전통으로부터 확실히 벗어나고 있는데, 다른 여러 면에서는 여전히 그 전통에 빚을 지고 있다. 예를 들어 비극을 세상의 비애에 대한 위안으로 보는 그의 관점은 그 전통의 화해 충동과 편하게 어울린다.

과학과 합리주의가 비극의 적이라면 그것은 대체로 과학과 합리주의가 우주를 공포, 우연, 혼돈, 수수께끼의 장소로 보는 비전을 거부하고, 따라서 세상은 납득되지 않는다는 재앙 같은 상황을 덮을 교화적인 허구의 필요성을 보지 못하기 때문이다. 그런 환상의 필요에 대한 니체 자신의 믿음은 어떤 도착倒錯과 관련된다. 잔혹과 곤경을 감추는 이미지에서 기쁨을 느끼려면 잔혹과 곤경이 필요하다는 것이다. 마취제가 유도하는 즐거운 꿈이 좋아 팔다리가 부러져도 기뻐하는 것과 비슷하다. 아름다움에는 번민이라는 기반 시설이 필요한 것처럼 보인다. 매우 관습적인 미학에서는 예술이 여전히 통일, 조화, 숭고의 문제인데 이런 미학은 인간 조건에 대한 대단히 암울한 설명과 결합된다. 헤겔에게 비극은 합리적이고 일관성이 있다. 그것이 현실의 근본적 성격이기 때문이다. 니체에게 비극은 우리한테 조화로운 이미지를 제시하는데 그 이유는 다름이 아니라 현실이 합리적이지도 일관되지도 않다는 것이다. 예술에서 해결은 삶에 해결이 없기 때문에 생긴다. 문명이 있으려면 야만도 있어야 한다. 따라서 니체의 비극 이론은 무엇보다도 정치적 알레고리다. 대중의 비참한 상황은 미적 엘리트가 번창하기 위한 필수 조건이다. 사실 니체는 이런 목적을 위하여 보통 사람들의 곤경이 줄어드는 것이 아니라 늘어야 한다고 주장할 만큼 뻔뻔스럽다.

라캉의 표현을 빌리자면 『비극의 탄생』은 외설적으로 즐거운 '실재계'의 유린으로부터 정신을 방어하기 위해 '상상계'(또는 아폴론적 이미지들의 영역)에 의지한다. 이 작업에서 니체는 '실재계'를 디오니소스적인 것으로, 나중에는 '권력 의지'로 부른다.[52] 자크 라캉의 세 번째 영역인 '상징계'는 니체의 사고에서는 별 관심을 받지 못한다. 초인의 옹호자는 비극적 드라마의 윤리적 또는 정치적 내용 같은 따분하게 관습적인 문제에는 허리를 굽히지 않기 때문이다. 그의 관점에서 예술은 인지적 형식이 아니며, 그래서 더욱더 찬양할 만하다. 따라서 비극은 공포, 죄책감, 벌, 정의, 가책 등 모든 평범한 개념으로부터 용서를 받는데, 그런 관념들은 무대가 아니라 교외 주택가에 더 어울린다.

아폴론적인 것이 쇼펜하우어의 표상 역할을 한다면 디오니소스적인 것은 니체의 '의지'의 등가물이다. 그러나 디오니소스적인 것은 '의지'보다 훨씬 양가적이며, 치명적인 힘을 무한한 충일과 섞어 놓는다. 라캉의 주이상스jouissance와 마찬가지로 그것은 에로스와 타나토스의 혼합물이다. 하지만 아폴론과 디오니소스는 서로 불화할 뿐 아니라 상호의존적이기도 하다. 우선 디오니소스적인 것은 그 나름의 아폴론적인 자기 가장假裝을 낳는데, 이것은 프로이트의 관점에서 에고ego와 수퍼에고Superego가 둘 다 통제 불가능한 이드id에서 힘을 끌어오는 것과 비슷하다. 니체의 눈으로 볼 때는 우주 자체가 계속 유혹적 이미지를 만들어 내는 디오니소스적 예술가이며, 그 결과 기만은 우주의 구조 자체에 내재해 있다. 또 한 가지, 만일 아폴론적인 것이 디오니소스적인 것의 결과라면 아폴론적인 것은 디오니소스적인 것을 완전히 위장하기보다는 그것의 흔적을 담고 있다. 지크문트 프로이트에게 꿈이 그럴 듯하게 세련된 형태로 무의식의 무정부주의적 진실의 어떤 면을 드러내는 것과 비슷하다. '실재계'가 표현되는 것은 환상 속이다. 게다가 디오니소스적인 것에는 아폴론적인 것의 통일성과 자기 규율이 필요하다. 초인이 자신의 일상의 자아를 두들겨 미적으로 만족스러운 형태로 만들어서 자아의 혼돈을 정복하는 것과 비슷하다. 따라서 디오니소스적인 것이 아폴론의 언어를 사용하고, 아폴론이 디오니소스의 표현을 쓰게 된다. 현혹되는 동시에 분별하고, 눈이 먼 동시에 통찰력 있는 구경꾼의 관점에서 두 영역은 구별되지 않는다.

아폴론적인 것은 디오니소스적인 것 위에 베일을 드리울 수 있지만 동시에 가늠할 수 없는 지혜에 대한 통찰을 허락한다. 아폴론적인 것의 영역에서 우리는 시간, 변화, 갈등 바깥의 축복받은 순간을 옹호한다. 디오니소스의 영역에서는 갈등과 혼란이 절대 끝나지 않는다. 어떤 의미에서 세계의 진실은 변화 가능성인데, 비극은 이것을 개탄하곤 했지만 니체는 찬양한다. 다른 의미에서 진실은 근본적으로 아무것도 변하지 않는다는 것이다. 유혈과 잔혹은 항상적이며 형태만 아주 다양할 뿐이다. 치명상과 상호 적대는 '존재' 자체의 구성 요소다. 그래서 헤겔에게는 미안하지만, 실존 자체에서는 근본적 화해가 있을 수 없다. 그것이 낳는 예술에서 환각적 화해가 있을 뿐이다.

아폴론적인 것은 디오니소스적인 것의 공포를 승화하여 그 황홀을 세련되게 다듬고 영원한 혼돈에 질서를 강요한다. 또 자아에게도 질서를 강요한다. 우리가 통일된 행위자라는 허구로 우리를 속이고, 그 결과로 우리는 건설적인 행동을 할 수 있다. 그렇지 않으면 우리는 우리도 모르는 사이에 인간 역사의 이름으로 진행되는 비상식, 자기 유린, 정신병의 섬뜩한 연대기에 어느새 마비되고 말 것이다. 프로이트의 관점에서 에고는 이드를 상대할 때 비슷한 역할을 한다. 따라서 무의미는 회복되어 의미가 된다. 디오니소스가 술꾼에서 몽상가로 변하는 것과 마찬가지다. 니체가 우주는 오직 미적으로만 정당화될 수 있다고 주장할 때 그가 염두에 둔 것이 이것이다. 이와 대조적으로 쇼펜하우어의 경우에는 미적인 것의 거리를 두는 렌즈를 통해 볼 때에만 세상이 전혀 정당화될 수 없다는 것을 인식할 수 있다.

니체의 경우 비극에 비할 바 없는 가치를 부여하는 것은 무대위 인물들의 번뇌가 아니라 구경꾼의 흔들리지 않는 눈길이다. 우리는 비극적 행동의 목격자로서 기뻐 어쩔 줄 모르며 죽음 충동에 우리 자신을 내주는 순간 그 충동을 속이고 영생에 대한 유아적 환상을 맛본다. 동시에 쇼펜하우어의 구경꾼처럼 시간을 벗어난, 의지도 없고 장소도 없는 순수한 명상의 중심으로 이동하여 추하고 볼품없는 것이 그보다 자비로운 특징들과 함께 긍정해야 할, 강력한 우주적 게임의 불가결한 측면임을 인정하게 된다. 다시 한번 비극은 신정神政의 한 형태다. 고통 없이는 지복이 있을 수 없고, 시듦 없이는 개화가 있을 수 없고, 자해 없이는 주권이 있을 수 없다. 모든 진정한 예술의 뿌리에는 괴로움이 있다. 비극적 예술가는 적극적으로 고난을 찾아 나서며, 인간 실존에서 의심스럽고 무시무시한 모든 것을 긍정한다. 비극은 가장 달콤한 잔혹성이다. 삶이 당신을 상대로 막강한 무기를 많이 배치할수록 더 경건하게 삶에 경의를 표해야 한다. 고통과 자기 억압은 니체에게 초인 도래의 필수적 서곡이며, 이것이 그것들을 내칠 수 없는 한 가지 이유다. 여기에서는 열렬한 목적론이 작동한다. 하지만 현재의 역경은 단지 미래의 영웅주의의 서곡만이 아니다. 니체는 또 지금 여기에서 그것을 음미하는 섬뜩한 모습을 보여 준다. 헤겔이 인간 곤경을 비하하는 관점을 가진다면 니체는 그것을 환호하며 맞이한다. 그는 『즐거운 학문』에서 말한다. "자신의 천국에 이르는 길은 늘 자신의 지옥의 관능성을 통과한다."[53]

고난은 다른 모든 유익도 있지만 무엇보다 성격 형성에서 중요한 역할을 하는데, 이것이 니체가 연민, 공포, 동정이라는 정서를 여자에게나 어울린다며 경멸하는 이유다. "그는 비웃는다. 모든 종류의 괴로움을 장애로, 폐지해야 할 것으로 생각하는 것은 대단히 순진한 짓이다."[54] 사람들이 갈기갈기 찢기는 것을 보는 데서 얻을 수 있는 격한 즐거움이 있다. 우리가 비극적 주인공의 고뇌에서 받는 고통은 그의 소멸을 보며 느끼는 행복과 비교되지 않는다. 니체는 주장한다. 고대인은 타인에게 괴로움을 주는 것을 첫째가는 황홀로 보았으며, 신들에게 제공할 향료로 잔혹의 즐거움보다 더 맛있는 것을 알지 못했다. 장난스럽고 자신을 즐거워하고 전혀 의미를 두지 않고 풍요가 넘쳐나는 디오니소스 정신은 포틀래치* 행사처럼 무모하게 자기를 방기하는 태도로 자신의 가장 높은 수준의 예들 조차도 기꺼이 희생해 버린다. 결국은 훨씬 더 훌륭한 표본이 나타날 것이라는 즐거운 자신감이 있기 때문이다.

"기쁨이야말로 비극적이다." 스승의 충실한 추종자인 질 들뢰즈는 말한다.[55] "비극은 죽는 사람에게는 기쁨이 틀림없다." 오거스타 그레고리Augusta Gregory는 말한다.[56] 말로의 포스터스나 괴테의 베르테르에게는 놀라운 것으로 다가올 수도 있는 정서다. 니체는 말한다. 비극적 주인공은 "의지의 가장 수준 높은 표현으로서 우리의 기쁨을 위하여 부정당한다. 그가 하나의 현상에 불과하기 때문이고, 의지의 영생은 그의 멸절에 영향받지 않기 때문이다."[57] 주인공의 몰락은 '존재'나 '생성' 자체의 파괴할 수 없는 본성을 드러내는 것으로, 이것은 쇼펜하우어의 '의지'와 마찬가지로 자

---

*   potlatch. 북미 인디언 사이의 선물 분배 행사

신의 덧없는 표현에 무관심하며, 가없는 다산성 덕분에 자신이 낳는 풍성한 생명 형태를 얼마든지 죽음에 바치겠다고 제안할 여유가 있다.

니체는 아마도 현대 기독교를 때린 가장 웅변적인 채찍일 것이다. 그는 기독교를 병적이고 삶을 부정하는 신앙으로 보는데, 기독교에서 고난이 구원이라고 생각하기 때문이다. 그 자신의 허세 넘치는 표현을 빌리면 시대는 디오니소스와 '십자가에 못 박힌 자' 가운데 하나를 선택해야 한다. 그래도 기독교의 금욕적 이상은 간단히 일축해 버릴 수 없다. 아무리 수상쩍다 해도 그것은 한창 때는 고통과 곤경을 의미와 함께 투입하여, 죽음과 거래하는 허무주의로부터 인간 존재를 보존하는 역할을 했다. 따라서 삶은 자신의 부정을 통하여 교활하게 자신을 촉진한다. 자기혐오와 자기 고문은 종을 유지하는 데 그 나름의 역할을 했다. 그러나 고통을 찬양하는 노래를 부르는 것은 니체이고 고통을 악으로 간주하는 것은 그가 경멸하는 기독교라는 것이 진실이다. 슬라보이 지제크는 니체가 "고난과 고통을 구원에 이르는 유일한 길로서 완전히 받아들였다"는 점에서 기독교와 가깝다고 주장하는 잘못을 저질렀다.[58] 진실은, 니체는 고난을 긍정적으로 보는 반면 신약은 그렇지 않다는 것이다. 복음서 어디에서도 예수는 병자에게 자신의 상태에 체념하라고 조언하지 않는다. 반대로 눈이 멀거나 다리를 절거나 미친 것이 사탄이 한 짓이라고 보는 듯하며 그들을 고치는 데 많은 시간을 바친다. 그는 겟세마네 동산에서 자신이 십자가에서 받을 임박한 괴로움을 생각하면서 공황에 빠진다. 니체의 관점에서 고난은 삶의 풍요를 누리려면 긍정해야 하는 것인 반면, 신약의 경우 병과 삶의 풍요는 양립할 수 없는 것임이 분명하다. 만일 고통과 곤경이 피할 수 없다는 것이 드러나면, 그리고 거기에서 뭔가 긍정적인 것을 뽑아낼 수 있다면, 그거야 어쩔 수 없다. 그런 도덕적 연금술은 많은 비극적 행동의 특징이다. 하지만 어떤 덜 역겨운 방식으로 가치가 창조될 수 있다면 그게 나을 것이다. 악에서 선이 나올 수도 있다는 것은 두 가지 의미에서 비극적이다. 그것은 비극이 삶을 긍정하는 것이라고 생각하는 사람들에게 비극 자체를 묘사하는 말일 수 있다. 또는 행복에 그렇게 비싼 값을 치러야 하는 세상에는 뭔가 뒤틀린 게 있다는 의미에서 비극적일 수도 있다. 신약은 후자의 진영에 속하는데, 신약에서는 세상에서 어긋난 것을 죄나 사랑의 결여로 받아들인다.

니체의 관점에서 아폴론과 디오니소스라는 두 가지 원리가 어느 정도 균형을 이루는 것은 가끔만 가능한 일이다. 아폴론적인 것의 유혹은 완전히 덧없는 것이다. 그것은 개별적인 것의 영역을 나타내는 반면 디오니소스적인 것은 그 모든 특수성을 '생성'의 쉼 없는 흐름 속에 용해해 버린다. 따라서 그 둘 사이의 갈등에서 중요한 것은 구원의 환상과 재미없는 현실 사이의 충돌일 뿐 아니라 헤겔의 경우와 마찬가지로 개별적인 것과 보편적인 것 사이의 모순이기도 하다. 그러나 니체의 눈으로 볼 때 해결이 가장 까다로운 문제는 이것이 아니다. 개별적인 것은 애초에 허구에 지나지 않기 때문이다. 그것이 '전체' 속에 용해되는 것은 행복한 일이지, 순교자의 경우처럼 고통스러운 자기 버리기의 문제가 아니다. 순교자는 자신의 죽음을 다른 사람에게 선물로 기부하지만 니체의 비극적 사상에는 그런 도덕적 또는 정치적 영역이 없다. 그의 윤리적 의제에서 자기를 주는 것은 높은 자리에 있지 않다. 고통스러운 것은 자기를 버리는 것이 아니다. 애초에 그것은 별 가치가 없기 때문이다. 고통스러운 것은 자기가 나타나게 되는 개체화 과정이다.

인간 실존의 잔혹성을 즐기는 것은 식상한 중간계급 진보주의를 경멸하는 것이지만 동시에 모든 비겁한 허무주의를 버리는 것이기도 하다. 비극적 정신은 사회개혁주의자에 대한 모욕이지만 동시에 대중을 감염시킬 수도 있는 비관주의의 장려를 거부하기도 한다. 사람들은 평균적 시민이 다다를 수 없는 환희를 경험할 수 있지만, 이런 환희에 대해 역시 자신의 능력을 넘어서는 대가를 지불할 용기가 있어야 한다. 따라서 니체는 박약한 낙관주의에 주도권을 넘기지 않고 쇼펜하우어의 우울을 피할 수 있는데, 그가 그렇게 할 수 있는 것은 비극 개념 덕분이다. 그는 『이 사람을 보라Ecce Homo』에서 말한다. "나는 나 자신이 첫 번째 비극적 철학자라고, 즉 비관주의적 철학자의 정반대이자 대립물이라고 이해할 권리가 있다."[59] 우리는 소크라테스라는 인물에서 철학이 비극의 죽음에서 태어난 것일 수도 있다는 점을 살펴보았다. 이제 니체라는 인물에서 철학은 이 기원으로 돌아가 철학 나름의 앎의 양식보다 비극적 비전이 우월하다고 선언한다. 만일 이것이 그 자체로 이론적 통찰이라면 이것은 자신의 죽음을 당당하게 선언하는 사상의 형태에 속한다. 니체가 자신을 계속 철학자라고 부르는 것은 사실이다. 이는 하이데거, 자크 데리다를 비롯해 그의 발자취를 따르는 일련의 반형이상학파도 마찬가지다. 그러나 시와 철학 사이의 장벽이 결정적으로 파괴되면서 철학자라는 말은 이제 플라톤과 칸트에게 의미한 바를 의미하는 것이 아니다.

니체는 놀랄 만큼 전위적인 사상가로서 회의주의, 상대주의, 투시주의, 영속적 혼란을 받아들일 각오가 되어 있으며, 단단한 기초와 형이상학적으로 절대적인 것들을 명랑하게 포기한다. 그러나 이 모든 것은 대담성과 영웅적 극기라는 전통적 귀족 가치에 대한 찬양과 양립할 수 있다. 이와 더불어 형언할 수 없는 것과 대면할 남성적 각오 또한 찬양하는데, 그 기초에는 이런 대면이 절대 사람을 낮출 수 없다는 즐거운 인식이 있다. 급진적 인식론은 반동적 정치에 동원된다. 자아가 세계 일반과 마찬가지로 형태가 없는 것이라면 그것을 힘차게 두드려 모양을 잡아야 하는데, 이것은 군인 스타일 엘리트의 금욕적인 자기 규율을 요구하는 기획이다. 이것은 비극적 예술만이 아니라 비극적 문화의 재탄생을 알리는 사업이다―이성에서 신화로, 과학에서 상징주의로 돌아서면서 한낱 인지가 '존재'의 신비를 꿰뚫고 실존의 영원한 상처를 치유할 수 있다는 합리주의적 망상을 거부하는 것이다. 과학, 평등, 민주주의, 페미니즘, 사회주의혁명을 비롯한 근대 데카당스의 경멸할 만한 증상들에 맞서 아무리 유해해 보이더라도 만물에 "그렇다" 하고 말하는 예술로 돌아가야 한다. 그렇다면 비극적 문화는 잔혹과 위계, 고요와 활기, 지배의 즐거움과 마음의 무모한 관용, 강자의 아량과 약자 탄압의 문화가 될 것이다. "비극으로 돌아가라!"는 구호로서 보자면 도착된 느낌을 주지만, 전쟁이나 집단학살이 아니라 정신적 영광을 생각하고 있다면 그렇지 않다. 일반적으로 말해서 비극의 철학자들은 그렇게 하는 데 어려움을 느끼지 않았다.

마르틴 하이데거는 신들의 귀환, 신화의 재연, 비극적인 것의 재탄생이 합리주의와 테크놀로지로 엉망이 된 시대에 유일한 구원으로 드러날 것이라고 믿은 또 한 사람이다. 이런 황량한 체제, 오이디푸스 자신처럼 스스로 눈이 멀고 또 지식에 대한 욕정에서 그와 마찬가지로 파괴적인 체제와 직면한 상황에서 후기 하이데거에게 고대 그리스 비극은 인간성의 근본적 소외, 운명에 대한 인간의 개방성, 인간 실존의 시, '존재'의 가없는 심연을 환기하며, 비극적인 것은 이런 것을 최고 수준에서 드러낸다.[60] 사실 하이데거의 관점에서 비극은 가장 심오한 철학적 사유로 우리에게 위험하고 폭력적이고 운명적이고 고향 없고 불가사의한 '인간' 이미지를 제시한다.

　　그러나 미래에 어떤 쓸쓸한 희망을 품고 있다고는 해도 하이데거는 전통의 끝에서 쓰고 있다. 근대 후기에 이르면 이제 비극적인 것에 대한 긍정적 평가는 문제 제기를 받을 수밖에 없다. 물론 아주 많은 사상가가 예술 일반을, 특히 비극을 화해의 최고 형식으로 계속 찬양한다. 이 가운데 어떤 것도 죄르지 루카치의 초기 에세이 「비극의 형이상학Metaphysik der Tragödie」에서 비극적인 것이라는 관념에 보낸 화려한 찬사를 뛰어넘기는 어려울 것이다. 여기에서 비극은 역사 자체보다 강력한 현상으로 거대하게 떠오른다. 비극적 비전만이 궁극적 진리의 현현으로서 인간 실존에 의미를 주입한다. 비극적 위기의 순간에만 우리에게 모든 경험적 또는 심리적 우연을 쳐낸 순수한 자아 경험이라는 특권이 주어진다. 비극 예술은 다름 아닌 '존재' 자체가 자기를 드러내는 것, "인간의 구체적이고 핵심적인 것이 현실이 되는 것"으로,[61] 인간 노력의 정점이며 신비한 황홀경의 계기다. 루카치가 니체와 하이데거의 길에 서서 비극의 재탄생을 열렬히 고대하는 것도 놀랄 일은 아니다.

다른 20세기 저자들도 비슷한 논조를 보여 준다. "'탄식'은 오직 '찬양'의 영토에서만 걸어 다녀야 한다." 릴케는 『오르페우스에게 바치는 소네트Die Sonette an Orpheus』에서 그렇게 쓰면서 니체 스타일로 고난과 승리를 연결한다. 소설가 올더스 헉슬리는 비극이 소멸하는 것을 허용하기에는 너무 귀중하다고 주장한 반면[62] 비평가 케네스 버크Kenneth Burke는 『반박Counter-Statement』에서 비극적 드라마 자체는 죽었을지 몰라도 비극적 정신은 계속 살아 있다고 주장한다.[63] 그 정신이 살아남은 것 자체가 가치의 원천이라고 본다. 조지프 우드 크루치에게 비극은 "인간을 비애와 화해시키며" 어떤 고난의 광경도 침해할 수 없는 인간 정신의 고귀함에 대한 흔들리지 않는 믿음을 드러낸다. "우리는 줄리엣이 죽는 것이 또 리어가 쫓겨나 폭풍우 속으로 들어가는 것이 기뻐야 하고 또 기쁘다."[64] 오이디푸스의 죽음은 그것이 표현하는 영혼의 위대함에 비추어 하찮게 여겨진다. 크루치의 경우, 무미건조하게 위생 처리하는 이론가 계보에 속한 사람들 전체와 마찬가지로, 비극은 "삶을 바라보는 한 방식"을 대표하며, "그 덕분에 삶에서 고통은 사라진다."[65] 비극의 목적은 인간의 비참이라는 현실을 이용하여 실존으로부터 약간의 기쁨을 짜내는 것이다. 그런데 묘하게도 그는 곧이어 비극이 위로를 주는 허구에 불과하다고 고백하여 자신의 주장을 약화하는 길로 나아간다.

"비극에 부정적인 면이 없다거나 한 것은 아니다." 다른 비평가는 아이러니를 조금도 섞지 않고 말한다. 마치 비극에 대한 찬사를 늘어놓은 뒤 이제야 간신히 비극이 죽음과 참사를 다룬다는 사실을 기억한 듯하다.[66] 극작가 아서 밀러는 비극은 희극보다 낙관적인 장르로서 그가 "인간 동물에 대한 구경꾼의 가장 밝은 의견"이라고 표현한 것을 강화해 준다는 놀랄 만한 의견을 내놓는다.[67] 비극적 영웅의 행동 뒤에는 인류가 완벽해질 가능성에 대한 믿음이 놓여 있다. 비극은 희망을 거래하는 것이 분명하다. 주인공이 자신과 대면하는 힘에 승리할 수 없다면 우리에게는 파토스와 비관주의만 주어지기 때문이다. 그러나 이것은 밀러의 드라마와 쉽게 어울리는 관점은 아니다.

고전주의 고대로부터 미국의 신비평에 이르기까지 통합된 전체 속에 부분이 용해되는 통일된 예술 작품이라는 신조는 놀랄 만큼 끈질기다는 것이 드러났다. 놀랍게도 20세기 초에 이르러 유럽 아방가르드가 등장하고 난 뒤에야 이 교조는 어느 정도 규모로 논박이 이루어진다. 이제 불협화라는 관념이 기조를 이루며, 가장 훌륭한 이론가는 하이데거의 큰 적 테오도어 아도르노다. 아도르노는 아우슈비츠의 그늘에서 글을 쓰는데, 그의 생각으로는 비극이 인간 고난에 모양이 잡힌 형식을 부여하여 그것을 배신할 위험이 있다. 비극은 의미 없는 것에 의미를 억지로 떠안겨 그 잔혹성을 줄이는 데 성공할 수 있을 뿐이다.[68] 그 뒤에 어떤 논평가는 더 모호하게 "고난에서 의미를 찾는 것과 찾지 않는 것은 똑같이 위험하다"는 의견을 내놓는다.[69] 아도르노가 그렇게 큰 빚을 지고 있는 프로이트에게도 여러 힘 사이의 최종적 화해는 있을 수 없다. 에로스는 타나토스와, 쾌락 원리는 현실 원리와 협약을 맺을 수도 있지만 절대 평화적으로 공존하지는 못한다. 인간 주체는 자기 동일적이기보다는 분열되어 있다. 유아기의 격동에 대한 결정적 승리는 있을 수 없다. 우리는 그저 최선을 다해 그 결과를 감당하며 살 수밖에 없다. 문명은 비극의 해독제라기보다는 그 예에 가깝다.

　　마찬가지로 철학자 게오르크 지멜Georg Simmel은 에세이 「문화의 개념과 비극에 관하여Der Begriff und die Tragödie der Kultur」에서 훈계하는 어조로 문화가 주체와 객체 사이의 조화로운 종합을 약속하지만 인간 정신은 여전히 진정되지 않는다고 주장한다. 문화가 만들어 내는 객체들은 그 나름의 생명을 얻으며, 이것은 나중에 돌아와 마르크스의 소외 이론에서처럼 그 창조자를 속박한다.

비극은 기본적으로 물신화다. 삶이 자체를 완성하는 형식은 동시에 비활성의 객체성으로 삶을 배신한다. 문명은 자기 전복적이며 자체의 내적인 모순에 의해 파멸한다. 자기실현은 불가피하게 뒤집혀 자기 상실이 된다. 지멜은 불평한다. "문화의 안에는 존재하는 첫 순간부터 마치 내재한 운명 때문인 듯, 자신의 가장 내부에 있는 목적을 스스로 방해하고 거기에 부담을 주고 그것을 모호하게 만들고 분열시키기로 결심한 뭔가가 있다."[70]

그 뒤 20세기가 전개되면서 비극의 긍정적 성격에 의문을 제기하는 목소리들이 합창으로 점점 커진다. 오스발트 슈펭글러 Oswald Spengler의 『서구의 몰락 Der Untergang des Abendlandes』에서 예술 형식은 영웅적 영광이 아니라 일시적 발전의 역전 가능성과 문화적 몰락의 불가피성을 의미한다. 『구원의 별 Der Stern der Erlösung』에서 프란츠 로젠츠바이크 Franz Rosenzweig는 '절대적인 것'을 기준으로 살아간다는 것을 비극적 이상으로 여기지만, 이것은 오직 성자에게만 가능한 성취라는 회의적 태도를 드러낸다.[71] 『독일 비극적 드라마의 기원』의 발터 베냐민에게 고대 그리스 비극의 해소는 보잘것없지만 동시에 잠정적이고 문제적이라는 점에서 주목할 만하다. 그러나 그의 연구가 다루는 독일의 비극 Trauerspiel은 세계의 헛됨에 대한 루터적인 느낌에 시달리기 때문에 그런 구원을 얻는 종결은 전혀 모른다. 독일 비극은 관객에게 고양된 기질보다는 우울한 기질을 부추기며 행복은 내세의 전유물이라고 충고한다. 베냐민의 동료 베르톨트 브레히트는 비극적 운명이라는 개념에서 사람들을 정치적 침묵으로 묶어 놓으려는 지배계급 이데올로기를 발견한다. 그 자신의 에피소드적이고 결말이 열린 연극 형식은 이런 운명론에 이의를 제기하기 위해 기획된다.[72]

알랭 로브 그리예Alain Robbe-Grillet는 「자연, 휴머니즘, 비극 Nature, Humanisme, Tragédie」이라는 에세이에서 비극적 부조리라는 알베르 카뮈의 개념은 의미 대신 무의미를 되찾는 기만적 장치 역할을 한다고 불평한다. 비극은, 로브 그리예의 주장으로는, 도덕적 맥락에서 '자연'과 인간 사이의 거리를 보려는 필사적 시도로, 이 거리를 단순히 하나의 사실이라기보다는 불안과 소외의 문제로 다룬다.[73] 하지만 거리는 분리가 아니다. 이 조건에서, 그의 주장에 따르면, 부족이나 결핍─고통스러운 균열이나 존재론적 공허나 불길하게 부재하는 신─이 전혀 없다는 것은 분명한 진실이다. 신의 죽음이 문제가 될 때 비극은 이 문제를 신의 비존재가 아니라 자신의 피조물에 대한 아리송한 응답 거부로 인식한다. 단순한 부재가 가짜 깊이로 가득 차 있다. 비슷한 맥락에서 롤랑 바르트는 "비극적 예술은 인간의 고통을 '되찾고', 그것을 필연성이나 지혜나 정화의 형태 안에 포괄하는, 따라서 정당화하는 수단으로 (…) 비극보다 음험한 것은 없다"고 비난한다.[74] 사실 세상에는 『체인즐링The Changeling』이나 『타이터스 앤드로니커스Titus Andronicus』보다 음험한 것이 아주 많지만, 그럼에도 바르트의 신랄한 말은 신선하다. 현대 유럽 문화에서 비극적인 것의 무자비한 이상화에 익숙한 사람은 누구라도 그 솔직함을 높이 평가할 것이다.

테오도어 아도르노는 "성공적인 [예술] 작품은 (…) 객관적 모순을 겉으로만 그럴싸한 조화 속에서 해소하는 것이 아니라 순수하고 비타협적인 모순을 가장 중심부의 구조에서 구현하여 조화라는 관념을 부정적으로 표현하는 것"이라고 논평한다.[75] 비슷한 맥락에서 존 하펜든John Haffenden은 윌리엄 엠프슨이 『중의성의 일곱 유형Seven Types of Ambiguity』에서 "마치 어떤 문학적 소화불량의 표현이기라도 한 것처럼 중의성을 해결하려는 게 아니라 시의 다의성, 혼합된 의미들의 씨실과 날실을 찬양한다"고 지적한다.[76] 자크 라캉은 비극적 화해라는 헤겔적 관념을 폄하하면서 비극이라는 주제는 헤겔에게서 가장 인상적이지 않은 부분이라고 말한다.[77] 라캉이 지상에 보낸 사절인 슬라보이 지제크 또한 그런 종합을 경멸한다. 그의 관점에서 비극은 서로 비교 불가능한 입장의 폭력적 충돌을 연출하며, 그러한 것으로서 합리적 협상이나 윤리적 합의와는 거리가 멀다.[78] 아일랜드 철학자 윌리엄 데즈먼드 William Desmond는 비극에서 "당황하여 어쩔 줄 모르는 궁극적 형식 가운데 하나"를 발견하고 비극적 지식이 "존재의 기본적인 이해 가능성, 아니 가치에 대한 모든 순진한 믿음을 박살"낸다고 본다. 그것은 "상실이 만물에 스며들 가능성을 절실하게 느끼게 해주는" 의식의 한 형태이며,[79] 그러한 것으로서 철학의 손아귀를 피해 간다. 니체는 우리가 보았듯이 비극적인 것이 철학적인 것에 앞선다고 본 또 한 명의 사상가지만, 그것은 비극이 그의 정신에서 더 깊은 것들에 관해 말해 주기 때문인 반면 데즈먼드에게 비극적인 것의 트라우마는 그런 사유의 입을 닫아 버린다.

공교롭게도 실러, 셸링, 횔덜린과 그들의 동료들이 제시한 모델과 일치하는 비극적 드라마의 예가 거의 없다는 점은 주목할 만하다. 조슈아 빌링스는 비극만큼 강렬하게 이론화된 예술 형식은 없다고 지적하지만, 이론과 실천 사이에 그런 노골적인 불일치를 드러내는 형식도 없다고 덧붙일 수 있을 듯하다.[80] 레이먼드 윌리엄스는 "봉건제 이후 비극에 관한 관념에서 가장 주목할 만한 사실은 그것이 실제 비극을 쓰는 작업에서 이루어지는 주요한 창조적 발전과 거리가 있다는 것"이라고 말한다.[81] 프로메테우스에서 에이허브 선장에 이르기까지 영웅적인 불굴의 용기로 운명에 체념하면서 그 안에서 자비로운 '절대적인 것'의 은밀한 작용을 보는 비극적 주인공은 거의 없다. 만일 이것이 그 형식을 결정하는 것이라는 이유로 플라톤은 그런 시 전체가 도덕적·정치적으로 전복적인 것이라면, 이의제기나 불경이나 비관주의나 감정적 자기 방종이나 불안정한 정체성이나 고삐 풀린 열정의 원천이자 영혼의 합리적 조화에 대한 위협이라는 이유로 검열을 해야 한다고 주장할 필요가 없었을 것이다. 사실 실러나 셸링이 말하는 비극적 영웅의 정신 상태는 어떤 외적 힘으로도 위태롭게 할 수 없는 영혼의 평형을 소유하고 있어 좋은 삶에 대한 플라톤의 이상과 거리가 멀지 않다.

미셸 겔리치Michelle Gellrich는 『비극과 이론Tragedy and Theory』이라는 제목의 귀중한 연구에서 수백 년에 걸친 비극적 드라마의 이론이 그것의 실행에 위생 처리를 하고, 그 도덕적 격분을 무력화하고, 갈등을 억누르고, 미덕이나 합리성이나 사회적 조화에 대한 온건한 호소로 파괴성의 뇌관을 제거하고, 텍스트 자체에서 일련의 아포리아와 중의성을 깔끔하게 정리하려 했음을 보여준다.[82] 비극의 철학은 실천의 디오니소스에게 아폴론 역을 했다, 라고 주장할 수도 있을 것이다. 아리스토텔레스는, 겔리치는 말한다, 이 형식의 논쟁적 특징들에 관해 거의 할 말이 없다. 만일 비극이 이런 식으로 소독된다면, 그녀의 주장으로는 비극에서 도덕적 교화력이 사라질 위험이 있다. 근대 초기의 많은 관찰자는 이 형식이 도덕적·사회적으로 타락된 것으로 간주한다. 기운 빠지는 혼돈, 봉기, 정치적 불안의 서사로 간주한다. 헤겔은, 겔리치는 말한다, 그 갈등과 모순에 주목한 최초의 탁월한 비극 이론가다―비록 헤겔은 최종적 데탕드détente를 염두에 두고 그렇게 하지만.

비극은 인간 실존에 대한 구역질 또는 그것의 고요한 초월을 표현한 것으로 여겨지곤 했다. 비극이 죽음과 자기희생에 대한 찬양, 인간의 필멸성에 대한 경멸, 권위에 대한 흔쾌한 복종과 관련된다고 보는 사람들이 있다. 또 비극에서 불행에 대한 변명, 유익한 환각 육성, 이성의 하찮음에 대한 호소를 발견할 수도 있다. 그것은 남녀가 난도질당해 죽음에 이르는 것을 보며 악의에 찬 기쁨을 느끼는 형태를 취할 수도 있고, 지저분한 익살극의 한 장면으로 치부될 수도 있다. 비극은 무한한 자유의 현현, '자연'에 대한 승리, 불가피한 것을 명민하게 끌어안는 것으로 찬양되었다. 어느 쪽을 선택하든 표면적으로는 가장 인도적이거나 계몽된 예술 형식으로 느껴지지 않는다. 따라서 대부분의 비극 예술이 이런 신조들과 일치하지 않고, 어쨌든 모든 비평가가 그런 것들에 동의하지 않는다는 것은 다행한 일이다. 궁정에서 토리당원의 부패에 매우 적대적이었던 진보적 휘그당원 섀프츠베리Shaftesbury 백작은 근대 초기에 글을 쓰면서 비극을 공화주의적 정서의 매체로 간주하여 실제로 전제를, 또 고위직이 돈에 좌우되는 상황을 경고한다. 비극은 토리당원이 권력의 발치에서 굽실거리는 것에 대한 교정이다. 따라서 섀프츠베리는 명예로운 전통, 중세에 특히 주목을 받았던 전통에 합류하는데, 이 전통에서 비극은 민중에게 힘 있는 자들의 악과 고삐 풀린 열정을 경고한다.[83]

그러나 실러에서 초기 루카치로 흐르는 전통이 비극에 대하여 얼마나 고상한 관점을 택하는지 보기 위해 진보적 정신에 호소할 필요는 없다. 비극 예술의 가장 참혹한 형태는 어떤 위로도 가능하지 않은 괴로움, 시간의 흐름으로 지워지지 않는 상처, 돌이킬 수 없이 망가진 관계, 모든 위로를 거부하는 황량한 상태를 다룬다. 그런 예술이 단지 화해를 거부한다는 이유로 비극이라는 명칭을 주지 않는 것은 도착적 태도다. 오히려 비극이 그렇게 하는 것이 그 진실성의 한 부분이다. 로언 윌리엄스Rowan Williams는 『비극적 상상력The Tragic Imagination』에서 비극이 "고통을 납득[시키는 것]"이라고 말한다.[84] 그것은 우리가 정신적 피해를 공유하고 기리고 기억하고 거기에서 어떤 의미를 찾으려는 의식이지만, 윌리엄스는 그 피해에는 가장 깊이 감정이입하는 구경꾼조차 접근할 수 없는 것이 있다는 점도 의식하고 있다. 비극적 예술은 우리가 타인의 불행을 느끼기를 바라지만 동시에 그들의 슬픔의 불투명성도 존중해 줄 것을 요구한다.

사실 어떤 형태의 고통, 특히 예리한 신체적 통증은 무의미의 표현이라고 주장할 수도 있고, 이런 의미에서 전통적으로 악마적인 것이 뜻하는 바의 일부라고 주장할 수도 있다. 이것은 우주의 국지적 흐트러짐, '창조' 전체가 혼돈으로 돌아가고자 하는 미칠 듯한 욕구에 사로잡힌 조짐을 표현한다. 로언 윌리엄스는 신학자 도널드 매키넌Donald Mackinnon의 말을 다시 정리하여 "무의미하고 설명할 수 없고 정당화할 수 없고 동화할 수 없는 고통, 말하자면 타협 불가능한 고통"에 관해 말한다.[85] 오셀로와 대면하는 이아고의 경우처럼 악마적인 것은 의미와 가치가 존재한다는 사실만으로도 모욕을 느끼는데, 악마적인 것은 이것이 역겨울 뿐 아니라 사기라고 생각한다. 미덕은 우습게 허세를 부리는 것으로 여겨진다. 그것은 욕구의 상스러운 작동을 제대로 감추지도 못하면서 고결한 척하는 위선적인 말에 불과하다. 악마적인 것은 한마디로 허무주의나 냉소주의의 한 형태다―부조리를 즐기고 익살맞은 것에 탐닉하고 사랑과 연민을 조롱하며 구원의 의미를 파악하지 못하기 때문에 구원받을 수 없다.

갈등 개념의 초현실적으로 간결한 역사는 전소크라테스학파에서 시작할 수도 있는데, 이들에게 우주는 종합 없는 갈등으로 이루어져 있다. 대립하는 힘들은 평형 상태로 존재한다. 고전주의적 고대에서 계몽주의 시대에 이르기까지 통일과 대칭은 높게 평가된 반면 불협화와 분열은 안정에 위협이 된다. 이와 대조적으로 관념론자, 낭만주의자, 19세기 목적론자에게는 투쟁과 낭비도 인간 역사의 행복한 진화에서 자기 나름의 역할이 있다. 통일은 기조로 남아 있는데, 이는 마침내 분열을 통합할 수 있는 통일이다. 우리가 보았듯이 근대 후기에 화해에 대한 이런 믿음은 환상 또는 거짓 유토피아로 점점 불신임을 받았다.

그다음에 나오는 것은 포스트모더니즘의 문화로, 여기에서 갈등과 모순은 이제 다급한 문제가 아니다. 대신 차이와 다양성이 강조된다. 포스트모더니즘의 기질은 선배인 근대성의 기질과는 달리 대부분 비극적이지 않다. 포스트모더니즘의 "깊은" 주관성에 대한 혐오는 영적 고통이나 존재론적 불안과 편하게 공존하지 못한다. 포스트모더니즘이 구원을 믿지 않는다면, 그것은 포스트모더니즘의 눈에 구원받을 것이 보이지 않기 때문이다. 그런 고결한 형이상학적 이야기는 소셜미디어와 대형 금융거래의 세계에서는 공허하게 들린다. 게다가 포스트모더니즘의 상대주의적 정신은 죽음의 절대주의와 비극적 상실의 복구 불가능한 본질을 불편하게 여긴다. 비극적 예술의 귀족성은 포스트모더니즘의 민중적 감수성에 거슬리며, 반면 그 예술의 고양된 수사는 포스트모더니즘의 절제하는 느긋한 분위기에 불쾌하게 느껴진다. 비전이나 신념의 죽음을 건 충돌은 없다. 포스트모더니즘 문화는 그런 비전이 한가하게 유토피아적이라고, 모든 신념이 처음부터 교조적이라고 의심하기 때문이다. 포스트모더니즘은 통일성이라는 관념이 그릇되게 실재론적이라고 불신하기 때문에 적대의 해소라는 전망에서 별 매력을 느끼지 못한다. 비슷한 이유로 정치적 연대라는 개념에도 대체로 무관심하다. 그러나 포스트모더니즘이 비극적인 것의 승리주의적 측면을 조심하는 것 자체는 정당하다 해도, 그것은 대체로 잘못된 이유들 때문이다.

그런 회의주의를 뒷받침할 더 견실한 이유는 물론 가져오는 것이 어렵지 않다. 칸트에서 하이데거로 전해지는 유산은 근대 지성사에서 가장 유익하고 야심이 큰 흐름에 속한다. 그러나 비극에 대한 그 사유는 비극을 가장 설득력 있게 드러내는 데 실패한다. 비극 철학자들은 대부분 자신의 윤리 정치적 목적에 적합하도록 그 예술의 범위와 다양성을 축소해 버렸다. 그 결과로 비극적인 것의 한 형태가 나타나는데, 이것은 일반적 의미의 비극이라는 말을 대체로 억누르는 역할을 한다. 예술에서 희극은 삶의 희극과 그리 거리가 멀지 않지만 비극은 이미 보았듯이 미학적 의미와 일상적 의미 사이에 간극이 있다. 그게 다가 아니다. 그 말의 일상적 사용법이 우리가 지금까지 검토한 많은 이론보다 비극적 드라마 대부분을 오히려 더 충실하게 설명해 준다. 예를 들어 복구 불가능한 것이 해소 가능한 것보다 비극적이라는 일반적 의견은 당연히 옳다―그렇다고 해서 후자가 설 자리가 사라지는 것은 아니지만. 비극적인 것에 대한 이 이데올로기는 결국은 복구가 불가능한 곤경을 맞이한 사람, 결국은 대립물의 통일로 환원될 수 없는 갈등에 사로잡힌 모든 사람에게 몹쓸 짓을 한다. 그것은 위로할 수 없는 사람들을 마땅히 그래야 할 만큼 존중하지 않는다.

주

1. 비극은 죽었는가

1. Terry Eagleton, *Sweet Violence: The Idea of the Tragic*(Oxford, 2003), p. 71을 보라.
2. Blair Hoxby, *What Was Tragedy?*(Oxford, 2015), p. 7.
3. Edith Hall은 공적 맥락에서 비극의 자리를 확정하지 않는 아리스토텔레스의 *Poetics*가 이미 이 형식을 보편화하고 있다고 주장하기는 하지만. Edith Hall, "Is There a Polis in Aristotle's Poetics?", *Tragedy and the Tragic*, ed. M. S. Silk(Oxford, 1991).
4. Barbara Cassin, "Greeks and Romans: Paradigms of the Past in Arendt and Heidegger", *Comparative Civilisations Review* no. 22(1990), p. 49.
5. Hannah Arendt, *The Human Condition*(Chicago, 1958), p. 188.
6. 고대 비극에 대한 유익한 개관으로는 *A Cultural History of Tragedy, vol. 1: In Antiquity*, ed. Emily Wilson(London, 2019)를 보라.
7. Jean-Pierre Vernant and Pierre Vidal-Naquet, *Myth and Tragedy in Ancient Greece*(New York, 1960), p. 185. 정치제도로서 비극에 관해서는 또 J. Peter Euben, "Introduction", *Greek Tragedy and Political Theory*, ed. J. Peter Euben(Berkeley, 1986)을 보라.
8. Rainer Friedrich, "Everything to Do with Dionysus", *Tragedy and the Tragic*, ed. M. S. Silk, p. 263; Simon Goldhill, "The Great Dionysus and Civic Ideology", *Nothing to Do with Dionysus? Athenian Drama in its Social Context*, eds. John J. Winkler and Froma I. Zeitlin(Princeton, NJ, 1990)을 보라.
9. Hannah Arendt, *Between Past and Future*(New York, 1978), p. 154; Robert C. Pirro, *Hannah Arendt and the Politics of Tragedy*(DeKalb, IL, 2001), 특히 2장을 보라.
10. 극장에 관한 Lessing의 생각은 G. E. Lessing, *The Hamburg Dramaturgy*(New York, 1962)를 보라.
11. Philippe Lacoue-Labarthe, "On the Sublime", *Postmodernism: ICA Documents 4*(London, 1986), p. 9를 보라.
12. 종교의 근대적 대체물에 관해서는 Terry Eagleton, *Culture and the Death*

of God(New Haven, CT and London, 2014)를 보라.

13.   Arthur Schopenhauer, *The World as Will and Representation*(New York, 1969), vol. 1, pp. 254~255 and vol. 2, p. 437.

14.   *Documents of Modern Literary Realism*, ed. George J. Becker(Princeton, NJ, 1973), p. 118. 비극에서 사회계급의 연구로는 Edith Hall, "To Fall from High to Low Estate? Tragedy and Social Class in Historical Perspective", *PMLA* vol. 129, no. 4(October 2014)을 보라.

15.   Lessing, *The Hamburg Dramaturgy*, pp. 178~194를 보라.

16.   이런 종류의 본보기가 되는 작업으로는 A. C. Bradley, *Shakespearean Tragedy*(London, 1904); D.D. Raphael, *The Paradox of Tragedy* (London, 1960); Dorothea Krook, *Elements of Tragedy*(New Haven, CT and London, 1969); F. L. Lucas, *Tragedy: Serious Drama in Relation to Aristotle's 'Poetics'*(London, 1966); Walter Kerr, Tragedy and Comedy(New York, 1968); Joseph Wood Krutch, *The Modern Temper*(London, 1930)를 보라.

17.   George Steiner, *The Death of Tragedy*(London, 1961), p. 130.

18.   Edmund Burke, *A Philosophical Enquiry into the Origin of our Ideas of the Sublime and Beautiful*(London, 1958), p. 46을 보라.

19.   Bertolt Brecht, *The Messingkauf Dialogues*(London, 1965), p. 47.

20.   Glenn W. Most, "Generating Genres: The Idea of the Tragic", *Matrices of Genre: Authors, Canons, and Society*, eds. Mary Depew and Dirk Oblink(Cambridge, MA and London, 2000)을 보라.

21.   이 둘의 차이에 관해서는 Terry Eagleton, *Hope without Optimism* (London and New Haven, CT, 2015), 특히 1장을 보라.

22.   Christopher Norris, *William Empson and the Philosophy of Literary Criticism*(London, 1978), p. 91. 이 말은 그런 합리주의를 비판하기보다는 지지하려고 한 것이다.

23.   Steiner, *The Death of Tragedy*, p. 243.

24.   Roger Scruton, *The Uses of Pessimism and the Danger of False Hope*(London, 2010)을 보라.

25.   Steiner, *The Death of Tragedy*, p. 128.

26.   William Empson, *Some Versions of Pastoral*(London, 1935), p. 12.

27.   Sigmund Freud, *The Interpretation of Dreams, The Standard Edition of the Complete Psychological Works of Sigmund Freud* vol. 4, ed. James Strachey(London, 1953~1974), p. 262.

28. Richard Halpern, *Eclipse of Action: Tragedy and Political Economy* (Chicago and London, 2017), p. 2.

29. George Steiner, "'Tragedy', Reconsidered", *Rethinking Tragedy*, ed. Rita Felski(Baltimore, MD, 2008), p. 37을 보라.

30. Susan Sontag, "The Death of Tragedy", in Sontag, *Against Interpretation*(London, 1994)를 보라.

31. Albert Camus, "On the Future of Tragedy" ["Sur L'avenir de la Tragédie"], in Camus, *Lyrical and Critical Essays*(NewYork, 1968)을 보라.

32. Agnes Heller and Ferenc Feher, *The Grandeur and Twilight of Radical Universalism*(London, 1991), p. 311.

33. 이 주제에 관한 유용한 탐구로는 Thomas Van Laan, "The Death of Tragedy Myth", *Journal of Dramatic Theory and Criticism*(Spring 1991)을 보라.

34. Steiner, *The Death of Tragedy*, p. 129.

35. Kathleen M. Sands, "Tragedy, Theology, and Feminism", *Rethinking Tragedy*, ed. Felski, p. 89.

36. Miriam Leonard, *Tragic Modernities*(Cambridge, MA and London, 2015), p. 10.

37. Gilles Deleuze, *Nietzsche and Philosophy*(London, 1983), p. 18.

38. Raymond Williams, *Modern Tragedy*(London, 1966), pp. 61~67.

39. Steiner, *The Death of Tragedy*, p. 10.

40. Steiner, "'Tragedy', Reconsidered", p. 40.

41. 지적 정의를 위하여 스타이너는 내가 가장 즐겨 있는 비극 해설자라는 사실을 덧붙여 두는 것이 좋을 듯하다. 분명히 드러났겠지만, 그가 주장하는 많은 부분에 내가 동의해서가 아니라 생기, 예술적 기교, 위풍당당한 수사, 보석 세공 같은 표현 방식, 뛰어나게 창의적인 언어 구사 솜씨가 가득한 그의 웅장하게 갈고닦인 산문 스타일 때문이다. 그는 비평가가 창조적 작가였던 전통에 선 마지막 사람들 가운데 한 명이다.

42. Williams, *Modern Tragedy*, pp. 45~46.

43. Friedrich Hölderlin, *Essays and Letters*(London, 2009), p. 146.

44. Karl Marx, *The Eighteenth Brumaire of Louis Bonaparte* [*Der 18te Brumaire des Louis Napoleon*](London, 1984), p. 11.

45. Vernant and Vidal-Naquet, *Myth and Tragedy in Ancient Greece*, p. 33.

46. Bernard Williams, *Shame and Necessity*(Berkeley, CA, 1993), pp.

16~17.

47. Simon Goldhill, "The Ends of Tragedy", *Tragedy and the Idea of Modernity*, eds. Joshua Billings and Miriam Leonard(Oxford, 2015), p. 233.

48. Raymond Williams, *Politics and Letters*(London, 1979), p. 212.

49. Søren Kierkegaard, *Either/Or [Enten-Eller]*(Princeton, NJ, 1959), 특히 pp. 140~149를 보라.

50. *Rethinking Tragedy*, ed. Felski, p. 9.

51. Arthur Miller, "Tragedy and the Common Man", *The Theater Essays of Arthur Miller*(New York, 1978), p. 215를 보라.

52. Raymond Williams, *Modern Tragedy*, p. 116에 인용.

53. *Hegel on Tragedy*, eds. Anne Paolucci and Henry Paolucci(New York, 1962), p. 50에서 인용.

54. *Max Weber: Essays in Sociology*, eds. H. H. Gerth and C. Wright Mills(London, 1970), p. 149.

55. Slavoj Žižek, *The Fragile Absolute*(London, 2008), p. 40을 보라.

56. Raymond Williams, *Modern Tragedy*, p. 116에 인용.

57. 19세기 러시아 비평가 N. G. Chernishevsky는 말한다. "비극적인 것은 기본적으로 운명이나 필연이라는 관념과 공통점이 전혀 없다. 현실 생활에서 비극은 흔히 우연적이며, 이전 사건의 필연적 결과로 생기지 않는다." *Documents of Modern Literary Realism*, ed. Becker, p. 78에 인용. 이것은 비극에 관한 논평 가운데는 드문 발언이다.

58. "비극"이라는 말의 일상적 사용에 관해서는 Robert C. Pirro, *The Politics of Tragedy and Democratic Citizenship*(London, 2011), pp. 12~14를 보라.

59. 앞으로 이 연구에서는 '상상계', '상징계', '실재계'라는 라캉의 세 개념을 이용할 것이기 때문에 이 개념들을 설명하는 주석을 다는 것이 순서겠다. 라캉의 '상상계'는 우리와 다른 사람을 포함한 대상의 일반적 관계를 의미하며, 여기에는 반영·닮음·경쟁·일치·동일시 등과 같은 특징들이 포함되고, 또 불가피하게 착각과 그릇된 재현이 따라온다. '상징계'(또는 상징적 질서)는 언어, 친족, 사회적 역할, 규제의 영역으로 우리는 이것에 의해 정체성을 할당받는다. 반면 엄격하게 말해서 재현 불가능한 것인 '실재계'는 어머니와 단절되는 트라우마와 '아버지의 법'에 굴복하는 것을 의미하며, 이것으로 우리는 개인적 자아를 얻는다―이 원시적 상처는 우리가 욕망이라고 부르는 결여와 상실 과정을 만들어 내는데, 이것은 또 무의식의 개방과 죽음 충동의 방출로 볼 수도 있다.

60. 라캉의 안티고네 독법에 관해서는 David Farrell Krell, *The Tragic*

Absolute(Bloomington, IN, 2005), 11장을 보라.

61. Slavoj Žižek, *Did Somebody Say Totalitarianism?*(London and New York, 2001), p. 157. 안티고네에 대한 지제크의 접근법에 관해서는 Yannis Stavrakakis, *The Lacanian Left*(Edinburgh, 2007), pp. 114~134를 보라. 안티고네에 대한 이해를 돕는 에세이 모음으로는 *Interrogating Antigone in Postmodern Philosophy and Criticism*, eds. S. E. Wilmer and Audrone Zukauskaite(Oxford, 2010)을 보라.

62. Žižek, *Did Somebody Say Totalitarianism?*, p. 158.

63. Slavoj Žižek, *The Parallax View*(Cambridge, MA, 2006), pp. 104~105를 보라.

64. Charles Taylor, *The Sources of the Self*(Cambridge, 1989), p. 213을 보라.

65. Žižek, *The Parallax View*, p. 400.

66. 지제크는 온라인 저널 *The Bible and Critical Theory*, vol. 1, no. 1(Monash University Epress)에 실린 "A Plea for Ethical Violence"라는 제목의 에세이에서 그런 주장을 한다.

67. *Walter Benjamin: Gesammelte Schriften*, vol. 1, eds. Rolf Tiedemann and Hermann Schweppenhauser(Frankfurt am Main, 1966), p. 583을 보라.

2. 근친상간과 산술

1. 이 문제는 Charles Segal, *Tragedy and Civilisation*(Cambridge, MA and London, 1981), 7장에서 모범적으로 철저하게 검토되고 있다. 수수께끼 전반에 대한 이해를 돕는 철학적 검토는 Stephen Mulhall, *The Great Riddle: Wittgenstein and Nonsense, Theology and Philosophy*(Oxford, 2015), Lecture Two를 보라.

2. 물론 일부 학자는 여기에 아무런 난제가 없다고 생각한다—유일한 살인자가 왕이 된 것을 보고 살아남은 목격자가 거짓말을 했다고 보니까.

3. Maurice Merleau-Ponty, *Humanism and Terror*(Boston, MA, 1969), p. 183.

4. Jean-Pierre Vernant, "Ambiguity and Reversal: On the Enigmatic Structure of Oedipus Rex", *Oxford Readings in Greek Tragedy*, ed. E. Segal(Oxford, 1983)을 보라.

5. Froma Zeitlin, "Thebes: Theater of Self and Society in Athenian Drama", *Greek Tragedy and Political Theory*, ed. Euben, p. 111.

6. 비극에서 근친상간이라는 주제가 종종 불쑥 튀어나오는 방식은 주목할 만하다―틀림없이 다른 어떤 이유보다도 그것이 가지는 순전한 선정성 때문일 것이다. 극히 일부에 지나지 않지만 그 예로 Euripides의 *Hippolytus*, Shakespeare의 *Richard III, Hamlet, Cymbeline and Pericles*, Lope de Vega의 *Punishment without Revenge*, John Ford의 *'Tis Pity She's a Whore*, Thomas Middleton의 *Women Beware Women*과 *The Revenger's Tragedy*, Cyril Tourneur의 *The Atheist's Tragedy*, Thomas Otway의 *The Orphans*, John Dryden의 *Aureng-Zebe*, Jean Racine의 *Phèdre*, Vittorio Alfieri의 *Mirra*, Schiller의 *Don Carlos*, Shelley의 *The Cenci*, Byron의 *Cain*, Ibsen의 *Ghosts*, Eugene O'Neill의 *Desire Under the Elms*와 *Mourning Becomes Electra*, Arthur Miller의 *A View from the Bridge* 등을 들 수 있다. Ford의 *The Broken Heart*, John Webster의 *The Duchess of Malfi*, Gotthold Lessing의 *Nathan the Wise*에도 근친상간에 대한 암시 또는 일보 직전까지 다가간 상황이 있다. Richard McCabe는 *Incest, Drama, and Nature's Law*(Oxford, 1993), p. 4에서 자신이 근친상간 주제의 "놀라운 유형"이라고 부른 것에 주목한다.

7. McCabe, *Incest, Drama, and Nature's Law*, p. 70.

8. Roland Barthes, *Sade, Fourier, Loyola*(London, 1977), p. 137.

9. Franco Moretti, *Signs Taken as Wonders*(London, 1983), p. 74.

10. Eric L. Santner, *The Weight of All Flesh*(Oxford, 2016), p. 49.

11. Iain Topliss, "Oedipus/Freud and the Psychoanalytic Narrative", *Agamemnon's Mask: Greek Tragedy and Beyond*, ed. T. Collits(New Delhi, 2007), p. 103에 인용.

12. Geoffrey Green, *Literary Criticism and the Structure of History* (Lincoln, NE and London, 1982), p. 79에 인용.

3. 비극적 이행

1. Raymond Williams, *Marxism and Literature*(Oxford, 1977), pp. 121~127을 보라.

2. Albert Camus, *Selected Essays and Notebooks*(Harmondsworth,

1970), p. 199.

3. Claudio Magris, "A Cryptogram of its Age", *New Left Review*, no. 95(September/ October 2015), p. 96.

4. Pirro, *Hannah Arendt and the Politics of Tragedy*, pp. 176~177과 M.I. Finley, *Politics in the Ancient World*(Cambridge, 1983)를 보라.

5. Charles Segal, *Oedipus Tyrannus: Tragic Heroism and the Limits of Knowledge*(New York and Oxford, 2001)을 보라. 그러나 고전주의 연구자들은 소포클레스가 얼마나 합리적이었느냐 하는 문제를 놓고 갈라져 있다. Peter J. Ahronsdorf, *Greek Tragedy and Political Philosophy*(Cambridge, 2009), ch. 1; Christopher Rocco, *Tragedy and Enlightenment*(Berkeley, CA, 1997); Bernard A. Knox, *Oedipus at Thebes*(New Haven, CT and London, 1998)을 보라.

6. Hoxby, *What Was Tragedy?*, p. 38.

7. Vernant and Vidal-Naquet, *Myth and Tragedy in Ancient Greece*, p. 184.

8. Simon Goldhill, "Generalising about Tragedy", *Rethinking Tragedy*, ed. Felski, p. 59.

9. 같은 책, p.54.

10. Joshua Billings, *Genealogy of the Tragic*(Princeton, NJ and Oxford, 2014), p. 181.

11. Vernant and Vidal-Naquet, *Myth and Tragedy in Ancient Greece*, p. 117.

12. 같은 책, p.139.

13. Jean-Joseph Goux, *Oedipus, Philosopher*(Stanford, CA, 1993), ch. 1을 보라.

14. Williams, *Shame and Necessity*, p. 164.

15. 그람시가 헤게모니 개념을 여러 가지로 사용하는 것에 관해서는 Perry Anderson, "The Antinomies of Antonio Gramsci", *New Left Review*, no. 100(November 1976/ January 1977).

16. E. M. W. Tillyard, *The Elizabethan World Picture*(London, 1943), p. 5.

17. Moretti, *Signs Taken as Wonders*, p. 28.

18. J. G. Herder, *Selected Writings on Aesthetics*(Princeton, NJ, 2009), pp. 298~299를 보라.

19. Moretti, *Signs Taken as Wonders*, p. 69.

20. Raymond Williams, *The Long Revolution*(London, 1961), p. 252.

21. Bart van Es, "Too Much Changed", *Times Literary Supplement*

(2 September 2016), p. 14. 셰익스피어와 역사적 이행에 대한 도발적인
이야기로는 Paul Mason, *PostCapitalism: A Guide to Our Future*
(London, 2015), pp. 235~236을 보라.

22. Carl Schmitt, *Hamlet or Hecuba? [Hamlet oder Hekuba?]*(New
York, 2009), p. 52.

23. 필자는 이런 생각을 *William Shakespeare*(Oxford, 1986)에서 더 자세하게
이야기한 적이 있다.

24. 이 시기의 복수 비극에 관한 귀중한 연구로는 John Kerrigan, *Revenge
Tragedy: Aeschylus to Armageddon*(Oxford, 1996)을 보라.

25. Lucien Goldmann, *Racine*(Cambridge, 1972), p. 10을 보라. 골드만에
대한 유용한 논평으로는 Mitchell Cohen, *The Wager of Lucien
Goldmann: Tragedy, Dialectics, and a Hidden God*(Princeton, NJ,
1994)를 보라.

26. Simon Critchley, "Phaedra's Malaise", *Rethinking Tragedy*, ed.
Felski, p. 193.

27. Steiner, *The Death of Tragedy*, p. 80.

28. Stephen Halliday, "Plato's Repudiation of the Tragic", *Tragedy and
the Tragic*, ed. Silk.

29. Friedrich, "Everything to Do with Dionysus", p. 277.

30. Billings, *Genealogy of the Tragic*, p. 177.

31. Karl Marx and Friedrich Engels, *On Literature and Art*(Moscow,
1976), pp. 98~101; S. S. Prawer, *Karl Marx and World
Literature*(Oxford, 1976), ch. 9를 보라.

32. "Fate and Character"["Schicksal und Charakter"], in Walter
Benjamin, *One-Way Street and Other Writings*(London, 1978), p.
127.

33. Walter Benjamin, "Trauerspiel and Tragedy", in Walter Benjamin,
Selected Writings, vol. 1: 1913~1926(Cambridge, MA and London,
1996)을 보라.

34. Timothy J. Reiss, *Tragedy and Truth*(New Haven, CT and London,
1980), p. 284.

35. 같은 책, p.302.

36. Fredric Jameson, *A Singular Modernity*(London and New York,
2012), Part 1; Perry Anderson, "Modernity and Revolution", *New
Left Review*, no. 144(March.April, 1984).

37. 여기에서는 나의 목적을 위해 입센식 자연주의를 죄르지 루카치처럼 모더니즘의 한 형태로 다루었다.

38. Franco Moretti, *The Bourgeois*(London and New York, 2013), p. 171.

39. Benjamin Constant, "Reflections on Tragedy" ["Réflexions sur la Tragédie"], *Revolution in the Theatre*, ed. Barry V. Daniels(Westport, CT, 1983), p. 107.

40. Raymond Williams, *Modern Tragedy*, p. 87.

41. Werner Sombart, *The Quintessence of Capitalism*(London, 1915), pp. 22, 202.

42. Moretti, *The Bourgeois*, p. 170을 보라.

43. Jennifer Wallace, *The Cambridge Introduction to Tragedy* (Cambridge, 2007), p. 75를 보라.

44. Camus, "On the Future of Tragedy" ["Sur L'avenir de la Tragédie"], p. 298.

4. 유익한 허위

1. David Hume, *Treatise of Human Nature*(Oxford, 1960), p. 566.

2. Edmund Burke, "Letter to Sir Hercules Langrishe", *The Writings and Speeches of Edmund Burke*, vol. 9, ed. R. B. McDowell(Oxford, 1991), p. 614.

3. Edmund Burke, *Reflections on the Revolution in France, Select Works of Edmund Burke*, vol. 2, ed. R. B. McDowell(Indianapolis, IN, 1999), p. 170.

4. Matthew Arnold, "The Incompatibles", *The Complete Prose Works of Matthew Arnold*, vol. 9: *English Literature and Irish Politics*, ed. R. H. Super(Ann Arbor, MI, 1973), p. 243.

5. Blaise Pascal, *Pensées*(Harmondsworth, 1966), pp. 46~47.

6. *Kant's Political Writings*, ed. Hans Reiss(Cambridge, 1970), p. 143을 보라.

7. Keith Ansell Pearson, *Nietzsche*(London, 2005), p. 55에 인용.

8. 필자는 이 문제를 Eagleton, *Culture and the Death of God*, ch. 1에서 더 자세히 논의했다.

9. David Hume, *Dialogues Concerning Natural Religion and the*

Natural History of Religion(Oxford, 1993), p. 153을 보라.

10. Max Weber, "Science as a Vocation" ["Wissenschaft als Beruf"], *Max Weber*, eds. Gerth and Wright Mills, p. 155.

11. Duc de la Rochefoucauld, *Maxims and Moral Reflections*(London, 1749), p. 36.

12. Spinoza, *Ethics* [*Die Ethik*] (London, 2000), p. 62.

13. Antoine-Nicolas de Condorcet, *Sketch for a Historical Picture of the Progress of the Human Mind*(London, 1955), p. 109.

14. 알튀세르의 이데올로기에 대한 언급은 *For Marx*(London, 1969), p. 234와 에세이 "Ideology and Ideological State Apparatuses", *Lenin and Philosophy*(London, 1971)를 보라.

15. *The Wit and Wisdom of Oscar Wilde*(London, 1960), p. 52.

16. 같은 책, p. 56.

17. Roger Scruton, *Spinoza*(Oxford, 2002), p. 76.

18. J. M. Synge, *The Playboy of the Western World and Other Plays* (Oxford, 1995), p. 60.

19. G. W. F. Hegel, *Phenomenology of Spirit* [*Phänomenologie des Geistes*](Oxford, 1977), pp. 22~23을 보라.

20. John Roberts, *The Necessity of Errors*(London, 2011), p. 204.

21. Iris Murdoch, *The Sovereignty of the Good*(London, 2006), p. 91.

22. Žižek, *The Fragile Absolute*, ch. 8을 보라.

23. Quentin Skinner, *Machiavelli: A Very Short Introduction*(Oxford, 2000), p. 47.

24. Friedrich Nietzsche, *The Joyful Wisdom* [*Die Fröhliche Wissenschaft*](London, 1910), p. 279.

25. Friedrich Nietzsche, *The Genealogy of Morals, Basic Writings of Nietzsche* [*Zur Genealogie der Moral*], ed. Walter Kaufmann(New York, 1968), p. 573.

26. John Gray, *Straw Dogs*(London, 2003), p. 27.

27. 예를 들어 William James, "Pragmatism's Conception of Truth", *William James: Pragmatism and Other Writings*(London, 2000)을 보라.

28. Friedrich Nietzsche, *The Birth of Tragedy, Basic Writings of Nietzsche* [*Die Geburt der Tragödie*], ed. Kaufmann, p. 60.

29. Friedrich Nietzsche, *The Will to Power* [*Der Wille zur Macht*](New York, 1968), p. 435.

30. Deleuze, *Nietzsche and Philosophy*, pp. 102~103.

31. Simon Critchley and Jamieson Webster, *The Hamlet Doctrine* (London, 2013), p. 16에 인용.

32. Hans Vaihinger, *The Philosophy of 'As If'*[*Die Philosophie des Als Ob*](London, 1924)를 보라.

33. Georges Sorel, *Reflections on Violence* [*Réflexions sur la Violence*](New York, 1947), p. 35.

34. 같은 책, p. 133.

35. I. A. Richards, *Mencius on the Mind*(London and New York, 2001), p. 66.

36. I. A. Richards, *Coleridge on Imagination*(London and New York, 2001), p. 134.

37. William Empson, *Argufying: Essays on Literature and Culture*(Iowa City, 1987), p. 198.

38. Wallace Stevens, *Opus Posthumous*(New York, 1957), p. 163.

39. Martin Heidegger, "The Origin of the Work of Art", *Martin Heidegger: Basic Writings*, ed. David Farrell Krell(New York, 1977).

40. 순진하게도 나의 첫 책에서는 전폭적으로 지지했다. Terence (원문대로) Eagleton, *The New Left Church*(London, 1966), ch. 1.

41. Žižek, *The Fragile Absolute*, p. 40을 보라.

42. F. R. Leavis, *The Common Pursuit*(London, 2008), p. 152.

43. I. A. Richards, *Principles of Literary Criticism*(London and New York, 2001), p. 217.

44. Žižek, *The Fragile Absolute*, p. 39를 보라.

45. Arthur Miller, *Plays 1*(London, 2014), p. 33.

5. 위로할 수 없는 자

1. John Stuart Mill, *On Liberty and Other Essays*(Oxford, 1991), p. 542.

2. Helen Gardner, *Religion and Literature*(London, 1971), p. 24.

3. *Philosophy and Tragedy*, eds. Miguel de Beistegui and Simon Sparks(London and New York, 2000), p. 11.

4. Richards, *Principles of Literary Criticism*, pp. 217~218.

5. Walter Kaufmann, *Tragedy and Philosophy*(New York, 1968), p. 182.

6. Ludwig Wittgenstein, *Culture and Value* [*Vermischte Bemerkungen*](Oxford, 1998), p. 12e.

7. Steiner, *The Death of Tragedy*, p. 122를 보라. 물론 이런 비난에서 벗어나는 잘 알려진 예외는 많다.

8. Goldhill, "The Ends of Tragedy", p. 233; Miriam Leonard, *Tragic Modernities*(Cambridge, Mass. and London, 2015), Ch. 3에도 이해에 도움이 되는 이야기가 있다.

9. John Macmurray, *The Self as Agent*(London, 1969), p. 55.

10. F. W. J. Schelling, *System of Transcendental Idealism* (Charlottesville, VA, 1978), p. 35.

11. Dennis Schmidt, *On Germans and Other Greeks*(Bloomington, IN, 2001), p. 15.

12. Max Scheler, "On the Tragic", *Tragedy: Vision and Form*, ed. R. W. Corrigan(New York, 1965)를 보라.

13. Friedrich Schlegel, '*Lucinda*' *and the Fragments*(Minneapolis, MN, 1971), p. 150.

14. Ludwig Wittgenstein, "Lecture on Ethics", *Philosophical Review*, no. 74(1965), p. 8.

15. Friedrich Schiller, *Naive and Sentimental Poetry and On the Sublime: Two Essays* ["Über das Erhabene"](New York, 1967)을 보라. 독일의 19세기 비극적 사고의 전통에 관한 귀중한 이야기로는 Vassilis Lambropoulos, *The Tragic Idea*(London, 2006); Julian Young, *The Philosophy of Tragedy from Plato to Žižek*(Cambridge, 2013)을 보라. 또 Leonard, *Tragic Modernities*, ch. 2에도 이해를 도와주는 이야기가 있다.

16. David Roberts, *Art and Enlightenment*(Lincoln, NE and London, 1991), pp. 9~10을 보라.

17. Simon Critchley, "The Tragedy of Misrecognition", *Tragedy and the Idea of Modernity*, ed. Billings and Leonard, p. 253.

18. Allan Megill, *Prophets of Extremity*(Berkeley, CA, 1985), p. 58을 보라.

19. 미학에 관한 실러의 에세이 일부의 유용한 번역은 *Friedrich Schiller: Essays*, eds. Walter Hinderer and Daniel O. Dahlstrom(New York, 1993)에서 찾아볼 수 있다.

20. 셸링의 미학 사상에 관해서는 그의 *Letters on Dogmatism and*

Criticism 가운데 "the Tenth Letter", in Schmidt, *On Germans and Other Greeks*에 재수록, 그리고 Friedrich Schelling, *Philosophy of Art [Philosophie der Kunst]* (Minneapolis, MN, 1989)를 보라. 셸링의 사상에 관한 도발적인 연구는 Leonardo V. Distaso, *The Paradox of Existence: Philosophy and Aesthetics in the Young Schelling*(Dordrecht, 2004)와 Devin Zane Shaw, *Freedom and Nature in Schelling's Philosophy of Art*(London, 2010)이 있다.

21. Schelling, *Philosophy of Art [Philosophie der Kunst]*, p. 251.

22. 같은 책, p. 249를 보라.

23. 이 에세이는 Camus, *Lyrical and Critical Essays*에서 찾아볼 수 있다.

24. 미학적 문제에 관한 Hölderlin의 글 일부는 *Friedrich Hölderlin: Essays and Letters on Theory*, ed. T. Pfau(Albany, NY, 1988)에서 찾을 수 있다. 또 그의 초기 소설 *Hyperion, or the Hermit in Greece*(New York, 1965)을 보라.

25. Schmidt, *On Germans and Other Greeks*, p. 133에 인용.

26. Hölderlin's essay "The Significance of Tragedy", *Hölderlin: Essays and Letters*, ed. Pfau.

27. Friedrich Theodor Vischer, *Aesthetik, oder, Wissenschaften des Schönen*(Stuttgart, 1858), pp. 277~333.

28. K. W. F. Solger, *Vorlesungen über Aesthetik*(Leipzig, 1829), pp. 296~297.

29. Billings, *Genealogy of the Tragic*, p. 189에 인용.

30. Paul, 고린도후서 4: 7을 보라.

31. 그러나 Seneca의 작품조차 치유적인 것으로 징집되어, 자신의 악마와 대면해 그들의 격정을 제거하라고 관객을 설득하는 역할을 했다. G. Staley, *Seneca and the Idea of Tragedy*(Oxford, 2010)을 보라.

32. *Hegel on Tragedy*, eds. Paolucci and Paolucci, p. 51.

33. Billlings, *Genealogy of the Tragic*, p. 150에 인용. Hegel의 비극론에 대한 유용한 이야기로는 Stephen Houlgate, "Hegel's Theory of Tragedy", *Hegel and the Arts*, ed. Stephen Houlgate(Evanston, IL, 2007)을 보라. Rowan Williams는 *The Tragic Imagination*(Oxford, 2016), ch. 3에서 Hegel의 비극 미학의 화해적 관점에 대한 비판적 주장을 내놓는다.

34. *Philosophy and Tragedy*, eds. Beistegui and Sparks, p. 33.

35. Peter Szondi, *An Essay on the Tragic*(Stanford, CA, 2002), p. 20; G. W. F. Hegel, *Aesthetics: Lectures on Fine Art*, 2 vols(Oxford, 1975)을 보라.

36. Szondi, *An Essay on the Tragic*, p. 27에 인용.

37. Schmidt, *On Germans and Other Greeks*, p. 90.

38. Roberts, *The Necessity of Errors*, pp. 203~204를 보라.

39. Vischer, *Aesthetik*, pp. 277~333을 보라.

40. Friedrich Hebbel, *Mein Wort Uber das Drama*(Hamburg, 1843), pp. 34~35. 왜 그렇게 많은 독일 관념론 사상가의 이름이 Friedrich인지 밝혀 주는 글이 나와야 한다.

41. *Hegel on Tragedy*, eds. Paolucci and Paolucci, p. 51에 인용.

42. 해결 불가능한 딜레마라는 관념에 대한 탐구로는 Rosalind Hursthouse, *On Virtue Ethics*(Oxford, 1999), ch. 3을 보라.

43. Raymond Williams, *Modern Tragedy*, p. 38에 인용.

44. *Hegel on Tragedy*, eds. Paolucci and Paolucci, p. 50에 인용.

45. A. Maria van Erp Taalman Kip, "The Unity of the Oresteia", *Tragedy and the Tragic*, ed. Silk, p. 134.

46. Schopenhauer, *The World as Will and Representation*, vol. 2, p. 349.

47. 같은 책, vol. 1, p. 322.

48. 같은 책, vol. 2, p. 357.

49. 같은 책, vol. 1, p. 196.

50. 같은 책, vol. 2, p. 578.

51. Søren Kierkegaard, *Fear and Trembling* [*Frygt og Bæven*] (Harmondsworth, 1987), 특히 Problema 1을 보라.

52. 디오니소스적인 것이 생명을 줄 뿐 아니라 폭력주의적이라는 점에 대체로 주목하지 못하면서 그것을 약간 온당치 못하게 옹호한 글로는 Paul Gordon, *Tragedy after Nietzsche*(Urbana, IL and Chicago, 2001); Peter Sloterdijk, *Thinker on Stage: Nietzsche's Materialism*(Minneapolis, MN, 1989)을 보라. *The Birth of Tragedy* [*Die Geburt der Tragödie*]의 꼼꼼한 텍스트 분석으로는 Paul de Man, *Allegories of Reading*(New Haven, CT and London, 1979), ch. 4를 보라.

53. Nietzsche, *The Joyful Wisdom* [*Die Fröhliche Wissenschaft*], p. 266.

54. Nietzsche, *Ecce Homo, Basic Writings of Nietzsche*, ed. Kaufmann, p. 785.

55. Deleuze, *Nietzsche and Philosophy*, p. 17.

56. W. B. Yeats, *Essays and Introductions*(New York, 1961), p. 523에 인용.

57. Nietzsche, *The Birth of Tragedy* [*Die Geburt der Tragödie*], *Basic Writings of Nietzsche*, ed. Kaufmann, p. 104. Nietzsche 텍스트의

꼼꼼한 연구로는 Paul Raimond Daniels, *Nietzsche and the Birth of Tragedy*(Stocksfield, 2013)을 보라.

58. Slavoj Žižek, *The Puppet and the Dwarf*(London, 2003), p. 81.

59. Kaufmann, *Basic Writings on Nietzsche*, p. 728에 인용.

60. 예를 들어 *Introduction to Metaphysics*(New Haven, CT and London, 2000), pp. 112~114에서 『오이디푸스 왕』에 대한 Heidegger의 논의를 보라.

61. Georg Lukács, *Soul and Form*(London, 1974), p. 162.

62. "Tragedy and the Whole Truth", in Aldous Huxley, *Music at Night* (London, 1931)을 보라.

63. Kenneth Burke, *Counter-Statement*(New York, 1931), p. 42.

64. Krutch, *The Modern Temper*, p. 125.

65. 같은 책, p. 126.

66. Gordon, *Tragedy after Nietzsche*, p. 18.

67. Arthur Miller, "Tragedy and the Common Man", p. 4.

68. Theodor Adorno, *Noten zur Literatur*(Frankfurt am Main, 1974), p. 423.

69. Sands, "Tragedy, Theology, and Feminism", p. 83.

70. Georg Simmel, "On the Concept and Tragedy of Culture" ["Der Begriff und die Tragödie der Kultur"], *Georg Simmel: The Conflict in Modern Culture and Other Essays*, ed. K. Peter Etzkorn(New York, 1968), p. 46.

71. Franz Rosenzweig, *The Star of Redemption* [*Der Stern der Erlösung*](London, 1971), p. 211을 보라.

72. Brecht의 비극 거부에 대한 귀중한 설명으로는 Raymond Williams, *Modern Tragedy*, Part 2, ch. 7을 보라.

73. Alain Robbe-Grillet, *For a New Novel*(Freeport, NY, 1970), p. 59를 보라.

74. Gordon, *Tragedy after Nietzsche*, p. 86에 인용.

75. Theodor Adorno, *Prisms*(London, 1967), p. 32.

76. John Haffenden, *William Empson*, vol. 1: *Among the Mandarins* (Oxford, 2005), p. 204.

77. *The Seminar of Jacques Lacan*, Book 7: *The Ethics of Psychoanalysis* [*L'Éthique de la Psychanalyse*], ed. D. Porter(New York, 1986), pp. 249~250.

78. Slavoj Žižek의 에세이 "A Plea for Ethical Violence", in the online

journal *The Bible and Critical Theory*, vol. 1, no. 1(Monash University Epress)을 보라.

79. William Desmond, *Perplexity and Ultimacy*(New York, 1995), pp. 30, 32, 49.

80. Billings, *Genealogy of the Tragic*, p. 1을 보라.

81. Raymond Williams, *Modern Tragedy*, p. 27.

82. Michelle Gellrich, *Tragedy and Theory*(Princeton, NJ, 1988)을 보라.

83. Lawrence E. Klein, *Shaftesbury and the Culture of Politeness* (Cambridge, 1994), pp. 187~188. 중세의 비극적 관념에 관해서는 Henry Ansgard Kelly, *Ideas and Forms of Tragedy*(Cambridge, 1993)을 보라.

84. Rowan Williams, *The Tragic Imagination*, p, 47.

85. Rowan Williams, "Trinity and Ontology", *Christ, Ethics and Tragedy*, ed. Kenneth Surin(Cambridge, 1989), pp. 78, 85를 보라.

266

ㄹ